オレンジのココロ―トマレ―

崎谷はるひ

幻冬舎ルチル文庫

CONTENTS ✦目次✦ オレンジのココロ—トマレ—

✦カバーデザイン＝齊藤陽子（CoCo.Design）
✦ブックデザイン＝まるか工房

イラスト・ねこ田米蔵✦

オレンジのココロ―トマレ―

少し古めかしいかまえの喫茶店のなかは、自家焙煎される豆の薫りに満ちていた。

煙草《たばこ》をくゆらすひげ面《づら》の店長が陣取る、飴色《あめいろ》になった木製のカウンター。コーヒーサイフォンがこぽこぽと音をたて、細長いケトルがやわらかく蒸気をあげている。

時刻は、もう少しで午後の六時になる。主婦層はすでに夕飯の支度のために帰途につき、会社帰りの常連が来るには少し早いという時間帯。常連客らがめいめい勝手にのんびりとした時間をすごす、その穏やかなひとときに、電話のベルが鳴り響いた。

皿洗いをしていたアルバイトの相馬朗《そうまあきら》は、濡《ぬ》れた手をあわててエプロンで拭いて受話器を取りあげ、名前のとおりほがらかな声で言った。

「お待たせしました、『珈琲《コーヒー》専門店・帆影《ほかげ》』です」

カフェ、コーヒーショップなどという名称を使わないのは、店長である岡《おか》のこだわりだそうだ。そして店内に引いてある電話が古式ゆかしい黒電話なのも、以下同文。

ただし、ナンバーディスプレイがないというのは、ときどきちょっと困ることもある。

『おそれいります、こちら企業マーケティングリサーチC&Sの、斉藤《さいとう》と申します。少々お話をうかがいたいので、店長さまをお願いしたいんですが』

リサーチ、という単語に、相馬は「まいったな」と思った。

(もしかして変なアンケートとかかな。岡さん、面倒くさがりそう)

電話の声は、この手の電話にありがちな口早で明るいもので、特徴があるようでないような、不可思議なものだった。理由のわからない気分の悪さを感じたけれど、受けた電話を切るわけにもいかない。電話を受けた決まりどおりの返事をする。

「マーケティングリサーチC&Sの、斉藤さまですね。ただいま店長に代わりますので」

『……失礼ながら、そちらさまのお名前、うかがってもよろしいでしょうか?』

問いかけに、相馬はほんの一瞬、妙だなと思った。

(なんで、俺の名前なんか訊《き》くんだ?)

これがどこぞの企業ならともかく、いわゆる喫茶店の電話応対に担当の名前を求めることなどあまりないだろう。だが、べつに問答をする必要もなく、相馬は素直に答えた。

「申し訳ありません、相馬と申します」

ところが相手は『念のため、下のお名前も』としつこい。面倒になったがこれも答えた。

「朗です。……いま代わりますので、少々お待ちくださいませ」

相馬は送話口を手のひらでふさぎ、忙しそうに立ち働いている岡へと声をかけた。

「店長、マーケティングリサーチC&S、ってとこから電話です」

カウンターのなかでコーヒーを淹《い》れていた岡は、表情と声だけは明るいまま、しかしきっぱりと対応を拒否する響きで答える。

「マーケティングってことは、アンケートかなんかだろ。いま手が離せないって言って」

「あはは、おっけーでーす」

予想していたとおりの反応だった。相馬は軽くうなずき、受話器を持ちなおした。しかし、すでに電話は切れてしまっていた。

「……あれ？」

もしかして間違えて切ってしまったのだろうか。首をかしげると、岡が問いかけてくる。

「どうした？　朗」

「や、なんか切れてました」

相馬の答えに、岡は苦笑いする。

「おおかた、あれだろ。リサーチとかいって、セールスなんだよ。出たらこっちが『いりません』って返事する暇もないくらい、製品についてまくし立てられるんだ。待たせたから、見こみなしって思って切ったんじゃないのか？」

「でも、すぐ代わるって言ったのに……」

「電話のオペレーターが短気だったんじゃねえの。ああいうのってたしかノルマ制だろ？かけてかけてかけまくる。ま、どうせつながってたって切ったんだ、ほっとけよ」

店をやっていると、この手のことはよくあるものだと岡はあまり真剣にとりあわなかった。

相馬自身、このアルバイトのみならず、叔父の経営するバーでもひやかしの電話は経験している。そんなものかとうなずき、受話器をおろした。

「ところで朗、おまえの絵のついたポップとコースター、けっこう評判よかったんだけど、もうへたってきてな。また頼めるか？」

岡の声に、相馬はぱっと顔を輝かせ、うなずいた。

「いいですよ。この間のと同じ絵でいいなら、ともだちに頼んで、すぐ台紙にプリントしてもらうけど」

相馬は総合美術専門学校の二年生で、デザイン科イラストレーション専攻に在籍している。この店で、手書きイラストのついたコースターやメニューが採用されたのは、ほんの偶然。休憩時間にたまたま、返却された、だいぶ以前の課題のイラストを広げていたところ、岡が「それ使えないか」と言ってくれたのだ。

課題は、テーマとして出されたボサ・ノヴァのイメージでイラストを描くというものだった。相馬には残念ながら外国語の歌詞は聴き取れなかったが、曲調からかわいらしいラブソングに感じられたため、デフォルメの効いたちいさな男の子と女の子が草花の陰でキスをしている、というイラストになった。

――若い学生の課題にボッサとは、いい趣味してるよな。

岡いわく、『BOSSA NOVA《ボサ・ノヴァ》』とは『新しい才能』を意味する言葉だそうだ。

一説によれば、ブラジル音楽の代表といわれる作曲家、アントニオ・カルロス・ジョビンが、当時は新人だった歌手兼ギタリスト、現在ではボサ・ノヴァの創始者とも言われる、ジョアン・ジルベルトに対し「これぞ新しい才能《ボサ・ノヴァ》だ」と評価したことから来ているらしい。

そんなうんちくを、自慢の口ひげを撫《な》でながら語ってくれたのが岡だ。相馬をジョアンに見立て、自分こそが才能を見いだしたジョビンなのだとしょったことを言ってくれていた。

「それとも、新作作ったほうがいい？　なにかイメージあるなら、あわせるし」

「できれば新作がいいな。今度新メニューのデザートも出すから、それにあわせて」

あれこれと注文をつけだした岡の横から、女性客が声をあげた。

「あ、なに？　朗くんのコースター、また出すの？　楽しみ。朗くんのイラストかわいいよね。本人にも似てるし」

にこにこと微笑《ほほえ》む常連客は、帆影の近所に輸入雑貨の小さな店をかまえている、高田《たかだ》という女性だ。見るからにセンスのいい彼女に誉《ほ》められたのは嬉《うれ》しいが、似ていると言われると複雑だった。

「俺、あんなにファンシーですか？」

「いつ見ても元気だし、ファンシーでキュートよ。そのまんま、うちの店で売りたいくらい」

四十代半ばと思われる高田からの言葉には、眉《まゆ》を寄せたまま笑うしかない。岡が苦笑しつつ、「うちの看板息子売らないでくれよ」と雑《ま》ぜ返した。

二十歳になっても小柄で少年っぽいと言われる相馬は、高校生のころまではよく、どこぞのアイドル事務所のタレントによく似ていると言われたし、小動物っぽい雰囲気が年上の人間に受けがいい。

「どうせなら、イラストのほう買ってくれると嬉しいんですけど」

「あらま、ちゃっかりしてるわね」

生意気なと小突かれて舌を出す。笑ってみせたけれども、高田はまんざらでもない様子で「まじめにわたしもほしいな。少し譲ってよ」と続けた。

「高田さんもほしいの？　どれくらい？」

「そうねえ、うちのオフィスで接客するのに……うーん、とりあえず十枚くらいは。使用権売ってくれれば、いっそうちの商品にするのに」

お誉めの声に相馬は照れた顔をする。「そりゃ、おおげさでしょ」と首をすくめると、高田は身を乗り出した。

「なに言ってるの、学生さんにだってちゃんと支払うものは支払うわ」

「んー、でも高田さんが使いたいなら、好きにしていいよ？」

相馬のあくまで本気ではないと知れる声に、高田はちいさくため息をついた。

「買ってくれって言っておいて、これだから……。あのね朗くん、あたら才能を安売りするようなこと言わないのよ？」

「あはは、お世辞はいいですよ。うまいなあ、高田さん」

「お世辞じゃないわよ。本当にきみのイラスト、商品化したらいけると思うんだから」

高田の言葉をとりあわず、相馬は「またまたあ」と笑ってみせた。

「あら、まじめに言ってるのよ。嘘《うそ》だと思うなら、どっかのコンペにでも出せば一発で――って、なんか変な顔したわね。どうしたの」

コンペのひとことに複雑なものを覚えた相馬の微妙な表情は、高田には隠せなかったらしい。隠すほどでもないとため息をつき、胸につっかえていることを素直に吐き出した。

「いや……じつは担任にも、イラストのこと、コンペに出せとか言われてて……」

「え、専門学校にも担任っているんだ？」

いますよ、と笑って返しつつも、相馬の眉は寄ってしまう。

「就職活動に関して、ちょっと、その担任と意見あわないんですよね」

「ああ、もう二年だもんね。就活開始か。シビアねえ」

相馬が通う専門学校は二年制で、来年は卒業だ。そろそろ就職も視野にいれて動かねばならず、就職相談は前期の頭から行われていた。

専門学校などに通ってはいるが、自身はイラストで食べていけるほどの腕も気概もない、と相馬は思っている。ほかにもいろいろ思うところもあり、どこかの出版社やデザイン事務所にでも就職して、営業とか事務職にでも就ければいいと考えていた。

(でも、そうあまくはないんだよなあ)

思わずため息が出そうになるのは、いまどきの就職事情があまりに厳しいからだ。おまけにデザイン科となれば就職先のあっせんはデジタルワークが基本の会社が多く、どうにも機械オンチの相馬は頭を抱えている。

おまけに、問題はそれだけではない。担任は『就職希望』の相馬の意見を受け入れず、本腰を入れてイラストレーターになる道を考えるよう勧めてくるのだ。

「朗くんは、コンペに出して、一攫千金《いっかくせんきん》を狙《ねら》ってみる気はないの？　なんで？」

「そりゃ一回や二回はまぐれでどうにかなるかもですけど。俺、就職したいんですよねえ。フリーランスだと、怖いじゃないですか」

「なあに、若いくせに保険かけるの？　冒険してみなさいよ」

高田の茶化しめいた追及に、相馬はやんわりと笑う。担任と繰り広げた舌戦を、目の前のやさしい女性とまで交える気はさらさらない。

――どこに勤めるってビジョンもないなら、まず腕試ししてみろよ。

相馬がいくら断ろうと、彼はめげなかった。その後、くどくどと続いた説教まで思いだし、ぶるっと相馬はかぶりを振る。どうして先生と名が付くものは、生徒の進路となるとああもしつこいのだろうか。

「いま、厳しいのはわかってるんですけどね、でもやっぱ、会社員って安定してるし……」

ふつうに会社勤めできれば充分――そう言いかけたところで、岡の声がかかった。

「朗、時間だろ。そろそろあがっていいぞ」

「あ、はーい。ありがとうございます」

時計を見ると、アルバイトの終了時間が迫っていた。高田に「それじゃ」とにっこり笑って、相馬はエプロンをはずす。すると、紙製のドギーバッグがぬっと突き出された。

「……ケーキ、いつもの。焼いておいたから、もってけ。今日、日曜日だろ」

岡はそっぽを向いたままだったが、心遣いが染みる。ひげ面で強面《こわもて》ぶっても、人情家で涙もろいこの店長とは、じつのところ相馬が子どものときからのつきあいだ。岡は叔父である相馬昭生《あきお》の大学のOBで、十は離れているけれども仲のいい友人だった。

「いつもありがと、よっちゃん」

岡の下の名前は義人《よしと》だ。幼いころの呼び名で微笑むと、岡はくしゃっと顔を歪《ゆが》めて笑った。

「昭生にも、お母さんにも、よろしく言ってくれ」

うなずいて、相馬は肩掛けかばんを斜めがけにし、ドギーバッグを大事に抱えた。

店を出ると、夕暮れが迫ってきている。春をすぎ、日はだいぶ長くなってきたけれど、やはり五時をまわればうっすらと翳《かげ》りがさす。

かつて相馬が住んでいたこの町は、東京都下の静かな住宅街だ。周囲にビル群もなく、そのせいで夜が早い。

細い足で向かうさきは、ここからバスで十分ほどの距離にある、総合病院だ。

「ケーキ、食えるかな」

たぶん無理だろうことは、岡も相馬もわかっている。それでもこの小さな箱を見たら、病室にいる母——相馬ひかりは嬉しそうに笑うだろう。

いまはそれで充分だと、相馬はオレンジに染まった夕暮れの町をまっすぐ走った。

そしてそれきり、奇妙な電話のことなど忘れてしまっていた。

＊　＊　＊

相馬の通う『東京《とうきょう》アートビジュアルスクール』は、都内にある総合美術専門学校だ。

学科は多岐にわたり、グラフィックデザインからアート、ファッション、アニメーションなどなど、ぜんぶで十二の学科に五十の専攻と幅広く、次代のクリエイターを育てるというたい文句で、多数の生徒を抱えている。

学科が多いということは、校舎も多い。一年時には各種専攻でも共通の授業——たとえばデッサンや、基礎教養など——があるのだが、二年からはそれぞれの科での専門的な授業がメインとなり、通う場所も専科ごとにばらばらになる。

なかでもファッション科などは、一年のころから実習校舎が上北沢にあり、本校舎のある水道橋にはめったに寄りつかなくなる――はずなのだが、なぜか本校舎のPCルームには、そのファッション科の生徒である沖村功《おきむらこう》の姿があった。

「二年になったのに、オッキーは相変わらず顔出すよね。最低でも週に一回」

冷やかすと、沖村はペンタブレットを操作しながら睨《にら》みつけてくる。金とグリーンに染めわけた髪、迫力ある長身にも怯《ひる》まず、相馬はにやにやと笑ってみせた。

「なにが言いてえんだよ」

「べつに？　いつまで経《た》ってもイラレの扱い上達しないんだ、なんて言ってない」

ベジェ曲線を相手に四苦八苦していたさまは、モニタ上で見てとれる。画面を覗《のぞ》きこんだ相馬はなおもにやにやと笑って言ってやると、沖村は吠《ほ》えた。

「いま言っただろうがよ！　相変わらずむかつくな」

「図星さされたからって、わめくなよ、オッキー」

憤懣《ふんまん》やるかたないという顔をした沖村は、せめてもの反撃を試みる。

「おまえだってパソコンへたなくせに」

「俺は、絵はうまいからぁ」

しれっと言ってのけると、沖村は悔しそうに唇を歪めた。拗《す》ねた態度が端整で派手な顔だちに似合わず、相馬はこっそり噴きだしそうになる。見咎《みとが》められればやっかいなので、窓から差しこむ、うららかな春の陽射《ひざ》しに目をやるふりをしてごまかした。

（こいつ、まじめで努力家なんだよな。俺が誉めると怒るから、言わないけど）

冲村は服飾デザイナー志望でありながら、致命的に絵が下手《へた》で、デッサン力がない。そのカバーをするために、CGソフトなどを使って図案を描くことにしているのだが、そちらもあまり適性がないとみえて、なかなか上達しないのだ。おかげでこうして、授業が終わったときなどに、個人的な練習をしに本校舎に通ってきている。

むろん、それらは口実にすぎないことくらい相馬はわかっていた。冲村は、わざわざ違う校舎から通いつめてまで、会いたい相手のもとへと健気《けなげ》に寄りそっているのだ。

その『お相手』に向かって、相馬はにやついた笑みもそのままに振り返った。

「史鶴《しづる》、オッキーが睨むー、こわーい」

「それは相馬がからかうからだろ」

相馬のわざとらしい声にため息をついたのは、相馬の入学前からの友人であり、アニメーション科の期待の星でもある北《きた》史鶴だ。眼鏡《めがね》の奥の聡明な目で相馬をたしなめ、冷静な声で告げる。

「冲村、いいからこれちゃんと仕上げて。相馬も、邪魔しないで」

「……わかった」

そのひとことで、冲村はむくれた顔をしつつも画面に向かい直す。従順な様子がおかしく、相馬はからかわずにはいられない。

「史鶴の言うことだけは聞くんだから」

「うっせえよ！」

「相馬、もう、いじるなってば！　冲村も相手しない！」

しかつめらしい顔をする史鶴に、相馬はわざとらしく鼻を鳴らし、あてこすってやる。

「なんだよ史鶴もさあ、先生ぶっちゃって。そもそも、ふたりともいっしょに住んでるんだから、おうちで『授業』してもらえばいいじゃん」

「冲村の専用マシン、ここまでスペックよくないんだよ。俺のは、アニメ関係に特化させた俺チューンだし、だから……」

もごもごと口ごもった史鶴が言うところによると、彼の自宅マシンはすべてアニメーション制作専用にカスタマイズしており、冲村のように低スキルの人間には使いづらいのだそうだ。しかし、それだけではないだろうと相馬は指摘した。

「もっともらしいこと言ってるけど、ふたりきりの時間はいちゃいちゃしてたいから、ってんじゃないの？　それとも、学校でもいっしょにいたいとか、そういう話？」

「わかってんならいちいち口突っこむなよ」

「ちが、べつに、そういうんじゃ……」

茶化してやるつもりが、冲村は堂々と開き直ってにやりと笑い、史鶴は赤くなって黙りこむ。おかげで相馬のほうが気まずくなってしまった。

「あのさあ、ふたりともつきあってぼちぼち半年すぎたんだから、もうそろそろ落ちついてくれないかなあ」

わざとらしくしらけた顔で言ってやれば、こちらも負けじと沖村は史鶴の細い身体《からだ》をうしろから抱き寄せ、小さな頭に顎《あご》を乗せる。

「落ち着かないと、なんか悪いか？」

史鶴は「沖村っ！」とたしなめる声を出したが、彼氏はまったく動じない。相変わらずのべったりぶりに、相馬はやれやれと肩をすくめる。

「いっそ史鶴のほうが慣れて、いちいち照れないようになってくれればマシなのかなあ。それとも俺が慣れるべき？」

「慣れるって、そんなの無理だってば！」

真っ赤になった史鶴は、最近カラーリングしたばかりの上品な焦げ茶の髪を揺らしてかぶりを振った。相馬は、からかい甲斐《がい》のある友人に目を細める。

（よかった。史鶴、いいほうに変わって）

同じ学年に在籍しているが、史鶴は相馬よりふたつ年上だ。年齢以上にしっかりしてはいるけれど、ときどき危なっかしい彼を、相馬はまるで保護者のような気分で見守ってきた。

史鶴は少し前まで、きれいな顔をもっさりした前髪と分厚いフレームの眼鏡で隠し、鬱々《うつうつ》とした顔をしていることが多かった。

しかし近ごろでは、せっかくのルックスに似合わないファッションを返上しつつある。眼鏡も最近度が進んだのを機に、少ししゃれっ気《け》のあるものに変えたせいで、印象がかなり明るくなった。

といっても、いまさらファッションに目覚めたわけではなく、必要に迫られてのことだ。

ショートアニメ作家『ＳＩＺ《シズ》』として、こつこつ地道に活動してきた史鶴は、昨年終わり、ある企業の開催したショートフィルムコンペのアニメ部門で、優秀賞をとった。そのインタビューや授賞式などで、人前に出る機会がいきなり増えたのだ。

かつて史鶴は、自分の顔がひとに注目されるのを厭《いと》い、わざとのように地味でダサい恰好ばかりをしていた。冲村の前につきあったふたりの男が、こぞって彼を『顔だけ』と貶《おとし》め、自信をなくすようなことばかりを言っていたせいだ。

けれど、あきれるほど強気で前向きな、いまの彼氏のおかげで、積年のコンプレックスは払拭《ふっしょく》されたらしい。

――見た目が派手でも地味でも、わかるひとには本当にわかってもらえるから、それでいいんだと思って。

穏やかにはにかんでいた史鶴の言う『わかるひと』が誰のことなのかなど、言われるまでもない。史鶴が不安がるどころか鬱陶《うっとう》しく感じるほど、隣に居続ける男のことだ。

この日身に纏《まと》っている春らしいカジュアルな装いはジャケットやシャツ、ボトムに至るまですべて冲村の手作りだ。冲村本人はパンキッシュなファッションを好んで着ているけれど、作る服はどちらかというとシックでかわいらしいのが相馬には意外だった。むろん、史鶴のイメージで作っているせいもあるのだろう。

(冲村には史鶴が地味だろうが派手だろうが、かわいく見えるんだろうしな)

史鶴と相馬が知りあって、すでに四年ほど経つ。傷ついて暗くうずくまっていた史鶴が明るく幸せでいるのなら、誰の影響だろうとかまわなかった。

だが、彼をずっと励まし続けた友人としては、あっさり史鶴を変えた冲村に少し嫉妬《しっと》もするわけで、だからついついからかってしまう。

「まあね、冲村ごのみに、ここまでかわいくされちゃってるくらいだもんね。そりゃ慣れるのなんか、無理だよね」

「相馬、いいかげんにしろよ!」

怒鳴《どな》られても、真っ赤な顔ではなんの迫力もないと相馬は笑う。そして、ここ半年で喜怒哀楽がひどくはっきりとしてきた友人のことが、本当に嬉しいと思えた。だが史鶴はとても愉快とは言いがたかったらしく、しきりに眼鏡をいじりながら話題を変えてくる。

「よけいなこと言ってないで、相馬こそ、例の件はどうしたんだよ?」

「……なんの話?」

そらとぼけて目を逸《そ》らすと、史鶴は無言で睨みつけてくる。そしてマシンのブラウザを素早く立ちあげ、あるサイトを表示した。

「このコンペに出せって、先生に言われてるんだろ？」

史鶴が指さしたのは、大手出版社のアート系雑誌が立ちあげた、キャラクターイラストの公募サイトだ。優勝賞金は五十万と大きく、採用されたイラストは、一年間その雑誌のイメージキャラクターとして使用され、その後、仕事の依頼が来る可能性も大だ。

昨年の優勝作品は、ぽってりとした愛らしい架空の動物で、猫とたぬきが混じったような雰囲気がある。むろんこのイラストは、ＷＥＢや雑誌本体でイメージアイコンとして活躍していた。

「この公募の内容は相馬に向いてるし、方向性もかなりあってる。やるべきだと思う」

静かに諭《さと》す史鶴に、相馬はへらへらと笑ってみせた。

「そういうの、興味ないいんだよ」

「ごまかしてないで、ちゃんとやれよ、相馬。俺、いいと思うけど？」

穏やかな史鶴の、平坦で低い声は厳しい。こういう声を出すとき、史鶴が本気で説教をしたがっていることを相馬は知っていて、うんざりした顔を隠しもしなかった。

史鶴は相馬のいやそうな顔になど動じず、真剣な目で向かってくる。

「なんでいやがるんだ？　おまえ、絵描くのほんとに好きじゃないか」

「俺、絵は趣味でいいんだって」

「趣味？」

相馬の言葉を繰り返した史鶴の声は、いかにもばかなことを言ったと決めつけるように響いた。

「相馬の描くイラストは、ハイカルチャーのアートとは違うだろ。キャッチーでかわいいイラストとか、キャラクターのデザインとか、基本的に商品化に向いてるんだよ。実際、コースターだのポップだの、アルバイトさきに頼まれると楽しんで作ってるだろ」

岡や知りあいに頼まれ、ちょっとした小物を作ったりする際、史鶴に性能のいいプリンターを借りることもあった。そうでなくとも、入学前から相馬の絵を知っている友人は、なぜごまかすんだというように睨んでいる。

「SIZ先生に誉められるのは嬉しいけどさ……」

「相馬っ」

ごまかしはいらないと鋭く名前を呼ばれ、相馬は口を尖《とが》らせた。

「ほんとに俺、こういうことで競争とかしてギラギラするの、好きじゃないんだよ。コンペとかさ、選ばれないとへこむじゃん」

口にしたのは事実だ。もともとプロを目ざし、どんな厳しい状況でもこつこつと努力し続け、それ以外のものをすべて犠牲にしたような史鶴とは違うと、相馬は思っている。

だが、あえて軽く装った声に、史鶴はさらに眉間《みけん》のしわを深めただけだった。

「ギラギラって、まだ予備校のトラウマ引きずってんの？」

きっと睨むような目で過去の話を持ち出され、相馬はため息をつきたくなった。

「あれはトラウマってほどじゃないって。向いてないと思ってやめただけ」

口にしたのが本心だと、何度言ったらこの友人はわかってくれるだろうか。

史鶴の言うとおり、相馬は高校に入ったばかりのころ、いずれは美大に入ろうかと考え、試しに予備校を見学しにいったことがあった。そして数日講義を受けてみたものの、剣呑《けんのん》な気配だけですっかりぐったりしてしまったのだ。

そこは芸大などを目指すぴりぴりした連中が多く、デッサン開始と同時にベストポジションを決めるのにも、すさまじい縄張り争いがあって、正直面食らった。

（なにこれ、怖っ！）

当時まだ十六歳だった相馬に対し、二十歳すぎのひげ面の男が目をぎらつかせて睨んでくるのには、怖いというよりあきれた。

（なんでみんな、こんなに余裕ねえんだろ。絵って楽しく描くんじゃないの？）

自覚もするが相馬はけっして気弱ではなく、むしろけんかっ早いほうだ。口げんかやこぶしで正面きって突っかかられたなら、やり返すことはできたと思う。

しかし、じっとり重苦しい視線や気配だけでお互いを牽制《けんせい》したり、無言のままプレッシャーをかけるという陰険さは、どうにも苦手だった。

基礎技術は習っておくに越したことはないが、もともと相馬のイラストはアート系というよりもポップ系、マンガに近い雰囲気のものだ。卓越したデッサン力など必要はないだろう。

そう思って、相馬は予備校への入塾を取り消し、受験もやめた。

のちになり、見に行った時期も予備校も悪かったことを知った。本番直前の冬場、しかもその学校が、いまどきめずらしく、バリバリな受験体制のところだったのだ。

現在は少子化問題で受験する学生数が減ったとはいえ、やはり美大は一般大学に比べて圧倒的に数が少ない。そのため、浪人生の割合も多い。グラフィックデザイナーという職業に対する憧《あこが》れが非常に高かった九十年代初頭には、東京近辺の美大は、学部にもよるが最高で七十倍強という、驚異的な倍率だったそうだ。

――いまだに狭き門ではあるけど、それでも、あそこまで血道あげてる予備校は少ないよ。

叔父の店の常連である教育関係者に、そう教えてはもらったのだが、ファーストインパクトがあまりに強烈すぎて、相馬はすっかり気をそがれてしまった。

(俺には無理だ。あのノリ、ついてけない。楽しくやんなきゃ、いやになっちゃうし)

あんなくたびれる空間にいたら、モチベーションがすり減ってしまう。それなら独学でかまわないし、もっとゆるいところでのびのびやるほうが向いている。そう思って、受験なしのこの学校へと入った選択を、自分ではなにも後悔していない。

だが、史鶴はそれをなかなかわかってくれないのだ。

「結局、気迫負けしたってことだろ。そういうの、よくないって俺に言ったの誰？　挑戦もしないのなんて、相馬らしくない」

「らしくないって、なにそれ。俺は俺らしくやってるよ？」

考え方はひとそれぞれだな、と思うのはこんなときだ。もともとプロ志向の史鶴は、まず作品というのは他人に見られ、評価されてしかるべき、という考えだし、それが職業や、商業的展開に結びついているのが当然になっている。

史鶴の作るものがアニメーションであることも、その一因だろう。手間も時間もかかり、物語性の高い作品を、『ひとに見られる』ことを前提にしている表現方法。それを選んだのは、一見おとなしげな史鶴のなかに、相当強い自己主張が眠っているからだ。

けれど相馬は、自分が満足さえすれば、他人の評価はあまり気にしない――むしろ、あまり評価などしてほしいとも思っていない。

「もったいないじゃないか。やれる力があるのに、やらないなんて、なんで逃げるんだ」

咎める口調に心配が滲《にじ》んでいるのは知っている。だからあまり強くも反抗できず、相馬は笑ってみせるしかない。

「いや、逃げとかじゃなくてさ。俺は、それで食べていく気はないんだし。ふつうに会社員になって、事務とか営業やって、趣味で絵描いていければ――」

「そこがおかしいんだよ」

穏和な史鶴にしてはめずらしい、強い口調で相馬の言葉が遮られた。

「ほんとにただの趣味なら、なんでわざわざ、この学校に入ったんだよ。営業や事務がいいなら、情報処理系の専門学校とか大学に行くべきだっただろ。それに相馬、仕事なんかに就いたら、本当にたまの休みに描くだけになるんだぞ」

言葉には実感がこもっていた。受験した大学を二年でやめ、アニメを作るためこの専門学校に入り直したことで親と決別した史鶴は、現時点ですでに自分の生活を自分で養っている状態だ。金を稼ぎながらの創作で、どれだけ時間の捻出《ねんしゅつ》に苦労するのか、史鶴は知っている。

「描き続けたいなら、プロになるべきだ。相馬のイラストはそれが可能だと思うし」

たしかに、彼の言うことにも一理あるとは思う。彼に比べれば、学費も生活費も親がかりの相馬は、あまちゃんの学生だし、将来についてのビジョンはかなりあいまいだ。

(俺は、史鶴とは違うんだよ)

誰もが二十歳そこそこで、本当に自分の将来の道など決めきれていない。

それがときどき、わけもなくしんどいこともある。だが自覚があるだけ、相馬としては分をわきまえているつもりだ。

「俺、無理はしたくないんだ」

へらっと笑って答えると、史鶴はますます顔をしかめた。彼は彼なりに相馬を思って言ってくれているのだろうけれども、正直にいって口を出されたくはない。

すでにセミプロ的な活動をはじめている史鶴は、ものの見方がふだんからシビアだ。どちらかといえば、先生側に近い視点でいるのは感じる。だからこういう話をすると、徹底的に意見があわなくて、それが相馬はきらいだった。

「それにさ、史鶴の言ってるのって、プロ目指す人間以外は描くのも許されない、勉強もすべきじゃない、って意味にとれるんだけど？」

ある種の傲慢《ごうまん》とも受け取れる史鶴の物言いを指摘すると、彼ははっとなった。

「ちが、そういう意味じゃなくって、相馬が――」

「ほっとけよ、史鶴。こいつにはこいつの考えがあるんだろうし」

言いさした史鶴を制したのは、冲村のそっけないほどの声だった。

「やる前から試合放棄してるやつなら、なおのことだ。やる気ないなら、いくらまわりが勧めたって無駄だろ」

「無駄って、冲村そんな」

史鶴は顔をしかめたが、相馬は冲村ににやっと笑ってうなずいた。

「そのとおり。俺には俺の考えがあるしさ」

冷たい言いざまにも聞こえるが、相馬は気にならなかった。自身も服飾デザイナーを目指し努力中の冲村は、基本的に他人については——史鶴を例外として——干渉したがらない。

(史鶴もこれくらい、ほっといてくれりゃいいんだけどなあ)

さきほどは少し意地悪に指摘したが、史鶴はときどき視野が狭い。本人はまったく意図していなかったことだと本当はわかっていたが、相馬が言ったとおり、実力のない人間については、よくも悪くも彼の『視界に入っていない』のだ。

そして自分がプロを目指しているように、ほかの力量のある者たちもそうすべきだと——いや、それがあたりまえだと考えている節がある。その点だけは、史鶴よりも冲村のほうがある意味大人だと相馬は思う。

冲村や史鶴ほどに自分の作品だけを追い続けるような生きかたは、相馬は選ぶつもりはないし、選べるとも思っていない。

むしろ、二十歳そこそこで史鶴たちのように、さきを見据《みす》えている人間のほうが少数派だと相馬は思う。この学校に通っている人間の大半は、相馬と同じスタンスのはずだ。

(それに、俺は……)

まだ将来の道など見えていないけれど、相馬には相馬なりの生き方を選ぶ理由がある。

それはいくら親友でも史鶴にすら打ち明けたことはないし、このさきも口にしないだろう。

「向き不向き、ってあるんだよ、史鶴」

にっこり笑って気遣わしげな友人の追及を遮断し、相馬は話題を変えた。

「ところで、ムラジくんは？　今日、いないの？」

問いには、まだ苦い顔のままの史鶴ではなく、冲村が答えた。

「今日はまだ見てねえな」

いつもつるんでいる、史鶴と同じアニメーション科の田中《たなか》連《むらじ》は、この仲間内でもっとも人格のできた、穏やかな青年だ。

「本、返そうと思って持ってきたんだけど。やっぱメールで確認しとけばよかったかな」

「……いや、学校には来てるよ」

ハードカバーが数冊入った袋をぶらぶらさせて相馬がつぶやくと、史鶴が小さくため息をついた。目をあわせない相馬に、話を打ち切られたのが少し不服なのだと顔に書いたまま、言葉を続ける。

「ただ、今日はレポートの提出係だから、みんなから集めたあとに、教員室に寄ってくるって言って……」

言いさしたところで、ぽてぽてと足音が聞こえた。見た目の雰囲気どおり、おっとりしたムラジの足音には特徴がある。ぽっちゃり目の身体つきに、おっとりしたしゃべりかたは、彼がそこにいるだけで皆をなごませる。相馬もムラジが大好きだった。

「遅いよムラジくん、この本――」

横開きのドアが開いたとたん、相馬は満面の笑みで振り返った。だが、困惑したムラジの背後にいた男の顔に、目を眇《すが》める。

「相馬くん、あの、先生がどうしてもって……」

「田中を怒るなよ。どっちが約束すっぽかしたか、わかってるよな？」

にっこり笑う長身の男は、ムラジのぽってりした姿と対比すると、妙に縦長に感じた。清潔そうに整えた髪に、センスのいいカジュアルな服装。シンプルなファッションだからこそスタイルのよさも目立つその姿に、相馬は見る間に険悪な顔になる。

（出た……）

現れたのは、相馬の担任講師、栢野志宏《かやのゆきひろ》だ。デザイン科でも一番人気の講師で、冲村のようにド派手ではなく、一般的に見て非常にモテそうな、さわやかで清潔感あるタイプだ。年齢は三十前後だという話だが、見た目はもっと若々しい。

学生のころ、雑誌モデルのバイトをしていたとかいう噂《うわさ》もあって、真偽は定かではないが、とにかくそんなミーハーな話題が出る程度には男前だ。

その栢野を見て、こうもいやな顔をするのは、おそらく相馬くらいだろう。

「そういやな顔するなよ、相馬」

栢野はしかめっ面《つら》の相馬に小さく噴きだし、相馬の眉間にはますます変な力が入った。

「べつにしてないです。地顔です」

「嘘つくなー」

笑って、栢野は相馬の小さな頭を鷲摑《わしづか》みにしてくる。黙っていればすました美青年に見える栢野だが、じつは案外気さくで、くだけた態度を取るところも人気らしい。

だが相馬は、栢野がどうしようもなく気に入らない。

「頭、触らないでくださいっ」

「おや、ごめんごめん。手の置き場にちょうどいいもんだから」

思いきり手を振り払ったのに、栢野は「あはは」と笑ってまた頭をぽんぽんと叩《たた》く。

モデルがどうこうと噂される理由の一因は、栢野のこの背の高さのせいだろう。

屈辱の身長差に、思わず耳が熱くなる。だがぎりぎりと歯がみした相馬が睨んだのは、栢野の顔ではなかった。

「オッキー、なに笑ってんだよ！」

「いや？　たしかにおまえ、手を置くにはちょうどいいサイズだよなと思って」

初対面でチビと罵《ののし》ってくれた男は、そう言ってせせら笑う。

見まわした面子《メンツ》は、腹が立つことに全員相馬よりも背が大きい。栢野と同じく、冲村は一八〇センチを軽く越す長身のうえに、髪を立てていたりソールの厚い靴を履いていることもあるため、ときには二メートル近くの背丈になる。

ムラジは一七五センチくらいだそうだが、身体の横幅があるので、実際より大柄に見えた。

史鶴は相馬より数センチは高い程度だが、所作が落ちついていて実年齢よりもおとなびてい

るため、やはり『ちびっこ』という印象はない。

「この……くそ……身長でひとを差別すんなっ！」

「相馬、そういう話はいいから」

思わずかっとなった相馬をため息まじりにたしなめたのは、やはり史鶴だった。

「話、ちゃんとしておいで。面談すっぽかしたのは相馬が悪いよ」

「ありがとうね、北くん。うちの生徒、逃げ足速くて困ってたのよ」

なにか言うよりも早く、栢野はにっこり笑って相馬の腕をがっちり摑む。ずるずると引きずられると、栢野の近くにいたムラジがあわてたように道をあけた。

「ムラジくんの裏切り者……」

恨み節をささやけば、苦笑しながら「ごめん」と拝まれた。

「でも、逃げても意味ないだろ？　がんばってね、相馬くん」

基本的にまじめな彼だから、講師から相馬の行方《ゆくえ》を問われて嘘がつけるわけがない。

なにより悪いのは、サボった自分だと知っているからそれ以上は言えない。

「いいともだちだよな、みんな」

しみじみと言う栢野の口元は、ふだんから笑っているように口角があがっている。それすら気に入らないと目を逸らした相馬は、無言で教員室への道のりを連行されていった。

中学や高校で言うところの職員室というものは、この専門学校にはない。

おのおの、専科によって講師の詰めている研究室と準備室、そして若手講師や非常勤講師などが詰めている教員室があり、パーティションで区切られた窓際の一角が、学生の指導や相談に使われる。

この学校では生徒と講師が必要以上に親しくならないよう、両者の『私的な交流』を禁じている。課外の相談は学校で許可された、今回のように就職についての面談だとか、転科の打診などに限られ、場所はこの教員室限定。守秘義務があるため、一応個室扱いだが、パーティションで区切られただけの空間の外では、いつも誰かしらの姿がある。

要するに監視つきの閉鎖空間なわけだが、そこへと相馬を拉致《らち》した本人は、にこやかな表情を崩さないままに椅子を勧めた。

「座って。喉《のど》渇いてないか？　お茶飲む？」

「いいです、平気です」

「あ、そう？　俺はもらうけど」

けろりと言われたが、こんな状況でお茶もなにも喉を通るわけがない。

山のような就職関係の資料が詰まった書架と、折りたたみテーブルとパイプ椅子だけという空間で、相馬は居心地悪そうに腰をおろした。

（きらいなんだよな、ここ）

ふだんは怖いもの知らずだし、べつに栢野に怯《おび》えたりもしていない。だが、さすがに講師とふたりきりで向きあうと、妙に緊張する。壁面をびっしり埋める資料本は圧迫感を醸しだすし、いかにも『学校の進路指導室』という空気を得意な人間は、あまりいないと思う。

生徒の緊張など知らぬとばかり、栢野は自分のための茶を淹れてうまそうにすすった。

「で、相馬。エントリーシート、書いてきたかな？　それともWEB申しこみを自力ですませたなら、それでもいいんだけど」

にっこりと微笑んだ担任の言葉に、相馬は口を尖らせた。後半の言葉は、相馬がかなりのパソコンオンチと知っていてのあてこすりだろう。

「もうその話は、先週終わったじゃないですか」

「終わってないよ。前回の話しあいは平行線だったでしょうが」

「先生が言い張ってるだけじゃないですか。俺はイラストレーターになるんじゃなくて、ちゃんと会社に就職したいんです」

相馬自身は、どこか小さくても、定期的な収入のある会社に勤めようと思っている。前回の話しあいでもそう主張したのだが、栢野はどうにも納得してくれないのだ。

「本気とは思えない」

「本気ですってば！　ほんとに就職したいの！」

言い張ると、栢野はすっと目を細めた。ふだんの明るくさわやかな笑顔が嘘のような鋭い目つきに、相馬は一瞬息を呑む。

「それは親御さんも納得ずみのことなのか？」

「そう……だよ」

「じゃ、なんで保護者相談会には、毎回誰もお見えにならないんだ」

「……忙しいみたいだったし、それは、自分で考えろって……」

しどろもどろになるのは、嘘だからだ。

この専門学校では、入学後から定期的に、保護者向け説明会が行われている。卒業生の進路状況、就職活動の最新動向やアドバイスなどをするものだが、そのことを相馬は誰にも話していない。

（いまどきの学校が、そこまで面倒みるなんて、誰も思ってないしなあ）

相馬の父や昭生たちの世代では、高校を卒業後に保護者が学校に呼ばれ、面談をするというのは『常識外』のことで、考えもつかないらしい。そこにつけこんで、書類を全部握りつぶしたのだ。

「べつに、そういうのだってありだろ。強制参加じゃないんだし」

むろん参加は自由で、自分で考えるからと親の意見を拒否するものもいるし、また子どもの自主性にまかせる保護者も多い。じっさい、史鶴は親と没交渉だし、自分のことは自分で決めている。冲村は自分で考えるように親に言われたと言っていた。

栢野はしばらく相馬の嘘を見透かすように睨んでいたが、腕を組んでふんぞり返った。

「じゃ、自分で考えたうえで、具体的にどういう職種がいいんだ。言ってみろ」

相馬は口を尖らせつつ、とりあえずの言葉を口にする。

「できれば、事務系とかがいいんだけど……」

「おいおい。パソコン苦手で事務ってのは無謀だろ。だいたいその『系』ってなんだよ。アバウトすぎないか？」

にべもなく切って捨てられ、相馬は顔を歪める。

「特に選ばないって意味だよ。職種はなんでもいいし、どこでもいいから就職したいんだ。定期的な収入があって、人生勉強できれば、それでいい」

「どこでもいいって、そんないいかげんな話があるか」

相馬は「いいかげんじゃないよ」と反論するけれど、栢野はかぶりを振った。

「あのなあ、希望条件すら自分でわからないんじゃ、話もなにもあったもんじゃないだろ。まったく、ほんとにまじめに考えてんのか？」

ため息まじりの声には、あきれたような響きがあった。さすがにかちんときて、相馬は目をつりあげる。

「なんだよ、俺程度のスキルの人間に、就職先選べるほどの贅沢《ぜいたく》はないって言ったの、そっちのほうじゃんか」

「は？　俺、そんなこと言ったっけ？」

言ったっけじゃないだろうと、相馬は目を眇《すが》めた。前回の相談で栢野が発した、心配をまじえた厳しい言葉は、耳に痛かっただけに覚えている。

「専門学校出たって、資格としてはろくに使えない。就学時には『短大卒扱い』とはうたわれてるけど、いまの就職状況じゃ、実質は高卒と見なされるも同然だ。そうすると間口は狭くなるし、そもそも募集自体が少ないんだって、そう言った！」

突きつけられた言葉をそのまま口にすると、「それは、そういう意味じゃない」と栢野は眉をひそめた。だったらどういう意味だと睨む相馬に、栢野は問いかける。

「あのな、なんでそんなに、イラストレーターへの道を拒否するんだ？」

「ていうか、逆に訊きたいんですけど。なんで就職しちゃだめなんデスカ」

ふてくされるように睨みつけても、栢野は怒りもしない。ただ困ったように苦笑して、穏やかに話し出した。

「だめだとは言ってないだろ。フリーでいるより『会社員』でいるメリットはある。安定した給与とか、保険とかね。けど正直、いまのご時世で『これさえやれば安泰』なんてものはない。その場その場の判断が重要なんだよ。個々人がなにを選び、どう生きるか、だ」

真摯《しんし》な目で語る栢野に、まだあやふやな自分を見透かされたかのようでどきりとした。

「まあ、適当な会社に入って、ビジョンなくだらだらとすごすのも、ひとつの選択だとは思うけど」

「そんなことしねえよ。ちゃんと働く気持ちはある」

むっとしたのが顔に出たのだろう。栢野は小さく笑い、表情をあらためた。

「ただ、疑問はいくつか残ってる。まず、事務を希望するなら、うちの学校からってのは不利もいいところだ。だったら、簿記だの会計だのの専門学校に行くべきだった。なぜそうしなかったんだ？」

「……絵の勉強したかったし」

「だったらそれが、相馬のやりたいことだろ。なのに、なんで仕事に結びつけると、とたんにいやがるんだ」

（史鶴と同じこと言ってる……）

栢野の指摘に、相馬はうんざりした気分になった。本当に自分がまるっきりの考えなしだと、何度も繰り返されている気がしたからだ。

「たとえ専門の資格があったって厳しいご時世だ。畑違いじゃどうにもならないってことくらい、わかってるだろう。その程度のこと、高校の先生にだってアドバイスされただろ？」

ことにここ数年、就職率がさがっていることは知っている。この手の専門学校は、理数系や工業系などのように、真の意味での『専門的技術職』を育てるのとは少し違う。ある意味、個人の感性やがんばりにかかっているのはわかっていて入学したのだ。

「……先輩たちからは、ここしばらくの就活は、売り手市場で楽勝だって言われてたんだよ」

もっともな言葉と質問に、相馬はわざとぼやいてみせることでごまかした。当然、栢野は「いくらなんでも、あまい考えだな」と厳しい顔で言う。

「そりゃ一時期は、就職が売り手市場だとは言われてた。でも、門外漢を雇うような会社なんてろくにない。それどころか、やる気と能力があったって、若い人間を育ててあげる『体力』がある企業すら正直少ない。状況が悪いのは当面の間、変わらないと思うぞ」

バブル崩壊の再来と呼ばれるほどに激変した株価市場のおかげで、学生の就職に対して、いままでにないほどの氷河期がやってきた。事実は事実として受けとめろと栢野は言う。

「俺らが若いころは、さして技術がなくても、やる気と勢いがあれば、食べる方法はあったんだ。そのころも就職氷河期だったけど、いまほどには不況が厳しくなかったからね。いまの学生たちの状況は、相当きついとは思う。でもそれはそれで、適応しなきゃならない」

「それは……わかるけど……」

あまくはないという栢野の言葉に、相馬は無言でうつむいていた。言われなくても、それくらいのことはわかっている。

「……相馬、本当にやる気ないのか？」

「いつもちゃんと本気でやってます。手抜きとか、したことないだろ」

長身の栢野は、椅子に座っていても迫力がある。真剣な目をすると、端整な顔がきわだつ。気圧《けお》された相馬は居心地悪く足下をもじつかせた。

「そういう話じゃなく、イラストで食っていくようにしたいって思わないのか。おまえだって結局好きだから、この科に残ったんだろ？」

「そりゃあんたがしつこく説得したからだろ！」

思わず敬語も忘れて嚙《か》みついた。

相馬は一年次の途中で、二年からは転科しようかとも考えていた。予想外に苦手なコンピューターグラフィック関連の授業が多く、どうも入学前に考えていたのと違う気がしていたからだ。

イラストレーション専攻というからには、さまざまな技法でイラストの勉強ができると思っていた。だが昨今の主流はすっかりCGで、授業の多くがPCに向かうことになる。各種ソフトも年々複雑なニュアンスを表現できるようになっており、手書きふうのイラストもコンピューターですべて作成するのが大半だ。むろん、具体的な最終ビジョンがはっきりしているなら、『画材』のひとつにCGソフトを選ぶのもアリだと相馬も思う。

だが相馬自身はパソコン操作が苦手というだけではなく、あくまで手書きの風合いにこだわりたかった。水彩絵の具を紙に乗せると、その日の湿度や温度でも色が微妙に変わってくるあの感じや、とくに好んで使うパステルやクレヨンの、ふんわりと空気が含まれたような立体感と質感が好きだった。

ならば、油彩などを扱うアート科にいけば、実習のほうも変わるだろうかと考えた。

——手書きの絵にこだわりたいんだけど、そういう科はないんですか？

たまたま、教員室でアート科の講師に転科についての相談をしていたところに通りがかり、反対したのが、この栢野だ。

「何度も言っただろ。いまデジタル系はどの学科でも基本教科で単位も必修。ウチの学校でいちばんＰＣ使わないのは、技術メインのメイクアップ科だよ」

転科を思いとどまらせるべく説得したそのときと、同じ話を栢野は繰り返した。

「相馬、ヘアメイクだのアロマだの、エステだのの技術でも習う気あるか？」

「……やるわけねーじゃん、そんなの」

揶揄《やゆ》を交える栢野の声に喉奥でうなって、わかってるよとうなずいた。

結局、現代美術にも興味は持てなかったし、この科に残ることにしたのは相馬の選択でもある。そこに栢野の熱心な説得があったのは事実だ。

——せっかくここまでやれるんだ。俺が伸ばしてやれるなら、いくらでも尽力する。

その言葉は、胸に響いた。作品を誉めてくれたのも、正直嬉しかった。

けれど、自分の将来にまで口を出されるとなれば、べつの話だ。

「あんたの口車に乗るんじゃなかったと、いまは思うよ。才能なんて不安定なもんで、食っていけるわけないじゃん」

生意気な口を叩くけれど、栢野は顔色も変えずにあっさりと相馬の刺《とげ》を払いのけた。

「イラストだのデザインは芸術じゃないんだ。れっきとした技術職だぞ」

「俺、注文つけられて描いたりするほど、器用じゃないんだよ」

「でも、誰かが喜ぶことをするのは、好きだろ?」

「なんで言いきれんの」

相馬がつっけんどんに言うと、栢野は笑みを深くした。

「おまえの感性を、俺は信用してるから。去年の、ボッサからイラストを描くやつ、本当によくできてた。バイトさきの店長に気にいられて、店で使ってもらってるだろ?」

「……うん、まあ」

岡に認められたのが嬉しくて、つい報告してしまったのは相馬自身だ。違うとも言いきれず、もじもじと相馬はうつむく。

「喜んでもらえて、嬉しそうだったじゃないか。基本はそこだよ。欲しいと思われているものを提供する」

おまえはそういうのを摑むのがうまいだろうと告げられ、嬉しくないとは言わない。

「テーマにあわせて描くっていうなら、課題だってそうだろ。相馬にならできると、俺は思うけど？」

「でも……それは学校レベルとか、身内レベルの話だろ」

相馬は自分の描くものが、史鶴や栢野の言うように、プロになっても使えるものだとは思っていない。身近な人間に好評でも、あんなのは『子どものお絵かき』といっしょだ。好意があれば誰でも誉める。課題なら、丁寧《ていねい》に細かく書きこんで仕上げさえすれば、努力評価される。学校というのはそういうものだろうと告げると、栢野は目をまるくした。

「それ本気で言ってる？　毎回毎回、どの課題でも特Aもらってるじゃないか」

あきれたような声に、相馬は目をつりあげた。茶化すような物言いに、はぐらかされたようで腹が立ったのだ。

「だから、そういう話じゃないだろ！　ああいうのは、才能があって、ちゃんとしてて、なりたいひとがなればいいんだよ！」

史鶴のようになにもかもを――たとえばアニメ作家になるという希望を反対している実家との縁が切れるようなことがあってすら――作品にすべてを打ち込めるほどの気概は、相馬にはないのだ。

むしろ、あれもこれも大事なものが多くて、創作は二の次、三の次になる部分がある。

どうしてわかってくれないのかと歯がみしたくなったけれど、栢野も負けていない。

「俺は相馬には才能があると思うし、ちゃんとしてると思うよ」

「そういうこと言ってんじゃなくってさあ……！」

あまりに平行線をたどる会話に癇癪《かんしゃく》を起こしそうになって声を荒らげると、栢野は困ったように微笑んだ。

「……ほんっと、相馬は聞かないなあ。意外にひねくれてるのかな。素直そうなのに」

「ひねてないよ、現実見てるだけ」

「相馬が見てる現実って、チャレンジもしないでわかったような顔すること？」

挑発にはひっかからないぞと眉に力をいれる。だが、続く言葉には反論の余地はなかった。

「そもそも、人生勉強できれば、なんてそんなあまい考えの人間を雇う会社だって、あるわけない。対価を与えられて勉強させてやるシステムなんか存在しない」

やさしげな顔をしながら、栢野はこういうことははっきりと言う。そしてそれが正しいこともわかっているから、相馬はなにも反論できない。

黙りこんでしまうと、栢野はふっと表情をやわらげた。

「俺は、相馬みたいな気の強いやつはけっこう好きなんだ。だから、そのまま伸びてほしい。自分でまだわかってないだけで、ぜったいにやりたいと思ってるはずだ」

熱心な説得に、わずらわしさとくすぐったさが入り混じる。だが、その熱にうかうか乗せられるわけにはいかないとかぶりを振った。

「しつけえなあ、もう……なんでそう決めつけんだって」

「おまえのこと、知ってるからだよ」

他人同然の講師が、いったい自分のなにを知っているというのか。うんざりした顔でしばらく無視していたけれど、まなざしの強さに落ち着かなくなる。

「俺、趣味で描ければ充分なんだよ。ほんとに……仕事にとか、したくないんだ」

ぐずぐず、いろんな理由をつけてはいるが、それが本音のひとつでもある。

量産される作品を作ること自体が、相馬はなぜか好きではない。不特定多数の他人の目に触れさせてあれこれ評価されることに、どうしてかわからないが妙な嫌悪感がある。

そもそも芸術品を作りたいとも思っていないのに、この抵抗感はなんなのか、自分でもわからない。若さゆえの潔癖さか、それとも結局は勝負に出たくない現代っ子気質なのか。

(自分でも、よくわかんねえんだよな、これ)

自己分析もしてみるけれど、この嫌悪感の理由はどれもしっくりこない。ただ、自信がないとまでは言いたくなくて、相馬は言葉を濁す。ためらいを見透かしたように、栢野はにっこり笑って言った。

「それとも、入賞できないとプライドが傷つくから、いやなのか?」

「そんなことは言ってねえよっ」

乗るもんかと相馬は目をつりあげる。だが睨みあいも長くは続かず、相馬が目を逸らすと、彼は笑みを含んだ声でつけくわえる。

「就職に関しては、デザイン方面か、雇われイラストレーターになるかっていうのなら、いくらでも紹介できる。それならコンペに出して、賞のひとつも取っておくのが有利なんだ。

そして相馬のいまのスキルじゃ事務職には就けるわけがない。それが現実だ」

容赦《ようしゃ》なく指摘され、相馬は黙りこむしかなかった。言われずとも、それが事実だとわかっているからだ。けれど、この程度で説得されるものかと、相馬は上目に睨みつける。

「なに言われても、俺はそういうつもりないから」

「……怖いのか？」

見透かすような視線と言葉に、相馬は返事をしなかった。かたくなな態度に、栢野はしばし黙ったあと、ぽつりと問いかけてくる。

「それとも、そこまでして会社勤めしなきゃならない理由があるのか？」

核心に触れる問いかけに、相馬はますます口をつぐんだ。しかし、当然逃がすような栢野ではない。

「相馬、黙ってるだけじゃ、俺は納得できない」

じっと辛抱強く言葉を待たれ、いつまでも黙りこくっているわけにもいかなくなる。

（くそ、プレッシャーかけやがって）

時間ばかりがすぎていく。根比べとなれば、結局勝つのは辛抱強い栢野のほうだろう。

相馬は、嘘でもないがそれがすべてでもない、事実の片鱗《へんりん》を口にすることにした。

「俺、できるだけ安定した仕事しなきゃならないんだ。家のことがあるから」

栢野は眉をひそめ、一瞬なにか考えるような顔をした。

「それはもしかして、金銭的な意味で、選択肢があんまりないってことか？　けど相馬は、そこまで余裕がないわけじゃないと思ってたんだけど……」

一年のときから知られているし、ふだんの状態を見ていれば、おのずと金銭的な逼迫感《ひっぱくかん》がある生徒と、そうでない生徒はわかってしまう。おかしいじゃないかと告げる栢野に、相馬はかぶりを振った。

「そういう意味で困ってるわけじゃない。むしろ恵まれてるほうだと思う。けど、うちにはうちの事情がある。俺の母親、長いこと入院してて、正直いつどうなるかわかんないんだ」

相馬の母であるひかりは、昔から身体が弱かった。そもそも相馬を産んだこと自体が、すでに奇跡だと言われていたらしい。

「……そうなのか？」

驚いたように目を瞠《みは》る栢野へ、話しすぎかと思いつつも相馬はうなずいた。

「そう。生まれてからほとんど病院から出たことなくって、お産は当然だけど、結婚式も病室だったんだって」

「あの、訊いてもいいか？　どういうご病気なんだ？」

「生まれつきの心筋症。遺伝性って医者は言ってる。ほかにもいろいろ、それのせいで併発してたりするらしいよ」

らしい、という言葉に苦い笑いが漏れる。自分の母親のことであるけれど、父や叔父は相馬にあまり詳しい話をしたがらない。ある程度状況が呑みこめてから推察した理由は、おそらく詳しく知れば知るほど、相馬がひかりの前で笑うことがむずかしくなるからだろう。

「その病気って、その、始終ついていないとまずいのか？」

気遣いながらの問いに、相馬はかぶりを振った。

「看病自体は、俺ら家族じゃなにもできない。逆に、そうしょっちゅう面会に行くと疲れさせるし、決まった時間だけってことになってる。……それに、ほとんどの時間は寝てるから、来てくれても顔も見られないからって、本人に断られる」

本当は、できるだけついていてやりたい。けれど、それをひかり本人が望まなかった。

――それより、ちゃんとお話できるように、体力残しておくから、楽しい話をたくさん聞かせて。

彼女はまわりの人間にそう告げて、できるだけ自分の生活を大事にするようにと繰り返し言った。父も、母の弟である昭生も、相馬も、うなずくよりほかにできることはない。

「俺を産むのも命がけで、案の定死にかけたんで、大変だったらしい。おまけに、俺が二十歳になるまで生き延びるとは、ひかりちゃん自身も思ってなかったって言うけどね」

「……ひかりちゃん？」

「うちの母親。相馬ひかり、もうすぐ三十七歳。若いだろ？」

「え、三十七って……相馬、二十歳……だよな？　あれ？」

けろっと答えると、栢野は目を瞠った。そして混乱したような顔をするから、相馬は思わず笑ってしまう。

「死ぬ前に、ぜったいに結婚して産むって決めてたんで、とにかく早くしたかったんだって」

少しでも体力があるうちに産むと言い張り、まわりの大反対をものともしなかったひかりは、十六になってすぐ相馬の父と籍を入れ、相馬を産んだ。

「当時はそれこそ、二十歳で死ぬって言われてたらしいから、少しでも長く子どもといられるようにってがんばったんだって。まあ、俺を産んだころよりか医療技術も進歩したんで、いまも奇跡的に健在。根性あるだろ？　俺のママ」

あえて明るく言う相馬に、栢野は痛ましいと言いたげに目を細め「だったら」と言った。

「なおのこと、在宅の仕事にしてたほうが、都合がいいんじゃないか？」

「先生、俺がむらっ気あるの知ってるだろ。たとえばひかりちゃんが大変なときに、出版社なんかに〆切ですって言われたら？　ぜったいテンパっちゃってどうにもならないよ」

相馬にとってのイラストは、自分のなかにあるものをなんとなく表現できればいい、という位置づけでしかない。むしろ収入を得る仕事はちゃんと確保したうえで、たまに身近なひとたちに喜んでもらえる作品ができればそれでいい。――それだけでいい。

ただまわりの人間がしあわせであればいい。それ以上は、なにひとつ望んでいない。

「会社なら休んで誰かに代わり頼めるかもしれないけど、フリーランスで急ぎの仕事、なんつったら、手もあかなくなるだろ？　そのときに、なにかあったらどうすればいい？」

さすがに笑みも作れず、相馬は真顔で告げる。

問いかける形をとってはいたが、答えは求めていなかった。栢野もそれは感じたのだろう、しばし黙りこんだあと、小さく息をついた。

「……本当に、講師ってのは、なにもしてやれないことが多すぎるな」

その声の重さに、相馬は少しだけたじろいだ。

「なんだよ、先生がそこまで責任感じることじゃないだろ」

「それは、そうなんだけどな……」

目を伏せて、弱々しく笑う栢野の思考が、相馬の事情についてではなく、なにか過去を探っているようなものだということは察せられた。

「しょせん他人にはできないことが多すぎる。なのに、その子たちの将来に関わる、重たい責任の一端は担ってるんだ」

追及するほど深いつきあいではない。なにより、大人という生き物のなかには、子どもが触れたらとんでもないことになるような痛さがつまっているのを、相馬はよく知っている。

だから、あえて無神経に、言ってやる。

「なにそれ、愚痴《ぐち》？　とにかく俺、就職したいんだ。理由は、言ったよ？」

がんとして譲らないと告げる相馬の言葉に、栢野はむずかしい顔で腕を組んでいた。

「……事情はわかった」

ふっと息をついた栢野の言葉に、やれやれと思う。やっと納得してくれたかと安心しかけたとき、「でも」と栢野は言った。

「やっぱり惜しいんだよ、相馬がこのまま埋もれるのは。だから、このコンペだけでも出てみてくれないか？」

「もー……しつこーい……」

食いさがられ、やっぱり転科すればよかったと小声でぼやく。少なくとも、栢野でなければこうまで粘ったりはしないだろう。

ある意味、熱心でいい先生ではあるのだと思うが、相馬には面倒でしかない。

端整な顔で苦笑する栢野は、肩で息をしたのち、ぽつりと言った。

「……それともまだ、一年のときのあのこと、許してないのか？」

「べつにそんなんじゃない」

ふてくされたように返すのは、自分でも子どもっぽいことだとわかっていたからだ。そして、嚙みつくように即答したことで、嘘はばれてしまったらしい。

「前は、もっとなついてくれてたのにな。やっぱりあれできらわれたのか」

がっかりしたようにつぶやく栢野に、相馬は黙りこんだ。空気がずんと重たくなり、表面的な反抗をたたえていた大きな目が、うっすらと曇る。

それを見つめた彼は、声をワントーン低くした。

「おまえのともだちを、ちゃんと護《まも》ってやれなかったのは、本当に悪いと思ってる」

目を伏せて告げる栢野自身、あのことを苦々しく思っているのは感じられるが、相馬にとって彼は、いやな記憶の象徴なのだ。

笑うこともできないまま、つんと相馬は口を尖らせる。

「べつに、いいよ。そんなの期待してないし。俺だって、誰かに護ってもらおうなんて思ったことないし」

決然と顔をあげ、本心から告げる。子どもの尊大さと笑うかと思ったのに、栢野は「へえ」と目を瞠った。

「なんだか意味深な感じだな、相馬が言うと」

「なにそれ、どういう意味？」

問い返すと、栢野は「べつに」、とかぶりを振ってみせ、すぐに話を戻した。

「とにかく、考えておいてくれ」

言いざま、プリントアウトしたコンペのエントリーシートを突きだしてくる。

「就職の件はまたべつにしても、これはこれで腕試しにいいだろう。それに、相馬、この雑誌よく読んでるだろ」

「まあ、そうだけどさ……」

「好きな雑誌に自分の絵が載ったりしたら、楽しくないか？」

正直、それが事実だから困るのだ。まったく興味がないのなら、たぶんもっとにべもなく断ることができている。また逆に、ただ単にコンペに出せというだけなら、相馬はもっと気楽に応募していただろう。それを就職問題とくっつけられているから、渋っているのだ。

（足下見るなよなあ……）

じっと見つめる視線の強さに負けてそっぽを向き、ひったくるように用紙を受けとった。

「用紙もらう。でも、考えるだけだからな。課題とかで、時間取れなくて、結局なにもしないかもしれないし」

「俺は信じてるよ。エントリーシート書いたら持っておいで、確認してから提出してやる」

「……要するに見届けさせろと？」

「むろん。催促もするよ」

にこにこと笑って言われると、それ以上悪態もつけなくなる。たぶん、このコンペには応募するだけはするだろうけれど、肝心の就職の問題がちっとも片づいていない。

（つたく、またドローかよ）

平行線のまま話は終わったけれども、このさきことあるごとに栢野は相馬に話を持ち出すだろう。そのしつこさにはうんざりした。

「なあ、なんでそんなに、俺にこだわるの？」

問いかけると、栢野は困ったような顔をする。じっと見つめられ、なんだか妙に熱のある視線に相馬が戸惑うと、彼はそっと目を逸らして、いつもの彼らしからぬ笑みを浮かべた。

「埋もれてる才能が、つぶれていくのを見るのがいやなんだ、俺は」

「本人が好きで埋もれさせておきたくても？」

「埋もれさせたくないのに、埋もれる人間だって多いんだよ」

つぶやいた栢野の笑みはやわらかく、清潔で、そのくせぜったいの距離がある。そんな笑顔はあんまり気持ちのいいものではなかった。居心地の悪さを感じ、ため息をついて、相馬は立ちあがる。

「とにかく、もう今日は話にならないから、帰りまーす」

すると、黙って微笑んでいた栢野が、窓の外を見たままぽつりとつぶやいた。

「……ちょっとね、自分的トラウマ救済ってとこじゃないかな」

「え？　なにそれ」

「なんでもない」

含みの多い言葉、一瞬だけ遠い目をした栢野を見ていられず、相馬は目を逸らした。

ひとの、後悔の滲む表情が相馬は苦手だ。できるならみんな、自分の周囲にいる人間には、笑っていてほしい。そうでないと、なんだか自分が無力に思えて、怖くなる。

「意味わかんねえし。……とにかく、帰るよ」

ごまかすように睨みつけ、その場を逃げるように去る相馬へ栢野は言った。

「おう。気をつけてな。また明日」

「明日も呼び出す気ですか」

はっきりとは答えず、「さあね」と笑ってのける担任講師にうんざりした顔を返すと、相馬は今度こそ部屋をあとにした。

——ちょっとね、自分的トラウマ救済ってとこじゃないかな。

まったく大人はめんどうくさい。ため息まじりに相馬はつぶやく。

「トラウマって、誰のこと、思いだしてんだか……」

あの瞬間、完全に栢野は相馬のことではなく、かつての誰かのことを言っていた。

いま向きあうべき問題とは、違うところに意識がいっている講師の言うことなど、誰がきくかとも思う。けれど相馬自身にも、素直に栢野の指導を受けいれられていない自覚があるから、逆にあまり突っぱねきれない。

——それともまだ、一年のときのあのこと、許してないのか？

栢野が悪いわけではないけれど、裏切られたような感じはいまだにわだかまっている。

相馬は一年の前期まで、栢野を比較的好ましい講師だと感じていた。というよりも、かなりの点で気を許していた大人のひとりだと言ってもいいだろう。

だからこそ、反抗もできるし、拗ねた態度もとれる。むろん、就職という一大事に関して、意見があわないのは事実だが、栢野以外が指導講師だったら、もっとうまく言い訳して逃げていただろう。

(俺、ばかみたい)

ため息をついて、なんでこんなことになったんだろうと、相馬は空を仰ぐ。部屋に入るまえ、オレンジ色だったはずの空には、すでに紫の闇がおりはじめていた。

まるでいまの自分の気持ちそのものだと、薄暗くあいまいな色味を見つめ、ため息が出た。

＊　＊　＊

史鶴にすら打ち明けたことはないけれど、相馬はこの専門学校に入ってしばらく、周囲になじめなかった。

明るく楽しくがモットーのように見えるし、誰とでもうち解けられるように見られる相馬だが、じつは人見知りなところがあって、過度の変化を好まないし、警戒心が強い。

親友の史鶴のほうが、一見は人嫌いに見えがちなのだが、彼の場合はいろいろあって他人を拒絶しているだけで、じつは物事に動じないし、順応するのも早かったりする。

なにより彼は、この専門学校に入るまえに大きな決断をしたばかりだ。大学を辞め、いちからアニメーションについて学ぶと決めている史鶴の覚悟は並々ならぬもので、同じ学校に入れば楽しいかな、などと軽く考えていた相馬は、すっかりおいていかれた。

（なんか、史鶴は、気合いが違いすぎる……）

専科も違うため、カリキュラムも基礎学科以外ほとんど嚙みあわない。こちらが追いかけまわさなければ、つるむことすらろくにできない。

ならば、同じ科の人間で誰か仲良くできるものは――と考えたけれども、それはそれでむずかしかった。

本人は気づいていないが、史鶴のように一本筋の通った人間には、ものすごい求心力がある。彼の造る作品も学生レベルではなかったし、ものの見かたも相当大人びている。

頭がよくて自分のビジョンをしっかり持ち、穏やかで的確な言葉を綴《つづ》り、相馬がどう振る舞おうと感情を乱さない。そんな友人を得てしまっていたから、遊びにばかり目を向けていたり、すぐに感情的になる周囲が、物足りなかったのだ。

（まわり、ガキばっかだし）

そう考える自分こそがガキなのだとは知っていた。

幼いころから大人に囲まれて育った相馬は、もともと同世代が不得手だった。高校までは、それでもクラスを統括してくれるベテランの教師がいて、彼に対しての信頼感で横のつながりもまとまっていたが、専門学校の講師と生徒は、中学や高校に比べ、かなり距離が開いている。

実験や実習などの特別な授業がない限り、じっと同じ教室で教師を待つという高校までのスタイルというのは、強制力があると同時に、愛着や結びつきを濃くしやすい。

だが専門学校では、おおむね同じ専攻の連中で固まりはするけれど、自分で選択した講義のたびに場所を変える。意外に保守的な相馬は、どうもなじみにくかった。

一年のときの担任講師は、かなり印象が薄い。というのも相馬の選択したコースの割り当てのせいで、担任だというのに専科の講義は週にいちどしかない、デザイン概論。発行日を見ると、すでに十年も前になるテキストを読みあげるだけのおそろしく退屈な講義は、出席さえすれば単位がもらえる楽勝ものと呼ばれていたが、おもしろくもなんともなかった。

もともと、ひとなつっこい相馬は一線を引いたような人間関係は苦手だったし、心を開けない相手というのは、どうにも信用しきれない。信用しきれない相手から伝達される知識は、やっぱり頭に入ってこなくて、だんだんつまらなくなってしまった。

勢い、相馬は学校をサボりがちになり、まじめな史鶴は何度かたしなめてきた。

――せめて俺がいる講義には顔を出せよ。いっしょに受けよう？

一年前期の必修が、史鶴のいるアニメーション科と講義の重なるものでなかったら、相馬はとっくに留年するか退学していたかもしれない。

そんななか、概論や知識の講義ではなく、すぐに実習に入れるビジュアルデザインやイラストの授業は、相馬にとってかなり好きなひとコマだった。

そして、そのイラストレーションの担当講師が、栢野だった。

「とりあえず、これからしばらくの間、お世話させてもらいます」

はじめての講義の際、実習室のなかの生徒たちは、明るく挨拶《あいさつ》した栢野の顔だちと若さに目を瞠っていた。

――ちゃらそうなやつ。

正直いって、第一印象はそんな感じだっただろう。若い講師に安心と、少しなめた感情を持った生徒たちは、だがすぐにその印象を撤回することになった。

彼はいきなりラジカセを持ちこんできて教卓においたかと思うと、こう言ったのだ。

「いまから音楽流すから、これにあわせて、好きに描いて」

突然のそれに、相馬も「は？」と声をあげてしまった。

この学校は一応美術系専門学校になるのだが、高卒資格さえあれば誰でも入れるため、そもそも絵なんかろくに描いたこともない、という生徒もいる。趣味で絵を描いていたり、美大を目指していた連中ならともかく、素人《しろうと》まるだしの連中は、フリーテーマに戸惑った。

「どういうのを描けばいいんですか……？」

おずおずとした声がかかっても、栢野は茶目っ気のある表情で笑い、同じ内容を、言葉を変えて繰り返しただけだった。

「サイズはA3に統一するけど、あとの画材とかなんかは、自由にしていい。イラストでも、平面構成でも、ロゴデザインでも、お好きにどうぞ」

ごくカジュアルな服装をしているだけにスタイルのよさが際だつ栢野へ、とある女子が言った。

「じゃ、先生描いてもいいの?」

「いいよー。かっこよく描いてな」

にっこり笑う栢野の、あまりに軽い返答に、相馬はあきれた。同時に、なんだかおもしろそうだな、とも感じていた。

そしてそれっきり、栢野は本当になにも言わなかった。軽快な音楽にあわせて、長い脚を組んで目を閉じ、指でたまにリズムを取る。

(へんな講師)

大学とは違い、二年という短い期間で知識と技術を叩きこむ専門学校では、その専科について掘り下げることはむずかしくなる。取得すべき単位数を与えられた時間内でやりこなすには、いきおい課題の点数そのものが増え、提出さえすればいい、というふうになりがちなのだが、栢野は最初から少し違っていた。

結果、『ボサ・ノヴァのイメージでなにか描け』という課題の提出率は、その時期の講義のなかで、もっとも高かったらしい。

CDジャケットをデザインしたもの、ボッサを聞く栢野を描いたもの、後日になって歌詞を調べあげ、全部の文字をひとつひとつ独特の書体にした大作を作るもの——とさまざまで、ほかの講義ではダレ気味だった生徒たちも、栢野のそれだけは楽しみにしていた。

また、提出さえすれば許す、というあまい講師ではないのも、意外に受けがよかった。

講評の際には教卓のうえに簡易式のイーゼルを置いて作品を全員に見せ、それを描いた生徒をひとりずつ、前に呼び出す。皆の前で作品の解説をしながら講評を受けるというスタイルは、いささか緊張する。言葉が出なくなった生徒もいたが、栢野はやさしく促した。

「これ、どういうイメージで描いた？」

問われても、あがり症の生徒は真っ赤になって「えと……えと……」と口ごもる。

「ゆっくりでいいから、思ったこと言ってみな」

励ますように背中を軽く叩かれ、不器用ながらしゃべり出す生徒に絶妙のタイミングでフォローの言葉をかけ、注意点を指摘しながらも誉めるところは誉める。

単純に技術が足りず、思ったようにできない場合はアドバイスもしたし、逆に器用なだけで手を抜いた作品に、栢野は容赦がなかった。

「……あのな森野《もりの》。文字なら文字、イラストならイラストって、ちゃんと表現しろよ」

よく街で壁などに見かける、落書きアートと呼ばれるポップイラストふうの作品を提出した森野という男子は、自信満々で提出したそれに厳しい評価をくだされ、ふてくされていた。

「なんでッスか、これ、俺なりの表現にしてるッスよ」

「わおーとかぎゃおーとか、そういう擬声語《オノマトペ》使うにはイラストが勝ちすぎ。で、文字のデザインはオリジナリティのかけらもない。絵が主役なのに言葉で補足すんな」

デフォルメのかなりきいたそれは、スケートボードに乗った青年が叫び声をあげながら疾走しているという印象のもので、原色が目にまぶしい。

（つうか、テーマにあわなくね……？）

相馬が首をかしげつつ見ていると、栢野はぺしっと手にした本で森野の頭をはたき、ため息をついた。

「第一これ、どこがボッサだ。どう考えてもオルタナティブ系のイメージだろ」

「えー、だってボサ・ノヴァとか、たるいし……もっとこうさあ、速いのがいいんじゃん」

「課題を勝手に変えるな！　それからボッサもわからんガキは生意気に音楽を語るな！」

もう一度ぺんと頭を叩き、「再提出！」と栢野は言い渡す。けれど必要以上に厳しくはせず、諭された森野もふて腐れながらもうなずいていた。

「で、次、相馬な」

「は、はい」

呼ばれて、相馬は前に出た。心臓はどきどきしていたけれど、幸いあまり顔に出ない。

「えーと、これは……」

「あ、説明いらないよ。ぜんぶわかるから」

口を開いたとたん、そう言って遮られ、えっと相馬は目を瞠った。栢野はそのあまい顔に、やわらかい微笑を浮かべ、何度もうなずいていた。

「まず、すごくきれいな色出したね、これ。カンプ、相当練った？」

「あ、はい。色、こだわりたかったから……」

ふわりとしたパステルタッチのイラストは、しあげるのが意外にむずかしい。油絵のように、重ねるほど強さを増すそれとは違い、どこまでも繊細な画材だけに、頭のなかに完成形がなければ、色をおくことさえできない。

なにかを言う前から相馬の努力を認められ、続いた言葉には、正直いって舞いあがった。

「いいねこれ、物語があるだろ、ちゃんと。一枚の絵で、語ってる」

「あ、そ、そう、デスカ？」

じっと作品を見ていた栢野は、そこでにっこりと相馬に笑いかけた。

「うん。ものすごく、きれいな恋だね。おとぎ話とか夢みたいな、そういう初恋じゃないかな。現実にはないくらいの」

緊張も相まって、かーっと顔が熱くなる。同時に、みぞおちの奥にひやりとしたものを感

じた。その反応に、直前に手厳しくやられた森野が口笛を吹いてみせた。

「なんだよ、相馬みたいに俺もラブがテーマならよかったわけ？」

「おまえは、それ以前の話！　勝手に課題の内容すり替えるなって叱ったんだ！」

皮肉るような声に「ばかもの」とたしなめた栢野がわざと厳しい顔をして、皆が笑った。

相馬もつられて笑いながら、ほっと息をついていた。

（なんか、どきっとした）

現実にはない、おとぎ話のようなきれいな恋。そう言われたとき、なぜか『なにも知らないんだな』と言われたような気がした。そしてそれは、単なる事実だ。

十八をすぎても、相馬は好きな相手がひとりもいない。恋についての理想は高く、ありがたくも好きだと言ってくれる相手はいたけれど――心が動かない以上、おつきあいはできないと断っていた。それは自分のこだわりのせいでもあったけれど、反面、コンプレックスでもあった。

当然のようにみんながしている恋を、相馬はしたことがない。けれどあの音楽にはたしかに恋を感じたから、そう描いてみたのだが。

（頭でっかちって思われた、のかな？）

一瞬そうも思い、けれど卑屈すぎると無意識にかぶりを振っていると、ぽんとその頭に手が乗せられた。

「相馬はいい子だなあ。このまま素直に描いていけばいいよ。俺から言うことはなにもなし」

背の高い栢野に見おろされ、子ども扱いをされてさらに赤くなる。

なにより動揺したのは、いつもなら幼子のような扱いをされると食ってかかる自分であるのに、栢野の手にはまるで、違和感も不快感も覚えなかったからだ。

「せっ……先生、いい子ってちょっと、さすがにひどくね？」

「あ、ごめん、ちっちゃいからつい」

「もっとひでえよ！」

手を振り払い怒ってみせることで、赤くなる頬《ほお》をごまかした相馬は、調子の狂うやつだと栢野を評価した。

（あんまり、関わらないほうがいいかも）

相馬はじつのところ、こういうにこやかで読めない空気の人間が、いささか苦手な面がある。自分がすぎるほど元気なせいか、相馬が好むのはどちらかというと、史鶴のように繊細で翳りのあるタイプだった。

ああいう人種は、なかなか心を開かないぶん、いちど開くとぜったいに信頼できる。相馬の父や、叔父の昭生もそのタイプで、静かな信頼を寄せてくれる彼らを相馬も好いていた。

逆に栢野のように、いかにも『人気者』になると、ほとんど興味がわかない。

誰にでもへだてなく接するということは、誰も特別じゃないということだ。たくさんいる取り巻きのひとりになどなりたくない。自分をしっかり見て、信用してくれる人間がいい。

（だって、俺じゃなくてもいいだろうし）

むろん講師である栢野と、個人的な人間関係など築けるわけもない。ほとんど意識すらしないまま、なんとなくの苦手感だけを持って週に何度かの講義をこなしていた相馬だったけれど、思いがけないところで転機がやってきた。


「今回は、何人かずつでチーム組んで、プレゼンまでやってみましょっか」

そんな軽い口調で栢野が言い出したのは、いささか面倒な課題だった。

「プレゼンってどういうこと？　先生」

「まず、クライアント役が『商品』とコンセプト決めて、それに対してアイデア出して、実際に絵を描いて、デザインまでやってみよう。で、全員でプレゼン発表すんの」

仮想の『商品』――本でもＣＤでもいいけれど、それを完成させるまでのチームを作り、お互いに協力しあってひとつの作品を作ろうという栢野の提案に、皆が目をまるくした。

「それって、エディトリアルとかでやることじゃないんですか？」

「そうだよ。けど全体の流れって、バラバラに専門の授業だけ受けててもわかんないだろ。

お題決めてやるだけじゃ、つまんないじゃない」

当時の栢野は担任でこそなかったが、専科の講師の手が足りず、ビジュアルデザインとイラストレーションの専攻を一時期、掛け持っていた。そのため、両方をミックスしたような課題を出すこともたびたびあった。

「でもそれ、授業時間内じゃ終わらないんじゃ……」

「うん、話しあいなんかは自分たちで時間決めてやってね。だいじょぶだいじょぶ、みんなやればできる子だから」

ブーイングも飛んだけれど、にこにこしながら「がんばって」と告げる栢野には勝てず、気づけば全員が真剣に話しあいをはじめていた。

「じゃ、まとめ役のひとは、あとでコンセプトの企画書持って、俺のとこに出しにきてね」

そのひとことで、またもや放置のかまえに入った栢野に、相馬はあきれた。

(なんだかなあ、変な先生だ)

だが結局はボッサがテーマのときと同じく、そのコマではおおむねの人間が熱心に『ブレインストーミング』に参加していた。むろん、サボりたいと文句を言うものもいたが、どうにか意見をすりあわせ、それぞれに担当を割り振る際に、相馬は手をあげた。

「俺、企画とかPC系だめだから、デザインと仕上げはまかせるよ」

その代わり最終のプレゼンと、肝心のイラスト作成の担当は引き受けるということで、話はまとまったが、企画書を提出することができたのは、翌日の授業がすべて終わったあとのことだった。

「すみません、先生、持ってきました」

栢野の研究室を訪ね、提出しにいくと、どうやら自分たちのチームが最後だったらしい。部屋でひとり、椅子に腰かけて書類を見ていた栢野は、相馬を見るなりにっこり笑った。

「お、相馬のとこは相馬が代表？　時間食ったなあ」

「です。先生、この課題、きっついよ。ぜったい時間内じゃ終わらない」

「はは、文句言ってたか？　みんな」

問いかけに、相馬は否定の意味でかぶりを振った。

正直これをまとめるには放課後まで使わないといけなくなり、みんなバイトだデートだと慌ただしく帰る羽目になったが、おおかた文句は言わなかった。

ボサ・ノヴァを課題にしたりと、栢野のやりかたは、けっして画一的ではない。テーマを出して一点絵を描かせれば単位が取れる、というものでもない。毎回、苦心して頭をひねるハメになるし、楽でもない。

けれど、なんとなく楽しかった。個人的に苦手なタイプだと思いつつ、相馬は栢野の授業だけはサボったことも、課題を落としたこともない。

――栢野先生って評判いいよね。出席率もかなり高いし、あのひとが関わった授業に出た生徒って、全体的に卒業率も高いらしいよ。『栢野組』とか言われてるみたい。

そう教えてくれたのは史鶴だ。彼は彼で講師らの覚えがめでたいため、いろいろと頼られ、ついでに愚痴られたりもするらしく、やたら学校の事情に精通している。

——楽しそうでよかったね、相馬。

入学以来、やる気がない友人を心配していた史鶴の言葉には、うなずくしかなかった。

「相馬は、どう思う？　これ」

問われて、しばしためらったあと、結局は本音を口にした。

「めんどくさいけど、楽しい、かな。ちょっと文化祭っぽくて」

「だよな。モノ創るっておもしろいだろ？　チームでやると、それはそれで違った楽しみがあるんだよ。達成感みたいな」

嬉しそうに言う栢野は、まるで少年のように笑っている。つられて笑ってしまいながら「実感こもってるね」と相馬は言った。

「そりゃこもってるよ、現役でデザインチームの一員だからね」

「えっ、そうなの？」

「デザインフェスタとか、ものづくり市とか、出展してるよ。そのうち生徒たちにもやらせたいけどね。楽しいよ。自分で作って、自分で売るの」

「それ、趣味でやってんの？」

「一応、デザイン会社なんです。むろん、仕事も請け負ってる」

「え、は、マジで!?」

相馬が驚きの声をあげると、栢野は「じつはこれでも役員なのさ」と笑って告げる。

「先生って、先生の仕事だけしてるんだと思ってた……」

「あはは、収入は講師のほうが多いけど、副職だよ。俺的には会社が本職のつもり」

社名は『エスシティコス』、ギリシャ語で『美的』という意味なのだそうだ。

仕事の内容は、本の装丁やCMのイメージボード、コンセプトそのもののデザインなど、幅広いものだった。いくつか手がけたというタイトルを聞いて、相馬はますます面食らう。

「それって俺も知ってるよ。テレビで見たことあるし……でも会社の名前、聞かないよ」

「広告代理店の下請けとかだからね。実際に名前出るのは、まとめた会社のほうだから。まあ、そのうち会社がおっきくなったら、名前がテレビに出るかもねえ」

さらりと気負わず言った栢野は、相馬たちの作ったつたない企画書をあたたかい目で眺めていたが、突然問いかけてきた。

「……ところでさ、相馬は、なんで美大いかなかったの?」

「なんで、って?」

なにをいきなり、と目をまるくすると、企画書から目をあげた栢野は軽く首をかしげた。

「うーん、……これは俺が言えることじゃないんだけど。正直おまえレベルで絵が描けるのなら、専門学校じゃもったいないと思うんだよな」

「もったいないって、なにが？　べつにここでも勉強できるじゃん」

学歴主義なのかと眉を寄せれば、少し言いにくそうに口ごもったあと、栢野はまじめな顔をした。

「べつに大学名のブランドはどうでもいいんだ。ただ、専門学校は短期間だし、課題こなすばっかりになるだろ。正直、絵なんか描いたこともない子も多いから、どうしてもそっちにあわせることになる」

「先生は頭使う課題ばっか出すじゃん」

「んん……単位取らせるだけじゃなくて、せめてもうちょっと、いろんなこと教えてやりたいと思うんだよね。みんなには面倒だろうけど」

これは生徒に言うべき話じゃないけどね、と栢野は苦笑し、「じつは主任にたまに怒られてる」とこっそりつけくわえた。相馬が遠慮なく笑ってやる。

「やっぱりね。でも、それでもやめないんだ？」

栢野は、わざと重々しく「やめないねえ」とうなずいた。

「大学ってのは教育レベルの問題だけじゃなく、自分を見つける『時間』を得ることが大きいと思う。ライバルみたいな相手と刺激しあうこともあるだろう。……そういう意味では、この場所は相馬には物足りなくないのかな、と思ったんだ」

すこしためらうような栢野の声に、図星をさされて押し黙る。正直いって、今回のこの課題があまりにまとまらなかったのは、チームのなかにろくに考えもせず、サボっている人間がひとりいたからでもあるのだ。

「森野は、ちゃんとやりそう？」

「あー、うー、たぶん、名前だけ……かな……」

問題の名前まで言い当てられ、ごまかしもできずに相馬はごにょごにょと白状した。

森野は最初の課題であったボサ・ノヴァをテーマにした授業で、見当違いのものを提出して栢野に叱られて以来、どうも態度が悪い。栢野に対して反抗的で、出席自体もまばらになっていた。

「あいつも悪い子じゃないんだけどな。とりあえずがんばってよ、リーダーさん」

励ます言葉に苦笑いでうなずいた相馬は、少し迷ってからぽつりと言った。

「……さっきの話だけど」

「ん？」

「俺、絵とかってもっとプライベートな感じのもの、って思ってて。変なふうに、競争するの、いやなんだ。あまっちょろいのかもしれないけど」

なぜ大学にいかなかったのか、という問いへの答えを、栢野は静かな目で受けとめた。

「なんか、そういう経験あるのか？」

問われて、相馬は一瞬だけ押し黙る。べつに誰に言う必要もない、これはごくプライベートな、相馬の内心の話だ。べつに親しくもない講師相手に、言うべきでもないと思う。

「言いたくないことなら、言わなくてもいいよ」

だが、栢野のゆったりしたやさしい声に、妙な安心感を覚えて、考えるよりさきに口を開いていた。

「ほんとは受験しようと思ってたんだよ。けど、なんか予備校についてけなくって……」

気にしすぎだという史鶴をいつも否定してはいるけれど、本当はあの強烈すぎた予備校の記憶が、嫌悪感をもよおさせているのだとわかっていた。そして史鶴にすら言えなかった本音を漏らしたことには、自分でも驚いたが、戸惑うより早く栢野が問いかけてくる。

「どこの予備校だったんだ？」

相馬が予備校の名前を口にすると、栢野は「あそこかよ！」と目を瞠った。

「先生、知ってんの？」

「そりゃ、有名予備校だもん、当然知ってるよ。芸大組がごっそり通うとこだし。そりゃきつかったな」

同情するわ、と苦笑した栢野に、相馬はなぜだかほっとした。

「きつかった。みんな目ぇ怖いし、総評なんか、ほとんど死刑宣告だし……」

あの予備校の、課題提出後の総評ときたら、現代っ子の相馬には耐えがたいほどのシビアさだった。ずらりと絵を並べられたなか、まるで写真のように細かいデッサンを描きあげた生徒もいたのだが、講師はそれに対して、こう言った。

——妙な手癖ばっかつきやがって、いやらしいんだよ！　こんなんで通るわけねえだろ！

また、相馬から見てもおぼつかない絵を描いている者に対しては、冷たい目を向けた。

——こんな状態で受かると思ってんのか？　身長の高さまでデッサン用紙積みあげろ！

正直、プライドもなにも粉々にされる時間だった。一目瞭然《いちもくりょうぜん》の実力差をまざまざと見せつけるうえに、容赦もなにもないきつい口調。講師もかなり厳しかったが、現役美大生のチューターなどは、もっと強烈だった。

受験に悩んでいる学生が、不安だとこぼしたとたん、蔑《さげす》むようにこう言いきったのだ。

——つぶれるやつは、ここでさっさとつぶれればいいんだよ。その程度の人間がうちの大学入ってこられても、どうせついてこられないから。

「俺、たまたま通りかかって聞いちゃっただけだったけど。それ聞いたとき『あ、無理』って思ったんだ」

ある意味では、チューターの発言は正しいのかもしれない。悩み程度で折れる心の持ち主は、強烈な倍率をかいくぐる受験戦争で生き延びられないのかもしれない。

だがわざわざそれを、受験ストレスで不安がっている若い人間に、嘲《あざけ》るように言ってのけるのが信じられなかった。おまけにそれが当然と思っている人種が寄りあつまっているという事実にこそ、相馬はうんざりした。

「他人を傷つけるだけの我の強さが、自己表現ってことか？　ぎすぎすして他人を蹴落《けお》とすのがアーティスティックなことなのか？　そんなの、俺はいっさいしたくないって思った」

大学合格だけが目的となり果て、まともな神経や感性がすり減るのはごめんだった。言いながら、いつのまにか膝《ひざ》のうえでぎゅっと拳《こぶし》を握っていた。

その手のうえに、大きな手のひらがかぶさる。ぽんぽん、となだめるように叩かれて、相馬ははっとした。栢野が、やわらかい笑みを浮かべたまま、じっと相馬を見ていた。

「傷ついたんだな、相馬は」

「え、べつに俺は、そんなことは。言われたの、俺じゃなかったし」

「けど、しんどかったろ。おまえって、アイロニーとか他人の悪意とかだめそうだから」

「悪意、なのか……？」

そうなのだろうか。あれはチューターの悪意だったのか？　思いもよらなかった言葉に、相馬は目をまるくした。

「それ以外になにがあるよ。っつうか、そのチューター、いくつくらいだった？」

「え、わかんない。フケ顔でおっさんぽくて、最初、チューターだと思わなかったし」

「実際におっさんだったのかもよ」

言われて、相馬は首をかしげた。栢野は「俺も経験あるんだわ」と苦く笑う。

「あのな、浪人生と現役の確執ってすげえんだよ。俺も予備校通ってたし、浪人組だったりするんだけど」

「え、そうなの？」

「そおなの。まあ、ふだんは浪人が昼間、現役は夜ってカリキュラムなんだけど、夏休みの講習会とかあると、同じ空間に入るだろ。そうすっと浪人組は、現役を精神的につぶしにかかるわけ。俺らの時代だと、もっと強烈なのいっぱいいた」

そうやってライバル蹴落とすんだよと言われて、相馬は目をまるくした。

「あれ、じゃあ、俺って蹴落とされたの？　負けたの？」

「んー、方向違いだって自分で気づいたんだから、負けたのとは違うだろ」

にっこり笑って、栢野は「それからもうひとつ」と言った。

「実際な、講師の総評にも一理はあるわけ。相馬にはきつい言いかたに聞こえたかもしれないけど、受験テクに染まっちゃった『受験のプロ』みたいな学生って、ほんとにその後がどうしようもないんだ」

「どうしようもない、てなんで？　すっげー、デッサンうまかったし、絵もきれいで……」

「でも、その絵っておもしろかった？」

考えてもみなかった問いかけをされ、相馬は黙りこんだ。静物や人物を描くだけのデッサンに、おもしろみなどあるのだろうかと考えこんでいると、栢野が立ちあがって、書架から一冊の洋書を持ってくる。

「ミュシャ?」

「そう。相馬の好みかな。ポスターの絵なんかはどメジャーだし、知ってるだろうけど、このへん見てごらん」

ぱらぱらと厚みのある紙をめくり、素描や下絵だけが集められたページを見せられて、相馬は息を吞んだ。

「わ、すげ……」

アール・ヌーヴォーを代表するグラフィックデザイナーであるアルフォンス・ミュシャの美麗でロマンティックな絵は現代日本でも人気で、各種のグッズやポスターに使用される頻度も高い。だが、まだまともに美術史すら勉強していない相馬は、彼の作品のデッサンや油絵は見たことがなかった。

「風景、ざっくり描いてるだけなのに、すっげーきれい」

「そうだろ? あのな、本当の意味で圧倒的なうまい絵って、感動しない?」

相馬は夢中で見入りながら、こくこくとうなずいた。そして問いの意味に遅まきながら気づき、はっとする。栢野の顔を見あげると、彼は「そういうことだよ」とうなずいた。

「受験テクだけ身につけちゃったやつの絵って、よくも悪くも『うまいだけ』になるんだ。予備校の課題なんて、そう代わり映えするものじゃない。受験内容だってしかり。何度も何度も、同じトルソーや同じ静物を使って描き続けてると、たしかに技術だけはあがる。でも、そのぶんだけ心と絵がすれるやつも多いんだよ」

「すれる……」

繰り返すと、栢野はもう一度うなずいた。

「技術は努力すればそのうちあがるけど、ピュアな感性とか、若い素直さは、いちどなくすと、元に戻らない」

目を伏せた栢野は、それが惜しいと小さくつぶやいた。

「むろん、あきらめないことも、悪いことじゃない。大学合格はゴールじゃない。アーティストを目指して美大に入ったって、その道で生計を立てられる人間なんか一握りだ。そこに食らいつくだけの根性や執念がないと、実際、やってけるわけもないんだ」

「そっか……」

意地悪だと思えたチューターの言葉にも、それなりの理由があったのかと相馬はうつむいた。栢野は小さな頭に、ぽんと手を置く。

「ただ、必要以上にきつい言葉で追いこまれて、つぶれるタイプもいる。だから学生相手はけっこう、むずかしいんだよ。厳しくしなきゃ育たない、厳しすぎたら折れちまう」

「先生も、大変なんだ？」

「おまえみたいなの、いっぱいいるからね」

雑ぜ返した言葉に、わざとらしく顔をしかめて栢野が言う。相馬もまた「どういう意味だよ」とあえて拗ねたように口を尖らせた。

そのときから、相馬にとって栢野は、信頼できる大人であり、安心してなにかを預けられる講師でもあった。転科の件も、悩んだすえに意見を受け入れたのは栢野の言葉だったからこそだろう。

といって、必要以上に親しかったわけではない。あくまで講師のなかでは少し別格、という程度の存在だったと思う。

けれど、もともと『先生』と名のつくものに思い入れたことさえなかった相馬にとっては、それだけでも充分、特別な存在になっていた。

だからこそ——偶然耳にしたひとことが、いつまでも引っかかったのだろう。

あれは夏休みに入る直前のことだった。

昼休み、相馬はひとりで昼食をとるために街をぶらついていた。

ふだんは史鶴と昼食に出ることが多かったけれど、アニメーション科はその日、まる一日かけて、作成したアニメをフィルムに落とすための実習があるとかで、史鶴は実習室から出られない状態だった。

（ひとり飯も、ひさびさだなあ）

　同じ科にも友人がいないわけではないが、史鶴とのつきあいを最優先にしているせいで、気づけばひとりになっていた。さほど親しくない連中とつるんで食べる気にもならず、その日は天気もよかったし、なんとなく新しい店でも開拓しようかと考えた。

（あ、ちょっと贅沢しよっかな）

　史鶴とつるむのは楽しいけれど、彼はふだんから金欠で、昼に小じゃれたカフェに入る余裕などない。どうせだったら、すこし高めのランチでも食べに行くかと、相馬は前々から目をつけていたイタリアンカフェを訪れた。

　案内されたのは、奥まった場所の観葉植物の陰にかくれる席だ。周囲からも死角になるし、隣接している箱庭もろくに見えない。童顔の相馬がひとりで訪れたせいか、あまりいい席とはいいがたかった。

　水道橋界隈は学生街として有名だが、たくさんのオフィスもある。この店は見た目どおり大人仕様らしく、パスタランチを頼む合間に店内を見まわすと、スーツやＯＬの制服姿の人間が大半だ。

（なめられたかな。ま、しかたないか）

　味さえよければかまわないだろう。さっさと食べて出るに限ると考え、暇つぶしに持ってきた文庫本を開いた。

注文の品を待つ間に、自分の席のうしろ、観葉植物の陰になった席にふたり連れが座った。気にすることもなく、しばし読書に没頭していたが、覚えのある声が聞こえてきて、相馬ははっとした。

「――じゃあ、森野はもう、やばそうですか？」

聞き覚えのある声に思わず振り返り、観葉植物の隙間《すきま》からそっとうかがうと、ぼそぼそと話しているのは栢野、そして相馬に背中を向けて座っているのは、おそらくデザイン科の主任講師だ。

「デザイン科の『栢野組』は脱落者は少ないほうですけど、夏休みの補習もちゃんと来るかどうか……」

「このままいくと、留年ですかね」

「ならマシじゃないですか。毎度のパターンですけど、『流れ退学』じゃないかと」

声をひそめてはいるが、相馬の席と相手のそれは、パーティションにもならない植物しか隔てていない。会話は完全にまる聞こえで、相馬はさっと青ざめた。

どう考えても、内容は同じ科で成績のふるわない森野の退学話だ。流れ退学というのは、遠足などの流れ解散に引っかけたある種の隠語で、正式に退学手続きを取るわけではなく、いつの間にやら学校から消えている生徒のことを言う。

（うわ、こんな話聞いちゃうの、やばくね？）

本当なら逃げ出したいけれど、まだ料理は届いていない。席を立つわけにもいかず、相馬は文庫本で顔を隠すようにして小さくなった。

「まあ、かなり反抗的な態度でしたから……プライド傷つけたかもしれないし」

栢野は苦笑まじりにつぶやいて、水を飲んだ。なんだかくたびれた顔をしていて、相馬も顔をしかめそうになる。

(わけわかんねえ反発してたからなあ、森野)

デッサン力もセンスもそこそこあったけれど、どこか粋がっていた森野は課題やテーマを無視し、自分の描きたいものだけ描く、という態度がまるだしだった。栢野以外の講師らは早々にそんな彼を見放していたようで、課題を提出さえすれば注意もしていなかった。

だが栢野だけは、森野への注意をやめなかった。リテイクを要求し、ちゃんと課題に添ったものを出すまで許さなかったりと、熱心なだけに大変そうだと相馬は同情もしていた。

けれど、だからこそ、ぼやくような栢野の言葉にひどく驚いた。

「ほんとむずかしいですよね。やる気ないならやめろ、ってわけにもいかないだろうし。いざやめられても、悩ましいのはこっちだし」

(え……？)

さめたような、突き放すような声は、相馬が聞いたこともないものだった。

「手厳しいですね。栢野先生とも思えませんが」

主任講師もすこし驚いたように、声のトーンを変える。それに対し、栢野は口元だけで笑った。なんだか疲れたような、投げやりな笑顔だった。

「……俺、もう生徒に愛情傾けるのは、やめたいんですよ」

自分でも驚いたことに、その瞬間、相馬はショックを受けていた。

（なにそれ、どういう意味？）

相馬が凍りついたのと同じく、主任講師もまるでなだめるような声を発する。

「らしくないですよ、せっかく『栢野組』は成績もいいのに」

「たまたまの話でしょう。俺はそんなに、力もないですし」

「おいおい、栢野先生……そりゃ、ここんところいろいろありますけど、そこまで言わなくても――」

その後の会話は、ちょうど相馬のところにランチが届いたことで、聞こえなくなってしまった。相手もまた注文を取ったりと会話は分断されていたが、相馬は一気に食欲をなくしていた。

（もう、あんな話聞くの、やだな）

胃が重くなって、相馬はポケットから携帯を取り出すと、イヤフォンを耳にはめた。ダウンロードしたばかりの音楽を適当に再生し、背後の会話が聞こえないようにして、味気ない昼食を急いでかきこんだ。

たかが講師と生徒の関係で、愛情なんて、べつにかけてもらえるとも思っていない。だが、あんな声は、なんだか栢野にそぐわないと思った。同時に、妙に裏切られたような、いやな感じもしていた。

（なんだよあれ。もしかして親身になったりとか、やさしい態度とか、全部嘘なのか？）

励ましたり、いろんなことを教えてくれたことに、相馬なりに感謝していた。けれどそれらがぜんぶうわっつらで、器用な大人の処世術だとしたら、信頼した自分がばかみたいだ。

そう考えて、相馬は自分に驚いた。

（俺、信頼してたのか）

あの程度の発言にショックを受けるくらいには、栢野に対して気持ちを預けていたらしい。そして勝手に傷ついた気分になっている。

むろん、栢野が愚痴を言いたくなる気持ちもわかる。講師側の努力を理解もせず、反発するだけで消えていく者は、正直少なくない。高校を出たとたん、まだ未成年だというのに羽目をはずして、飲んだり遊んだりしてばかりの連中も多い。結果的に学校から消えていくだけの相手にまで心を砕かなければならないのは、どれほどむなしいことなのだろうとも思う。

（ちょっと、いやけさしてただけかもじゃん。俺だって、森野みたいなのばっか相手してたら、くさるよ……）

大人はときたま、子ども以上にくたびれて傷ついている。そしてその傷をごまかすために、本心以上に辛辣《しんらつ》なことを口にすることもある。叔父の店で酔っぱらっているひとたちが、そういう現実を相馬に教えてくれた。

たったひとこと、しかも前後関係のわからない話の盗み聞きをしただけで、栢野に不信感を持つのはよくない。理性ではそう考えるけれど、自分でも無意識のまま無防備になっていた気持ちは、そのときたしかに、小さく傷ついた。

それからすぐ夏休みに突入したのは幸いだった。なんとなくわだかまった気持ちを持って栢野に相対するのはむずかしかったし、長い休みの間に、あんな会話は忘れてしまえると思っていた。

（べつに、いいじゃん。ともだちなわけじゃないし、課題さえ、出せばいいし）

夏にはしゃいで、遊び回って、どうにか必死に忘れようとして――でもなぜだか完全に忘れることはできずに、心の奥には小さな刺が残った。

いままで、素直に話せていたのに、なんとなく目が見られなくなった。やさしげに笑う表情の裏を読もうとしている自分に気づいたり、言葉の意味を変に曲解しそうになって、だんだん栢野と話すことすらできなくなった。

むろんそんな態度は、栢野には見破られた。

「相馬、最近なんか、元気ないか？」

「べつに、なんもないよ」

すこし以前には、なついた犬のようにあれこれ質問したりしていたのに、突然よそよそしくなった相馬を、栢野も持てあましているようだった。自分でも、どうしてこんなに態度を変えてしまったのかわからないまま、相馬は混乱していた。

(俺、なんなの。感じ悪いよ)

そして、ぎこちない態度は栢野にも伝染し、ほんの数ヶ月前が嘘のように、心に壁ができたのを感じた。

すこしずつ、学校に行くのが億劫になりはじめ、入学したころに逆戻りしはじめた。自分でもまずいと思ったし、史鶴にも注意されたけれど、徐々にサボりがちになっていくのが止められなくなった。

(このままじゃ、俺、森野みたいじゃん)

怠惰に逃げるような真似《まね》はしたくないのに、やる気が出ない。いったいどうしたらいいのかわからなくて、でも決定的に落ちこぼれになることもできず。

だらだらとすごす自分がいやになっても、いまさら態度もあらためられなかった。

栢野と相馬の関係に決定的な亀裂が入る事件が起きたのは、そんな矢先のことだった。

夏休みが明けたころから、史鶴の周囲では妙な事件が起きていた。

最初は学校のサイトでの中傷騒ぎ。学校のＷＥＢサイトの掲示板に誹謗《ひぼう》中傷が書き込まれ、ターゲットは冲村だった。その投稿者が、なぜか史鶴だと思わせるような工作をされていた。お粗末な工作だったため、すぐにムラジと史鶴が濡れ衣《ぎぬ》と見破ったけれど、かなり気分の悪いできごとだった。

結果として、その件をきっかけに、反目していた冲村とは仲良くなったけれど、話はそれでは終わらなかった。

秋になり、掲示板の中傷騒ぎを忘れかけたころ、今度はインターネット上で、史鶴の作品を盗作呼ばわりという、悪質な事件が起きたのだ。

史鶴は、傍目《はため》からはすぎるほど冷静に見えた。けっして感情的になったり、あからさまに落ちこんでみせることすらしなかった。だからこそ、相馬は心配だった。

「いつか、こんなのも落ちつくよ」

そう言って微笑みさえするけれども、傷ついていないわけがない。

（誰だよ、こんなことすんの）

むかむかしたまま、事態を眺めているしかできない自分が腹立たしかった。

こと、この件について相馬ができることはあまりに少なく、ムラジのようにインターネットで協力者を募り、犯人捜しをすることもできない。冲村のように、強引に支えてやることもむずかしい。

誰より傷ついてほしくない大事なともだちが、めちゃくちゃにされている。なのに、うまい慰めの言葉も見つけられず、できることと言えばムラジの推論に多少の意見を述べるだけ。

(俺、これじゃほんとに、役立たずじゃないか)

史鶴の前ではなんとかふつうに振る舞っていたけれど、苛立《いらだ》ちは止められずにいた。

無責任にささやかれる言葉が、どれだけの脅威で暴力なのか、相馬は知っている。ましてそれを『言われるほうが悪い』と決めつける第三者の理屈も。

幼いころ、病気の母親がいるというだけで、くだらないことを言う連中はいくらでもいたからだ。

——おまえんち、なんで母さんいつもいないの？

——ビョーキなんだって。どういうビョーキ？

——親御さんいないの？　あら、まあ。だからそんな……。

ぐるぐると、いやな記憶に疼《うず》かされて、相馬はネガティブな思考に引きずられまいとかぶりを振った。そして怒りに転化させることで、どうにか自分を保った。

(俺が落ちこんでどうすんだって)

むろん、犯人に憤っていたけれども、なにより腹が立ったのは学校側の対応だ。

いずれの件も、学校側は史鶴を庇《かば》うわけでもなく、責任を丸投げしたあげく、『騒ぎを起こした』として問題視さえした。

それだけでも不愉快だったのに、よりによって栢野は、サーバー担当者という肩書きもあったため、そのどちらの事件に関しても史鶴を呼び出す役割を担わされていたのだ。

「……北、ここにいたのか」

自分たちのたまり場になっているPCルーム。史鶴のもとへ「話がある」と栢野が現れたとき、嘘だろう、と思った。

「先生、史鶴になんの用事」

頼むから、呼び出しだとか言わないでくれと、祈るように願った。けれど栢野にはふだんの明るい表情などかけらもなかった。いっそ無表情なくらいの冷静さで、たったひとことで、相馬を排除した。

「ここじゃ言えない」

視線はまっすぐ史鶴に向けたままのその言葉は、おまえには関係ない、と響いた。

相馬は目の前が怒りに赤くなるのを感じた。そして、自分が勝手にこだわっていたあの発言に、脊髄《せきずい》反射したのもわかっていて、それでも怒りが止められなかった。

(生徒に愛情かけたくないって、そういうこと？　俺らなんか信用してないってこと？)

かっと頭が熱くなり、相馬は栢野に向かって噛みついていた。

「どうせネットの中傷の件だろ！　あんたたち、なんで被害者にばっかり詰め寄って
——！」

栢野もまた、その場に相馬がいたことに、戸惑っているようだった。ほんの一瞬自分を見た目が揺れて、けれど彼はなにも言わない。ただじっと史鶴の出方を待っていた。

「いい、相馬。ちょっといってくる」

そして史鶴は、どこまでも冷静に見えた。だがおとなしく呼び出しを受けると言いきり、相馬に目顔で「なにも言うな」と告げる親友の態度は、もう疲れ果てて投げやりになっているからだと、相馬にはわかっていた。

史鶴は、よくない意味で傷つき慣れている。裏切られたり、痛めつけられたりした経験が立て続いて、こういうことに対して抵抗がなくなってしまっている。

(なにが起きてんの、なんなのこれ)

以前の一件では、栢野だけは史鶴のことを信用しているふうに言ってくれていた、と聞いていただけに、よけいに耐えがたかった。

栢野を睨みつけたまま、相馬は叫んだ。

「史鶴、行くことないって！」

相馬を振り向いた史鶴は、あきらめたような顔で静かに笑いかけた。

「いいから、相馬はここにいなよ。すぐ戻るから、待ってて」

自分がいちばんつらいはずなのに、どうしてなだめるような声が出せるのだろう。相馬が無力感に打ちのめされていると、栢野の隣に立ち、歩き出した史鶴は平静な声で言った。

「俺、やってませんよ」

怖いくらいの穏やかな声に、栢野は苦々しく重たい声で答えた。

「……わかってるよ」

けれど背中を向けてしまっていたから、その顔は相馬には見えなかった。

（なんでだよ）

学校側が史鶴を尋問――相馬にはそうとしか思えなかった――するために呼びつけてきた。そしてその代表として目の前にいるのが栢野だということが、いやでたまらなかった。

「なんで、あんたが来るんだよ……！」

拳を握って、口のなかでうめいた言葉は、誰にも聞かれなかった。

待っていろと言われて我慢できたのは、ほんの十分程度のことだった。

「待ってられるか、こんな状態でっ！」

「ちょっと、相馬くんどこいくの⁉」

「訊くなよ、そんなの！」

いっしょになって心配していたムラジの引き留めもきかず、史鶴のあとを追おうとＰＣルームを飛び出した。

だが相馬を止めたのは、廊下の途中で待っていた栢野だった。

「戻りなさい、相馬」

待ち伏せでもしていたようなタイミングに、相馬は頭に血をのぼらせた。

「なんだよっ、どけよ」

「……相馬が来ると思うから、止めてくれと言ったのは北だ」

じっと待っているのは、相馬の性に合わないことを見越した親友の計らいに、相馬は愕然《がくぜん》とした。そして目の前の男に反発するしかなかった。

「だいたいなんで、あんたが史鶴呼びにくんの？　関係ねえじゃん、史鶴はっ……あんたら、史鶴になにすんの？　なあっ」

「相馬……」

摑みかかるようにして、相馬は栢野にわめきたてた。

「どうせ、そんな問題を起こした生徒はどうとかこうとか、言ってんだろ。噂、流されて、痛い目みてるの史鶴なのに、なんでもっといやなことすんだよ。専門学校って、専門技術教える以上の責任取る義務はないんだろ？　ならなんで、ここまですんの」

被害者の史鶴が、プライベートで事件に巻きこまれただけの話だ。それをどうして学校の大人まで責め立てるのか、まったく相馬には理解できなかった。

（しかも、なんであんたが『そっち側』にいるんだよ！）

栢野にぶつけるべき感情じゃないことや、栢野自身、今回の事態に納得していないのは、わかっていた。なにより当事者は史鶴であり、相馬が憤っているのはお門違いだ。

呼び出しに応じたのは史鶴の意思で、この件に関しての相馬は部外者でしかない。

それでも目の前でやつあたりできる大人は、いまは彼しかいなかった。

「よってたかって、弱い者いじめして楽しいのか、なあっ……」

「いいから、戻りなさい！」

声を荒らげたことなどない栢野の怒声に、相馬はびくっとなった。見る間に血の気が引いていく。栢野はその顔色にはっとしたように、息をついて声を抑えた。

「いま、この話はできるだけ最小限の人数で抑えるようにしてるんだ。ここで相馬が騒ぎはじめたら、問題が大きくなる。そうしたらもっと北は追いこまれる」

でも、と言いかけた相馬の両肩を、落ちつけというように栢野は摑んだ。

「俺も、北の担当講師も、彼に問題があるなんて思ってない。でも、いまは学校長に、とにかく言いたいことを言わせておくしかないんだ」

「そんなの、へんだろ。だっててっ……」

「わかってるから！」

なおも言おうとした相馬の声を制する栢野の声が、また荒れた。栢野自身苦しそうだった。なにかひどく歯がゆそうに、きつく眉を寄せている。

「おまえたちに、大人のいやな部分を見せたくないけど、本当にいまは、とにかく黙ってやりすごすしかないんだ」

どういうことだ、と目顔で問う相馬に、栢野は苦々しい声を発した。

「学校長は保守的で気が弱いけど、興が乗ると説教が長い。北は、前回のことでそれをわかってる。だから全部、聞き流してるんだ」

わかってくれ、と肩を摑む手が痛いくらいで、なぜだか言葉が出なくなった。

「あと、二十分……いや、十分だけだ。そうしたら主任が業者に頼んで、別件で校長に電話をかけてくれるように、してるから。あいつの忍耐、無にするな」

学校長の気を逸らすには外部の人間を使うしかないんだと言われ、相馬はあまりのことにあきれ、失望した。

「……くっだら、ね。そんでその業者さんがご機嫌とりするまで、あんたら黙ってるしかないのか」

「返す言葉もないよ」

背中を押され、うつむいた相馬は来た道を戻った。ついてこなくていいと言ったのに、栢野はPCルームに入るまで見届け、心配顔で迎えたムラジに「悪いけど、これ見張ってて」と力なく笑って頼みこんだ。

そして、去り際に小さな声で、相馬に言った。

「俺らが護ってやらなきゃいけないのに、傷つけて、ごめんな」

相馬はその言葉に、なにも返せるものはなかった。

小一時間経って、史鶴は解放された。学校長以下、講師たちがなにを史鶴に言ったのか、彼はけっして語らなかったけれども、ひどい顔色を見れば想像はつく。

「……口がきける気分じゃない、ごめん」

ひとりになりたいと言われてしまうと、励ますことも慰めることもできなくて、ただ無力感だけが募った。

一週間後、相馬は栢野に呼び出され、はじめてパーティションで区切られただけの指導室に入った。

「どうして、課題を提出しない？」

真剣な顔で問いつめてくる栢野に対し、相馬はそっぽを向いた。

史鶴が呼び出されてからすでに、彼の授業が三回はあった。その三回ともを、相馬はサボったり、課題をわざと出さなかったりということを繰り返している。当然わざとと気づかれ、そのときと同じ問いを向けられ、同じ答えを投げ返した。

「気分が乗らなかったからです」

乗らないどころではない、気分は最悪だった。栢野が悪いというわけではないし、どう考えても幼稚にすぎないデモンストレーションを重ねるのはくだらないとわかっていても、相馬は栢野に対して不信感と敵愾心《てきがいしん》を捨てられなくなっていた。

だが、そんな子どもじみた反抗を、栢野は冷静な指摘で打ち砕いた。

「……相馬が、この課題で？　あり得ないだろう、それは」

最初の一回はPCを使用する課題だったからまだしも、二度目は今回忘れたのと同じ課題だ。ビジュアルデザインの授業の一環である、キャラクターアイコンを制作するという課題は、言われるまでもなく、相馬にとっては得意分野だった。

(知るもんか)

むくれてそっぽを向いたままの相馬に疲れたように、栢野は机に片肘《かたひじ》をつき、眉間に拳をあてた。しばらくこつこつと自分の額を拳で叩いたあと、相馬を見ないままうめく。

「無意味な反抗は、やめなさい。抗議行動のつもりなら、お門違いだ。北は冷静に話を聞いたし、相馬が怒るような筋合いはないだろう？」

ようやく、あの件について栢野がさきに口にした。押しこめていた怒りが胃の奥からこみあげてきて、ぶるっと震える。

「……そうだよ、俺にはそんな筋合いはない。でも、あんたたちだって史鶴に口出す筋合いなんかあったのか」

震える声に、栢野は沈黙で応えた。相馬が発した憤りを、彼はそのまま受けとめようとしていて、それがさらに怒りを誘った。

「未成年を預かってる責任とかっていう言い訳はすんなよ。史鶴はもう成人してるし、自分の責任でちゃんと動いてた。しかも、ただ巻きこまれただけの被害者だった。あんたらは、指導って面目で、ただ史鶴に『迷惑かけんな』ってプレッシャーかけてきただけだ」

ぐっと唇を噛む。栢野はやはり無言のまま、無表情に近い顔で、じっと聞いている。

「だいたい、生徒の素行がどうとか、口出すような体制じゃないだろ。プライベートでは生徒と口もきくなとか言うくせに、生徒がそれこそプライベートで巻きこまれた問題で、迷惑かけるなって釘刺すだけはすんのかよっ」

「……ごめん。それに関しては、謝ることしかできない」

目を伏せた栢野の、つぶやいた声があまりに悔しそうで、相馬は目を逸らした。続いた言葉には、たったいま叩きつけてしまった言葉を撤回したいと感じるような、あまりの苦さが混じっていた。

「あのときは、せめて場に立ち会って、あまり行きすぎないよう『上』をセーブするために、俺が話をするくらいしかできなかった」

いいも悪いもなく、ただ、それが目の前にある現実だ。

言われるまでもなく、苦く感じていると吐露する栢野は、組んだ手に額を乗せていた。その姿にはっとしても、もう相馬が発した言葉は戻らない。

「腹が立つとは思う。けど、こんなことで相馬に単位を落とさせたくないし、せっかく入った学校を、自分から見限るようなこともしてほしくない」

栢野には、栢野の立場があって、それを逸脱するわけにはいかなかった。それくらい、わかっていた。彼ができる限り、史鶴に矛先《ほこさき》が向かないよう――むしろ栢野自身が学校代表として言葉を使うことで、痛みをやわらげようとしていたことも、相馬は理解できた。

それでも、いちどは慕った大人が対立するような立場になってしまったことが、どうしようもなく悔しくて、栢野にやつあたりするしかできなかった。

「史鶴のことは、俺らでなんとかする……」

「うん。力になってやってくれ」

力なく笑う栢野なんて見たくもなくて、相馬は唇を噛んで立ちあがる。

「課題は、ちゃんと出すよ」

本当は、ごめんなさいと言いたかったけれど、まだ相馬自身が複雑すぎて、口にできなかった。そして謝り損ねたままに、時間はすぎていった。

しばらくたって、事件は、ムラジと冲村の活躍で、無事に解決した。相馬も自分のできる限りで協力し、史鶴をかわいがっている叔父の尽力も仰いだ。

――みんな、ありがとう。助けてくれて。

すべてが終わったとき、微笑んでいた史鶴の表情に、終わったのだと安堵《あんど》できた。

いろいろと史鶴自身が思い悩んでいた過去のことも、この一件を機にいくつかは解決し、結果として見れば、雨降って地固まるというやつだったのだと、みんなで笑いあえた。

けれど、栢野へ向かった相馬の感情については、土砂降りにぐちゃぐちゃになって、いまだぐじぐじとぬかるんだままだ。

＊　＊　＊

日曜日になり、いつものように『帆影』でアルバイトをしたのち向かったのは病院だ。

病室のなかにいたひかりは、相馬とその手にあるケーキの箱を見るなり、あざやかに微笑んでくれた。

「朗ちゃん、いらっしゃい」

「ひかりちゃん、こんにちは。岡さんからお土産だよ」

ありがとう、と微笑む母は、少し調子がいいようで、今日は身体を起こしている。相馬は見舞客用の丸いすに腰かけ、箱を開けてみせた。

「調子がいいなら、食べてみて」

前回、岡の焼いたケーキはひかりの口に入ることはなかった。相馬が見舞ったとき、あまり具合がよくないとかで伏せっていて、見舞い時間が終わるまでひかりは目を覚まさなかったのだ。

「そうね……食べてもいいですか？　村田《むらた》さん」

担当である年配の看護師に問いかけると、村田はにっこりしてうなずく。相馬はケーキを切り分け、ほんとうにひとくち程度を皿に載せて母に渡すと、残りを村田に渡す。

「よかったら残り、皆さんも食べてください」

「はいはい、ご相伴にあずかりましょう」

村田は会釈《えしゃく》でありがとうと伝え、部屋を出て行く。相馬は、ぺこりと頭をさげて母へと向き直った。とたん、ひかりがほっそりした首をかしげてみせる。

「……朗ちゃん、なにかあった？」

「え、なんで？」

「なんだか、疲れてるみたい……だいじょうぶなの？」

ぎくっとしたけれど、顔に出すような愚はおかさない。相馬は笑いながら「なにも」とかぶりを振ってみせた。

「いつもどおり。ただ最近、就職ガイダンスがあったから、それで忙しいし」

「あら、もう？　まだ二年になったばっかりじゃない」

「大学いってるやつらだって、三年からもう就職活動はじめるんだ。専学の俺らは二年からでも相当がんばらないとね」

すこしの嘘を見破られないように、相馬は必死で笑った。

じつは『帆影』のバイトに出たこの日、また奇妙な電話を受けた。相馬が店名を名乗るなり、電話はいきなり切れたのだ。一瞬、呼吸音が聞こえた気がしたけれど、相手は完全に無言だった。

(イタ電かよ？　むっかつく)

無言電話だったと告げると、岡は苦笑した。

——どうせまた悪戯《いたずら》だろ。電話帳に載ってると、しょうがないんだよな。

この間のセールスと同じだと笑う岡には、暇な人間がいるなとあきれてみせた。岡が迷惑しているのでなければ問題はないけれども、あまり気分がいいものではない。

なにより気になったのは、あの無言の一瞬に粘ついた悪意とか、鬱屈《うっくつ》した感情とか、そんなものがじんわり伝わってきたことだ。考えすぎかもしれないけれど、どっちにしろ悪戯電話などして喜ぶ人間は、変態の一種としか相馬には思えない。

(そんないやな話なんか、ぜったいしない)

狭い病室で、病気と闘っているひかりに、どんな苦い話題も持ちこまない。それは少年のころから、相馬が決めているルールだ。

(笑え)

顔中の筋肉に言い聞かせた相馬は、いかにも楽しそうに口を開いた。

「あ、あのね、岡さんが、また俺の絵のコースター、ほしいって言ってくれた」

「あら、あれかわいかったものね。またわたしにも描いてくれる？」

「いいよ、ひかりちゃんモデルにして、なにか作ってあげる」

「嬉しいな。楽しみにしてるね」

かけら程度のケーキをゆっくり口に運ぶ母へ、相馬はいつものように、日常のできごとを語りはじめた。これが、相馬が物心ついてからずっと変わらない、母子《おやこ》のコミュニケーションだ。

——お話しして。朗ちゃんは、今週はどんなことがあったの？

少女のように、好奇心を目いっぱいたたえて問いかけてくるひかりは、一般的な母親とは少しタイプが違う。けれど、小首をかしげたり、小さな声で笑いながら相馬の話を聞く彼女はまぎれもなく相馬の世界でただひとりの母だ。

そして、どこか浮き世離れしているひかりなのに、やはり母という人種は鋭いものらしい。

「……朗ちゃんは、イラストで身を立てることはしないの？」

うっとつまったのは、このところの悩みの種を直球で問われたからだ。そして、どうしても頭から離れないあの男のことが、引っかかっているから。

「それ、先生にもいま、言われてる……」

あらそうなの、と目をまるくする母の前で、相馬は唇を嚙みしめた。

「俺はふつうの会社に入りたいんだけど、事務系とかは、俺のスキルじゃ無理だって」

栢野の言うことも理解できる。けれどそののち彼が提案してきたことについては、どうにも首を縦に振れない。愚痴っぽくならないよう気をつけながら、栢野と話したそのままを伝えると、息子の就職話だというのに、ひかりはのんきな言葉を発した。

「ふうん、いろいろ厳しいのね」

「厳しいよ。まあでも、就職難なのは大卒でもいっしょだから、しかたないのはわかってるんだけどさ」

複雑な面持《おもも》ちで黙りこむと、ひかりは当然問いかけてくる。

「わかってるなら、どうしてそんなむずかしい顔をしてるの？」

「……出版社のイラスト募集とか、コンペとか、片っ端から出せって言われてるんだ。とりあえず賞とれば、ハクもつくし、どんなんでも肩書き持ってるのは重要だって」

「朗ちゃんは出したくないの？」

いかにも不思議そうに問われ、相馬は苦笑いをした。

「だいたい、賞なんか俺に取れっこないじゃん」

自分ごときが賞などとんでもない、と相馬は思っている。だがひかりは「どうして？」とやさしく笑うのだ。

「わたしは朗ちゃんの絵なら、どんな賞でも取れると思うわよ？　あんなにかわいくてきれいな絵なんだもの」

この程度のイラストなら、どこの誰だって描ける——などと言って、せっかくの母心を傷つけるのは忍びない。だから、その話はもう終わりと知らしめるように、相馬はあいまいに笑ってかぶりを振った。

「それよりひかりちゃん、食べ終わったらお皿片づけようか」

「ケーキ、とってもおいしかった。岡さんに、ありがとうって伝えてね」

微笑んだ母は、ケーキを食べきっていた。今日は本当に調子がいいようだとほっとする。悪いときには、ひとくちも呑みこめないことさえあるからだ。

「ひかりちゃんが喜んでたって言えば、岡さんも喜ぶよ」

そうかしらと微笑む母の顔は、相馬と同じ童顔だ。目鼻立ちの特徴は、ほぼ同じといってもいい。なんだか鏡を見ているようで、少し不思議にもなる。

並んで座るふたりを、母子と見るひとはあまりいないと思う。ひかりはすでに三十なかばを超えているけれど、不思議と年齢を感じさせない、少女のようなところがあった。

ひかりちゃん、と愛称で呼ぶ、人生のほとんどをベッドのうえですごしていた彼女に対して、相馬は正直、母親という認識が少し薄い。父もまた会社社長で仕事が激務をきわめており、相馬を育ててくれたのは、母の少し歳《とし》の離れた弟である昭生だった。

かといって、母に対してなんの感情も持てないということもない。相馬の人生のなかで、最愛といってもいいほど、大事なひとだ。

「ところで、朗ちゃんは、まだ恋はしないの？」

「うーん、運命はめぐってこないね、なかなか。ともだちはしっかり恋してるけど」

むずかしいんだよと苦笑すると、ひかりは少しだけ眉を寄せる。

「いつになったら、わたしは朗ちゃんの恋バナを聞けるのかしら」

「ひかりちゃん、恋バナて……」

誰に対しても、ぜったいになにも要求しないひかりが、唯一といっていいほどのこだわりをみせるのが『運命の恋』とやらだ。

「朗ちゃん、二十歳になっちゃったじゃない。妥協しなさすぎよ」

「これだってひとが現れるまで、妥協するなって言ったの、ひかりちゃんじゃないか」

「それはそうだけど……」

つまらない、と口を尖らせる母に、相馬が「そんなこと言われても」と天を仰ぐと、病室のドアがノックされた。

「なんだ、朗。来てたのか」

「遅いよ、しーちゃん、亜由美《あゆみ》ちゃん」

ひょいと現れたのは、『しーちゃん』という愛称がおそろしく似つかわしくない、長身で、四十をすぎても崩れない、端整な顔をした滋《しげる》——相馬の父と、篠木《しのき》亜由美だ。

「あら。ひかりさん、今日はケーキ食べられたの？」

「うん、おいしかった」

　よかったね、と微笑む亜由美は父の秘書だ。寝たきりの母の代わりに、公私ともにサポートしてくれていて、ほとんど家族の一員でもある。

　ここにいる全員が、少女のような面差しの痩《や》せた女性が、逝《い》く日まで穏やかであればいいと、それだけを願っている。それは明日かもしれないし、もっとずっとさきかもしれないけれど、毎週日曜日と決めた面会日に——それ以上の面会回数は、彼女の体力から無理だった——相馬はいちばん元気な顔で会いに行くと決めている。

　ただし、毎度ながら「恋はまだか」と問われるのだけは閉口していた。父や亜由美が揃《そろ》うと、一緒くたになってからかわれるからだ。

「で、まだうちの息子はひかりの希望する話をしてやれてないと」

「いーじゃん、もう。この間、史鶴の話はしたじゃん」

　むくれて言えば、ひかりが残念そうに言った。

「わたしは、朗ちゃんの話が聞きたいのに」

「だからって、手近な相手で適当にくっついちゃだめって、ひかりちゃんが言ったんだろ」

　正直、二十歳をすぎても、自分の恋愛についてはまるっきり清いままなのは、あまりに恋

相馬ひか
年 月 日
担当

をしろしろとけしかけられるせいもあると相馬は思っている。

「気づいてないだけかもしれないじゃない。本当に誰も、気になっているひと、いないの？」

「……気になりまくってるのは、就活にうるさい担任かなあ」

問われて、なぜかまっさきに浮かんだのは栢野の顔だった。そして、意味が違うとわかってはいても、なぜだかどきりとしてしまう。ひかりは「そういうことじゃないのよ！」と目をつりあげ、相馬がふてくされてそっぽを向くと、皆が笑った。

「まったく、理想高くなりすぎたのかしら。わたし、いろいろ言いすぎちゃっ……」

そして、ひかりが少し、咳《せき》をした。とたん、なごやかだった部屋の空気が、さっと一瞬だけ緊張する。

「……少し冷えてきたかな。今日はもう、おしまいにしよう」

場をおさめたのは滋だった。やさしくいたわるように、妹のような妻の肩をそっと支え、横たわらせてやる。ひかりもだだを捏《こ》ねることはせず、静かにうなずいて全員の顔を見た。

「今日は、あーちゃんは来なかったのね」

「どうしても、仕事の都合がつかなかったみたい」

言い訳をするように告げると、ひかりはぜんぶをわかった顔でうなずき、言った。

「弱虫くんに、来週は来るようにって言っておいてね？　思ったより長引いてるから、へこんでるのよ、あの子」

その言葉に一瞬息を呑んだけれど、なにげない顔で帰り支度をした相馬は、できる限り明るい顔で笑い、うなずく。

「わかった、伝える」

「お願いね」

そして皆それぞれ、ひかりの頬を撫で、手を取って、また来週と約束して、病室を出た。とたん、滋はふっと息をつき、小さくつぶやく。

「……昭生に、弱虫か」

「しょうがないよ。あーちゃんがいちばん、あまったれだから」

今年に入って、二度、ひかりは意識をなくした。昭生はそれが見ていられず、見舞いの回数も減っている。弱虫ねと微笑むひかりの強さに、たぶん最も打ちのめされているのは彼なのだ。さらっと言った相馬に、亜由美は滲んだ涙をごまかすようにまばたきをした。

「それでも、昭生のおかげで、うちの一粒種は元気に育った」

ぽんと頭に手を置く滋は、自身の仕事が忙しすぎたせいですべてを叔父に預けることになったのを、いまだ悔やんでいる節がある。そして、その多忙さが、ひかりの儚《はかな》さに対して臆していたせいであることも、ちゃんと自覚している。

要するに相馬と名のつく男どもは、全員彼女に弱いのだ。

「朗はこれからどうする？　いっしょにメシでも食うか？」

「いいよ、無理しなくて。しーちゃんも、どうせまた戻って仕事なんだろ」

あえて知ったような口調で言ってやったのは本心だ。父はスーツ姿のままで、毎週の見舞いの時間を作るのに、かなり無理をしている。

「生意気な」

軽く頭を小突かれ、相馬はふんと鼻を鳴らしながらも、亜由美に笑ってみせる。

「……いつもありがとね、亜由美ちゃん。うちのしーちゃんのお守りで」

相馬家の複雑な事情をすべて知っている彼女は、目を潤ませて、かぶりを振る。

「お礼を言われることは、なにもないの。本当にあなたのパパ、お持ち帰りしていいの？」

笑いを装いつつも、いろんな意味が含まれた言葉に、むろんとうなずく。

「せいぜい、こき使ってやって。それにもう、お父さんとべったりするような歳でもないんだよ。だいたい俺、これから用事あるの」

「そうなの？」

「オッキーの店に冷やかしにいくんだ。あいつバイト中だとすかしてるから、おかしいの」

にま、と笑ってみせると、父も亜由美も納得したようだった。それぞれの帰途につくため、駐車場で別れる間際、ふと振り返った滋が問いかける。

「朗」

「なーに？」

「だいじょうぶか？」

昔から父親は、この言葉を相馬に告げる。どういう意味なのだろうと深読みしたことは何度かあるが、単純に息子を案じてのものだと、相馬は解釈している。

「平気。俺、べつに心配かけるようなこと、したことないだろ？」

にっこり笑って、気遣いはいらないと言ってのけると、滋は「……まあな」と苦笑いした。

だいじょうぶかと相馬に問うとき、いつでも少し、滋は苦しげだ。父親らしい役割をこなしきれない自分を責めているようにも感じられる。

そしてなぜか、栢野に告げた言葉を、ふと思いだした。

――俺だって、誰かに護ってもらおうなんて思ったことないし。

二十歳になったとはいえ学生で、金銭的には、親の保護下にあるのは重々承知だ。それでも、それは子どもの権利と享受するちゃっかりしたところと、天真爛漫《てんしんらんまん》を装うことで、ひかりや、まわりの大人たちの心を護るという矜持《きょうじ》とが、相馬のなかには混在している。

たぶん、相馬家における自身の役割があるとするならば、『常に明るく元気でいること』。名前のとおりに生きていると、ちゃんと周囲に知らしめることだと、相馬は思う。

史鶴たちに置いていかれているような不安だとか、将来のことなど、少しずつ胸にわだかまるものはあるけれども、そんなものは自力で解決してしまえばすむことだ。

笑顔の息子に、滋は目を細め、言った。

「……なあ。ほんとに誰か、好きなひとできたら、俺にも教えろよ。ひかりといっしょに祝ってやる。どんな相手だろうと、ぜったいにひかりは、それを喜ぶから」

病院の窓の明かりを背にして、父の表情はわからない。けれど、声のあたたかさと重たさはまっすぐに伝わった。

「おまえが選んだものなら、俺たちはぜんぶ、受け入れるから。おまえが、受け入れてくれたように」

「……わかってる」

「それじゃ、昭生によろしく」

深くうなずき、滋は背を向けた。相馬も同じく、自分の向かう道へと足を進める。

ほんの少し、急《せ》かされるような気分になる、せつない約束は重たい。

(俺が選ぶもの、か)

「運命の恋なんて、そんな転がってるもんじゃないんだろうけどさ」

相馬にとっては、気恥ずかしいような母の願いに、まったく抵抗がないとは言えない。けれどそれがひかりの願いなら、できるだけ早く叶《かな》えてあげたいのだ。

相馬はひかりにとって、たったひとつの希望だ。健康で元気で、やろうと思えばなんでもできる、そんな姿に、憧れめいたものを見ている。

相馬はひかりが生きようとして、でもできなかった自由な人生を生きるよう、生まれたときから期待されていた。そして、幸せな恋をするようにと、願われている。

ある意味では、少女趣味なエゴと言えなくもない。けれど、滋も相馬も、そんなことはわかりきっている。ひかりも自覚しているだろう。

でもみんな彼女を愛しているから、彼女の願いは全力で叶えてあげたいと思っている。

なぜなら、ひかりにとって『恋』は幸せの象徴で、哀《かな》しいくらいの強さで、相馬に幸せになってくれと願っているからだ。

恋はしたの？　という問いかけは、いま幸せなの？　と訊いているのと同じだ。

そしてそれ以外、彼女は相馬になにも要求したりしない。

絵を習いたいけれど、美大のようなガツガツしたところは性格上向かないと言えば、気楽に学べるところに行けといい、就職にしてもなんにしても、相馬まかせでかまわないらしい。

（どんなふうでも生きてりゃいいって、ある意味丸投げで信頼されてんだろうけどさ）

それはそれでなかなかむずかしい、と思うこともある。

相馬自身は、日々に満ち足りていると思うけれど、残念ながらそれはひかりの望んだ答えとは違う。申し訳ないけれど、妥協するなと言ったのは彼女なので、もうちょっと待っていてほしいと、切実に思う。

——思ったより長引いてるから。

あの言葉をひかりが発した瞬間、全員が静かに息を呑んだ。それはこの年に入ってからの彼女の不調ではなく、生きる時間が予定よりも長いという意味にすら、受け取れたからだ。

「……間に合うといいんだけどな」

つぶやいて、少しだけ滲んだ目を相馬はこすった。すでに父たちはこの場を離れ、ひとり歩く道は藍色《あいいろ》に染まっている。

あたたかい、オレンジのひかり。消えてしまう前に、大事な恋がみつかるといいのだが。

＊　＊　＊

ひかりの見舞いから戻る帰り道を歩きながら、相馬はため息をついた。

(なんか、疲れたな)

就職の問題に、変な悪戯電話。最近、気が重いことが妙に多い気がすると思いながら、相馬は『自宅』のドアを開けた。

「ただい——」

「こら、朗。店から入ってくるな！」

帰宅の挨拶をしようとしたとたん、カウンターからはきつい声が飛んでくる。

「いいじゃん、いま誰もいないだろ」

「未成年がバーに堂々と入ってくるのが問題だっての。裏から入れ！」

何度いっても聞かない、と目をつりあげるのは、相馬の叔父であり現在の家主でもある相馬昭生だった。

池袋のカフェバー『コントラスト』でオーナー店長をやっている昭生の住居は、店の二階。ひとり暮らしには広めの空間に相馬が居候するようになって、もう五年目だ。

「うっさいなあ、もう、あーちゃんは……自分ち帰ってきて文句言われるのってどうよ」

ぶっきらぼうに言う昭生と相馬は、言われなければ血縁とわからないほど、まったく似ていない。くせっけで童顔、小柄でいつも茶目っ気たっぷりに笑っている相馬に対し、細いけれどすらりと背が高く、面長の顔だちにさらさらの髪、くわえ煙草で仏頂面をしていることの多い昭生。対照的と言っていいふたりに唯一共通するのは、猫のようなアーモンド形の目のかたちくらいだろう。

「いまさらの話だろ、いいじゃん、なあ？」

「だよねえ？　伊勢《いせ》さん」

くすくすと笑いながら相馬に声をかけてきたのは、この店の常連でもあり、昭生の学生時代からの知己《ちき》でもある、伊勢逸見《いつみ》だ。

「いっつも『俺が死んだら、ぜんぶ、おまえのものなんだから』って言うの、昭生のほうなのになあ」

伊勢が雑ぜ返すと「それとこれとは話がべつっ」と昭生が睨むが、相馬は無視した。

「伊勢さん、今日はお仕事いいの？」

どっちも名字みたいな名前の彼は、この店と同じ街にある弁護士事務所で働いている。けっこう多忙な男で、相馬の帰宅時間にいるのはめずらしかった。

「ん、ちょっと野暮用。朗の顔、見たくなってな」

ぽんぽんと頭を撫でられても、小学生のころから知っている男相手では、腹も立たない。仕事柄いつもスーツ姿の伊勢の専門は刑事事件であるらしいが、長身のわりに威圧感はない。ハンサム、というにはあっさりした顔だちだが、薄い唇の口角がちょっとあがっていて、いつも穏やかに微笑んでいるように見える。すっきりした切れ長の目なのだが、一重のせいか笑うと目がなくなって、どうも相手の毒気を殺《そ》いでしまうような、独特の空気がある。

だからこそ、怒りっぽい昭生とも長年つきあっていられるのだろう。

「伊勢もそこであまやかすなよ」

「あーちゃん、怖い顔してると、また眉間にシワ増えるよ」

「そうそう。せっかくの花のかんばせに」

スツールで長い脚を組む伊勢に、カウンターのなかの昭生は凄《すご》んでみせる。

「よけいなお世話だ！　朗も手洗ってうがいしろ！」

「はあーい、叔父さん」

「叔父さん言うなっ」

じろりと睨んだ昭生は、まだぎりぎり二十代だ。叔父と甥《おい》というより、少し歳の離れた兄弟といったほうがとおるだろう。

だが、言われたとおり、裏で手洗いうがいをすませた相馬が伊勢の隣に座ると、コーヒーを淹れ、ミルクをあたためはじめた。黙っていても出てくる、相馬の好きなあまいカフェオレ。ふわりと漂ってくるやさしいにおいに、相馬はにやんと唇をゆるめる。

「気持ち悪いな、なんだよ」

「いいえー」

なんだかんだ言って相馬にあまい昭生に、にやにやするのは本人ばかりではなく、伊勢も同じだ。これ以上口を開けばからかわれるとわかっているのか、カフェオレを淹れるまで、昭生は無言のままだった。

ぶっきらぼうに「ほら」と突き出され、相馬は自分ごのみのあまいそれをすする。

なんだかほっとして息をつくと、昭生が片方の眉をあげた。

「朗、俺になにか、話すことないのか」

「ん？　なにが？」

相馬は笑ってみせたが、じろりときつい目で甥を眺めた昭生はごまかされなかった。

「なにか悩みあるだろう」

「え、な、なんで」

「最近ずっと、ため息ばっかついてる。いっしょに住んでてわからんほどばかじゃない」

鋭い突っこみに、相馬は首をすくめた。愚痴など言いたくはなかったけれど、昭生相手にごまかしは無駄だ。あまり饒舌《じょうぜつ》ではなく、要点のみを話す叔父だが、こと身内のことになると勘は鋭いし、あいまいな言葉をきらう。

(でもなあ、まだなにが決まったってわけでもないし……)

どう切りだしたものかと相馬が悩んでいると、ずばりと昭生が切りこんできた。

「おまえ就職に関しての話、先生と揉《も》めてんだって?」

「なんで知ってるの」

ぎくっと身体を強《こわ》ばらせた相馬に、昭生はため息まじりに言った。

「この間、相談の電話があったから。保護者が相談を受けるのはあたりまえだろう。というよりおまえ、保護者説明会の話、黙ってたな?」

「しゅ、就職については本人の自由意思でいいかと……」

「だからって、まったく相談もなしってのは、話が違うだろう。聞いたうえで、そうしたいならそうしろと俺は言う。義兄《にい》さんだって同じだ」

どうやら今回は、昭生の勘働きだけの話ではなかったらしい。なぜ言わないと睨まれて、相馬は舌打ちした。

「しつけえよな、栢野もまったく……」

「しつこいとかじゃないだろう、ちゃんとしろって言ってるんだ！」

怒鳴られ、相馬は口のなかでぶつぶつ言ったが、叔父にはきれいに黙殺された。

「ともかく俺が怒ってるのは、大事な話を黙ってたことだ。そういう話はちゃんとしろ」

「……はい」

お説教をするガラじゃないと常々言う昭生が叱るのはめずらしい。しゅんと肩を落とした相馬は、上目遣いに叔父をうかがった。昭生は深々とため息をつく。

「ついでに、鬱陶しいため息の理由はなんなんだ。聞いてやるから言ってみろ」

くいと顎をしゃくられ、うながされたのだと知って口を開く。

「えーっと、じゃあ。いまから話、聞いてもらっていいかな」

「だめなら訊きやしねえ。ちょうどいまは客もいないしな」

横にいた伊勢が「あら、俺は？」と眉をあげてみせるが、「てめえは客じゃねえ」のひとことで蹴散らされた。

「いまちょっと、先生にコンペに出すの、勧められてて……」

カフェオレをすすりながら、相馬はぽつぽつと話した。就職についてはともかく、コンペの件についてなかば無理やり承諾させられそうなこと。

「俺、そんなつもりないし、ふつうに会社員になりたいだけなのに、しつこいんだもん。史鶴もちゃんとしろとか、うるさいしさあ」

ひかりに話したよりも遠慮なくしゃべったせいか、だんだん憂鬱《ゆううつ》になって、重苦しいため息がこぼれた。

「なんでみんな、やれやれって言うんだろ」

「そうだなあ。朗みたいなのには、やるなやるなって言ったほうが効き目あるかもな。あのじゃくだから」

すました顔で伊勢が言うから、「うるさいよ！」と広い肩をどついてやった。

「まあ、しょうがないから今回のコンペにだけは出すよ。就職の件は、またそのあとで考えるしかないけど」

出したら出したで、栢野は「ここまでやれるんだから、どっかの出版社に持ち込みでも」と言い出すに違いない。それはそれでしゃくな気がすると、相馬はうめいた。

いかにも乗り気ではない口調だったのに、昭生はごくかすかに、けれど嬉しそうに笑った。

「そうか。よかった」

「え……なんで？　よかった、って」

「俺も、朗のイラストは、趣味程度にするにはもったいないと思ってたからな」

ぽつりとつぶやくような言葉と、めずらしい昭生の笑顔に、相馬は面食らった。

「で、でも、いままでそんなの、いちども言わなかったじゃん」

いままで昭生は、相馬の進路について特に口を出したことはない。岡に同じく、店で使う小物やちょっとしたポップを作ってくれとか、その程度の頼みはいくつも受けたが、たとえば岡の店の高田のように「売ればいい」などということもぜったいに言わなかった。

「決めかねてるようだったから、口を出したくなかった。おまえは誰かに期待されると、それが自分の意に反しててても、応えようとしてがんばりすぎる」

「べつに、そんなことないよ。いまだって、先生に期待されてるけど、いやがってるし」

思いきり反抗的な態度を取ってばかりだと告げると、昭生はおかしそうに目を細めた。

「おまえが反抗するなんて、ずいぶん信頼してるんだな」

「なにそれ。どういう意味だよ」

「嘘つくな。朗は、気ぃ許してない相手には、にこにこして、いい子ぶるだろ」

「いい子ぶったりしない！　だいたい信頼とか、べつにっ、そんなのじゃないし！」

声を大きくしたあと、ムキになったことにすぐ気づいて、相馬は口を結んだ。こんな不機嫌まるだしの顔を叔父たちに見せたことなどない。案の定、昭生は目をまるくしていた。

「……どうしたんだ、朗」

なんでもない、とつぶやいて、恥ずかしくなった相馬は顔を伏せた。

二年にあがり、栢野が担任になってしまったのは皮肉な話だと思う。栢野のほうは、まるであのときのことを忘れたかのように明るく振る舞うから、相馬も当時ほどの憤りはない。

なのにときどき栢野は、思い出させるようなことを言う。

——前は、もっとなついてくれてたのにな。やっぱりあれできらわれたのか。

それが妙に寂しげに響くから、ますます彼の言うことには反抗するクセがついてしまった。

(俺だって、こんなんなりたくなかった)

もう二度と、あんなふうに素直に話しかけることができなくなったのが、どこかで哀しかったけれども、壊れた信頼と立場の違いが悔しすぎて、どうにもできなかった。

それでも、あきらめず追いかけ、説得してくれる栢野に、本音はすこしだけほっとしている。

矛盾した感情に、相馬自身がいちばん振りまわされている。栢野に絡むと、ちっともふだんの自分でいられなくて、いらいらする。

黙りこんでいた相馬に助け船を出してくれたのは伊勢だった。

「まあ、悩める少年は情緒不安定なんじゃないの? 将来考えろとか言われても、二十歳くらいじゃ、きついだろ。将来この職業でやっていくかどうかまで、まだ考えられないって連中も多いだろうし」

グラスを揺らしながらの言葉に、昭生は苦い顔でうなずいた。

「まあな。学校卒業しても、フリーターやってけばいい、とか、適当なのもいやがるし。ああいう連中は、ほんとに、このさきどうする気だろうなって思う」

ため息まじりの昭生の言葉はまるで、以前、史鶴に愚痴をこぼしたという先生のようだった。見た目はずいぶん若い叔父の老成した言葉に、相馬は目をまるくする。

「あーちゃん、なんでそんなのわかるの？」

「そりゃ年の功だろ。いろんな若いやつは見てきたしな。テキトーなやつはとことんテキトーだから」

この間もひとりバイトを辞めさせたと苦々しげに言う昭生に、相馬はうつむいてぽつりと言った。

「俺だって、その程度だよ……？」

「朗は違う。ちゃんと自分のことは決められる」

さらっと否定され、息が苦しくなった。認めてくれているのはありがたいが、そこまで大人ではないのだ。

（違うんだけどな）

史鶴やムラジなどは、いずれプロのアニメーション作家なり原画家になるだろうし、冲村もまた、服飾方面で身を立てるつもりらしい。

彼らはいずれも自分の作品に対して、かなりのこだわりがあり、授業でも当然Aクラス以外の評価をもらったことはない。コンペなどでも賞を取ったり、アマチュアながらインディーズなルートですでに『商品』として販売したりもしている。

ときには寝食も忘れるほど自分の創作に向きあい、プロを目ざしている彼らを見ていて、相馬はある意味、自分に見切りをつけたところはある。

(俺は、あそこまでできない)

圧倒されたのは事実だ。劣等感まじりの疎外感、とでもいうのだろうか。それは二年にあがり、就職という問題が具体的に目の前に迫ってきたおかげで、なお強くなっている。

その沈黙をどう受けとったのか、昭生は、それが常からのつっけんどんな口調で言った。

「おまえは、おまえの好きに生きていけばいい。俺はそれに対してぜったいに、口には出さない。ただ、決めたことなら応援はする」

それだけのことだと、まるで投げ出すように大事なことを言って、目を伏せた昭生はまた煙草をくわえた。

(やっぱりあーちゃんじゃ、相談にもなりゃしない)

眉を寄せ、相馬はちいさく笑う。昭生は本当に全面的に相馬の味方だ。だからこそ、相談相手には向いていない。なにを言ったところで肯定されてしまうから。

その全幅の信頼が、ときどき重たく感じることなど、ぜったいに口にしてはいけない。

黙りこんだ相馬の横顔を眺めていた伊勢が、にやりと笑って雑ぜ返す。

「そうだなあ。朗が有名になったら、このコースターもプレミアつきになるかも」

「そんなの、あるわけないだろ」

わざとしかめっ面で睨んでやっても、彼はからからと笑うだけだ。相馬も一瞬つられたが、すぐに口角はさがり、ため息が出てしまう。

ナーバスな甥の態度を、昭生はじっと見つめていたが、口は出さない言ったとおり、放っておいてくれた。しばらく沈黙が流れたのち、ふと口を開いたのは伊勢だった。

「昭生、あの件、言っておいたほうがいいんじゃないの」

「あ、ああ……そうだな」

なんのことだと相馬が顔をあげると、大人ふたりは妙に真剣な顔で相馬を眺めていた。

「あのな、朗。本当にしばらくは、店のほうに近づくな」

「え？」

「それから、場合によるけど、しばらく家のほうから学校に通ったほうがいいかもしれない」

「なんでぇ？　学校遠くなるじゃん、やだよそんなの」

家、というのは相馬の生家だ。都下にあるそこからは、相馬の通った高校もいまの専門学校もいささか遠く、中学を出てからずっとこの家に下宿している。むろん、病弱な母親と忙しすぎる父親は相馬の面倒にまで手がまわらなかったというのも理由のひとつだが。

「……なんかあるの？」

カフェオレを手にしたまま、相馬はきょとんとしてみせる。この子どもっぽい表情が、大人ふたりに有効だということは昔から知っている。

「伊勢さん、こんな時間にいるし。なんかあった？」

池袋という街は、近年でこそ秋葉原に続くオタク街などと呼ばれたりしているが、もともとあまり治安のいい場所ではない。昭生が店をかまえているあたりは、高級住宅街でもあるためかなりましだが、北口周辺を少し行けば風俗街もあるし、かつては有名なドラマの影響で、夜半にはカラーギャングが集《つど》って抗争を繰り返していた時代もあったほどだ。

けれど、いままで相馬は実家に戻ったほうがいい、などと言われたことなどない。都下の閑静な住宅地で、子どもがひとり暮らすことのほうが、よほど精神衛生上よくないと主張したのは昭生自身だったからだ。

「ちょっと、面倒な話があったんだ」

「面倒って……なに？」

昭生は硬い表情で黙りこみ、すぱすぱと煙草を吹かしている。困ったような笑顔で話し出したのは伊勢のほうだった。

「喜屋武《きゃん》、覚えてるか？　喜屋武剛史《たけし》」

「忘れるわけないじゃん、なに言ってんの」

相馬はむっとして口を尖らせる。もう数年前に姿を消した、史鶴のかつての恋人——相馬はただのタカリだろうと思っていたが——の名前だ。相馬の親友である彼をとことんまで傷つけた男を、相馬はいまだに許せずにいる。

じつのところ、この『コントラスト』は、口コミでひそかにゲイの寄りあつまる場所、と言われている。とくに喧伝《けんでん》した覚えもないけれど、昭生自身がそちらの人間であるため、ゲイもノンケも受け入れるスタイルにいつの間にかなってしまっていた。

地方出身の史鶴は、新宿二丁目でいきなり——というのにはさすがに腰が引け、この店でソフトめのデビューを果たそうとしたのだが、のっけでトラブルに巻きこまれた。

「あいつ、俺にものすごく強引にコナかけてきて、それ助けてくれた史鶴に目えつけやがったんだ。あげくにあれだもん。忘れろったって、忘れらんないよ」

相馬と史鶴が知りあったきっかけが、喜屋武だというのも腹立たしい事実だ。

おかげで大事な親友ができたのは喜ばしい。けれども、口だけはうまい喜屋武に史鶴が引っかけられたことを、相馬は長いこと苦々しく感じていた。

「あいつがいまさら、なんなの？　どっかいっちゃったんだろ？」

「それが……最近、どうも東京に戻ってきたらしいんだ」

歯切れの悪い伊勢に、だんだん相馬はいらいらしていたが、苦い顔をする昭生の顔と見比べたのち、はっとする。

「まさか、史鶴になんかするつもりなのか」

「わからない。けど、引っ越した史鶴のこと、探してるらしいって聞いた」

重い声でつぶやいたのは、それまで黙っていた昭生だ。おそらく情報をもたらしたのは、この店の常連か誰かなのだろう。

「史鶴がいいようにされてたのは、みんな知ってるから、黙っていてくれてるけど……しばらく史鶴にも、この店に来るなって言っておけ、朗」

わかった、と相馬はいささか青ざめてうなずく。だが、どうしても腑《ふ》に落ちない。

「なんでいまさら？　ろくでもないこと考えてるのだけは、たしかだけどね」

「さあ……。史鶴のこと捨てたの、喜屋武のほうだろ」

いやな予感がするとつぶやく伊勢に、昭生はうなずく。だが、相馬は大人ふたりほどには、不安には思っていなかった。

「まあ、史鶴に関しては、ほっといてもここには来ないと思うけどさ」

相馬がにやにやしながら言うと、「彼氏がすごいんだっけ？」と伊勢が笑う。

「そだよ。オッキー、この店にゲイが集まるって知ってから、ぜったいいくなの一点張り。おかげでうちにも遊びに来てもらえなくなっちゃったけどさ」

なにしろ、いまでは史鶴の隣に沖村がいる。直情だが懐《ふところ》深く、なにより周囲がうんざりするほど史鶴を大事にしている男だ。かつて史鶴が巻きこまれた一件でも、殻に閉じこもろうとする史鶴を引きずり出し、怒鳴りつけつつも、身体も心もしっかり護った。

「オッキーは、いろんな意味で強いから、なんかあってもだいじょうぶだと思う」

同い年とは思えない胆力がある冲村を、相馬は少し悔しく思いながらも認めている。

あの番犬が史鶴に貼りついているからには、妙なことにはなるまいと思いつつ、相馬は妙に引っかかっていた。

「……ねえ、あのさ。いまさら史鶴に未練もないと思うんだけどさ。俺に気をつけろってそれ、どっちかっつうと、あーちゃん関連？」

問いかけると、叔父は目を逸らしたまま、無意味にグラスを磨き続けていた。意外に子どもっぽいところのある昭生の無視に慣れている相馬は、そのまま言葉を続ける。

「前から疑問だったんだけど。喜屋武のときも、あと史鶴が平井《ひらい》にいろいろされたときも。なんでそこまでしてあげたの？　あーちゃん、ひとごとにあんまり首突っこまないのに」

史鶴を盗作騒ぎに巻きこんだのは、同じ学校の平井だ。冲村に関して、意味のない逆恨みをしたあげく、ふたりともを中傷した平井は、最終的には傷害とストーキングで逮捕された。その際、いろいろと手はずを整えてくれたのが伊勢で、その伊勢に頼んだのが昭生だった。

「……おまえのともだちだからだろ。俺も史鶴は気に入ってる」

「けど、まるで自分のことみたいに怒ってなかった？」

喜屋武が一方的に史鶴との同棲を解消したのち、憤った昭生は「懲《こ》らしめてやる」と言ったが、どうやって彼を追い払ったのかまでは相馬は知らない。ただいつの間にか喜屋武は東京から消え、史鶴のまえからも姿を消したことだけを、後日になって聞かされただけだ。

「なんか、あったの？　つか、あーちゃん、喜屋武になにしたの？」

「俺はなにもしてない」

「じゃ、伊勢さん？」

「人聞き悪いな、俺は正義の味方の弁護士さんですよ？」

にっこり微笑む伊勢は、ときどきおそろしく目が怖いことがある。ふだんは穏和に見えるけれど、腹の中が読めないこれが弁護士としての本性なのだろう。

相馬はため息をつき、激しやすいぶん素直な叔父へと向き直る。

「あーちゃん？　ぜんぜん俺の質問に答えてないよ」

じっと見つめても、昭生は強情に答えなかった。なにかをあからさまにごまかしているような態度に、相馬は首をかしげる。

甥の追及に硬い表情で沈黙した昭生を見かねたかのように、苦笑した伊勢が口を開いた。

「……史鶴は、昭生に似てるんだよ」

「は？　なにいきなり。それに、どこが似てるのさ？」

穏和で冷静な史鶴と、口が悪く感情的な昭生のいったいどこに類似点があるというのだろうか。さらに疑問がうずまいた相馬に「そんなことどうでもいいだろ」と昭生がぶっきらぼうに言う。

「だって、気になるよ。なんなの？」

「うるさい！」

眉間のしわが凶悪になっていて、これ以上の追及は無駄だなと相馬は思ったが、なんとなくおもしろくなかった。

「都合が悪くなると怒鳴る……よくないよ、あーちゃん」

口をへの字にした昭生を、さかしくたしなめる。相馬家のふたりを見つめ、苦笑していた伊勢は、ふと思いだしたというように眉をあげた。

「ところでさ、朗。さっきカヤノって言ってたよな？　それもしかして、木偏に百の栢野？」

「えっ、そうだけど、なに？」

いきなり言い当てた伊勢に、相馬は目を瞠る。

「いや、うちの事務所に来た案件で、ちょっとややこしいっていうか、うやむやになった話があったんで、それで耳にしただけ」

「なにそれ」

身を乗り出した相馬だが、昭生がじろりと伊勢を睨む。

「おい。守秘義務どこいった、弁護士」

「あ、そうね」

やばい、と口をつぐんだ伊勢に、相馬は「えーっ」とふくれる。昭生は甥の頭を叩いてたしなめた。

「えーじゃない。ひとには聞かれたくない話だってあるだろ。伊勢のところに関わってるってのは、そういう話が多いんだ」

相馬は、はっとして顔をうつむける。

伊勢の所属している弁護士事務所は民事・刑事ともに担当弁護士がいて、しかもいささかうさんくさい仕事も平気で引き受ける、もと検事の弁護士が所長にいる。

この町にいれば、いやでもきなくさい話のひとつやふたつは耳にする。触れていいことと悪いことがあるのも、おかげで学んだ。

ため息をついた昭生が、強引に話をもどす。

「とにかく、おまえももちろん、史鶴にもちょっと気をつけろって言っておけ。家……じゃ誰もいないから、いっそ、岡先輩のところにしばらくいるか？」

相馬の不定期なアルバイトさきである『帆影』の店長の名前まで出てきて、今度こそ相馬は仰天する。

「よっちゃんちだって、うちと同じだよ。バイトで帰りが遅くなるならいいけど、俺、朝は猛烈に弱いの、知ってるだろ。遅刻まみれになっちゃうじゃん」

幼いころから昭生の店に預けられることの多かった相馬は、どちらかといえば夜型人間だ。朝一の講義などは眠くてたまらず、いまだに遅刻も多い。

「あーちゃん、ねえ。ほんとにそんなに危ないの？」

「いや……杞憂《きゆう》かもしれないけど……」

問いかけても、歯切れの悪い叔父に、相馬はむっと顔をしかめる。どういうことなのだと問いつめようとしたさき、口を挟んだのは伊勢だった。

「だったらうちに来るか？　朗」

「ふざけんな、もっとあぶねえよ！　男も女も節操なしのバイに、朗を預けられるかっ」

即時却下する昭生の怒りは、ある意味もっともだ。人畜無害そうな顔をしておきながら、伊勢はけっこうな遊び人らしく、たまに街中で見かけると、男女関係なく小ぎれいな誰かを腕にぶらさげている。

「あれは誤解だよ。クライアントだっていうのに……」

ぶつぶつ言うけれど、伊勢と連れの間にただならぬ空気を感じとったこともいちどや二度ではない。あきれつつ、相馬はつぶやくように言った。

「伊勢さんさあ、その調子で浮気してばっかだから、あーちゃんに求愛しても受け入れてもらえないんだよ」

「うーん、浮気は……してないんだけどなあ」

長年のつきあいであるという叔父と伊勢の間が、非常に微妙なものであるのは知っている。たぶん、お互いに本命なのではないかと、薄々相馬は感じているが、昭生はなんだかんだと伊勢を頼るくせにその手の話になると激怒するし、伊勢は伊勢で、よくわからない。

だが、大人同士の話に口を突っこんでもいいことはない。相馬はあえて意地悪く笑い、軽い口調で突っこんでやる。

「伊勢さんの浮気の定義と、あーちゃんの浮気の定義がズレてんだと思う」

伊勢もすぐに乗ってきて、わざと真剣な顔を作り、身を乗り出すように相馬へと問う。

「やっぱりそう思うか？　そこんとこのコンセンサスが取れてないよな？」

「オッキーなんか、史鶴が同じ科のやつと昼飯食っただけで怒るよ」

「狭いなあ……やっぱ昭生もそれくらい狭い？」

あまりにわざとらしく真剣な顔で話しあうふたりに、ついに昭生の雷が落ちた。

「黙ってろ、伊勢っ！　朗もよけいなことを言わない！」

「ごめんなさーい」

「すみませーん」

揃って両手をあげて、ホールドアップの体勢を取る。昭生はむっつりしたまま煙草のフィルターを噛んで、これみよがしに説教をした。

「もうぼちぼち店も開く。朗は宿題して、風呂入って寝ろ」

「宿題って、あーちゃん……小学生じゃないんだから」

言葉の不器用な叔父に笑ってみせながら、相馬は立ちあがる。

「どこ行く、朗。家ならこのまま入ればいいだろ」

バックヤードを指さす昭生に、相馬は向かいのコンビニに行ってくると告げた。

「なんか、急にあんまん食べたくなった」

「俺も帰るわ。送ってやるよ」

伊勢も煙草を揉み消し、コートを持って相馬に並んだ。

「送るって、伊勢さん、すぐ近所だよ」

「ま、そう言わずに。エスコートしてあげますよ？」

どこまで本気かわからない伊勢の口ぶりに噴きだしたあと「ではよろしく」と大仰にうなずいて相馬は歩き出す。出入り口のドアを開こうとした瞬間、相馬は振り返った。

「ねえ、あーちゃん」

「ん？」

「……ひかりちゃん、元気だったよ。たまには、顔だしなよ」

昭生は答えず、無言で煙草をふかしていた。背中を向けた叔父の細い肩が、やけに痛々しかった。

店を出て、これから事務所に戻るという伊勢とふたりになった相馬は、裏手にまわるだけの帰途の途中で、考えこんでいた。

「えーと、伊勢さん、さあ」

コンビニに行くと告げたのはあくまでも口実で、昭生に打ち切られた栢野の話が、妙に気になっていた。どう切りだしたものかと悩んでいると、伊勢があっさり釘を刺してくる。

「栢野先生の件？　守秘義務だって言われただろ」

むうっと口を尖らせたのち、相馬は伊勢の顔を見あげて問いかけた。

「さっきのあれ、伊勢さんが担当した話なのか？」

「いや、じゃないけど」

「じゃあ、世間話の範疇《はんちゅう》でいいからさ。あれじゃ気になっちゃって、眠れないよ」

伊勢はしばしうなったあとに「内緒な」と片目をつぶって人差し指を唇の前で立てた。芝居がかった仕種《しぐさ》に、相馬もにやりと笑ってみせた。

「ていうか伊勢さん、さっきのわざとだろ？」

「んん？」

「わざわざ口すべらせてみせただろ、つってんの」

あまりにもわざとらしかった話題の転換を指摘すると、伊勢は微笑むだけで答えない。

語り口は軽薄に見せているけれど、彼もその仕事に対しての倫理観はきちんと持っているし、なにより一筋縄ではいかない性格なのは、相馬も知っている。

「あーちゃんがもごもごしてたから、自分で泥かぶる気だったっしょ」

「んん、どーかなー。それは買いかぶりかもだけど」

あははと笑って、伊勢は相馬の頭をくしゃくしゃにして、「これからは、まじめに内緒話ね」と言った。

「朗はさ、『帝都《てぃと》デザインアカデミー』って知ってるか？」

「あ、うん。覚えてる。いまのガッコとどっち入ろうかなって思ってたら、つぶれたから」

いまはもう休校になってしまった『帝都デザインアカデミー』は、美術系総合専門学校だ。少し前の新聞や報道雑誌を読めば有名な話でもあるからと、簡単に伊勢は説明してくれた。

「経営難でつぶれたってことになってるけど、横領事件とかいろいろきなくさかったんだよ。母体のグループでもいろいろあったらしい」

そこでは悪質な生徒へのパワハラや、コンペの賞金のピンハネなどが横行していて、最終的には上層部の連中が横領までしていた件が発覚し、つぶれた、というもの。

「あの学校がつぶれちゃう一年か二年前、かなあ。生徒へのパワハラの件で、ひとり、うちの事務所に相談しにきた講師がいたんだよ」

生徒を庇うために、若い講師はひとり奮闘したけれど、組織の圧力にはかなわなかった。

「証拠がなかなか摑めなくて……結果、それこそパワハラでつぶされたんだ。いろいろプライベートなこと持ち出されて、学校を辞めざるを得なくなった」

相馬が胸騒ぎを覚えながら「それって、まさか」とつぶやくと、伊勢は肩をすくめた。

「そう、それが栢野さん。もうあとちょっと我慢すれば、問題もきれいにカタがついたんだろうけど……あそこつぶしたのって司法の力っていうよりも、経営トップがしっぽ切りしたって感じだったからなあ。問題を正すまえに、ぜんぶ終わっちゃったんだよね」

いろいろ悔しかったんじゃない、と伊勢は言った。相馬は驚きに目をまるくしたまま、ふとつぶやいた栢野の言葉を思いだしていた。

——ちょっとね、自分的トラウマ救済ってとこじゃないかな。

なんだか、胸が痛くなった。たぶん、いまの栢野はかつて救えなかった生徒の代わりに、いまの生徒たちを精一杯支えようとしているのだろう。だからいつもめげずに、ああしていろんな課題を考え、アドバイスをしようとしているのだろう。そうやって『生徒』に裏切られても、まだあきらめようとしない栢野を好ましく思った。

だけど、どうしようもなく胸がもやもやして、妙に苦い。

（なんだよ。やっぱ、俺だけじゃないいんじゃん……）

講師としてはあたりまえのことなのに、微妙なわだかまりが胃のあたりにある。もともと、ああいう人気者タイプは、不得手なはずだった。誰にでもやさしくて、誰にでも誠実な人間の情は、薄く感じられて好きじゃない。

だったら、いったいこのむかむかはなんなのだろう。自分の感情を掘り下げるまえに、ぽつりと伊勢の声がした。

「まあ、それに栢野さんは、ちょっと弱みもあったからな……」

「……弱みってなに？」

思わずこぼれたようなぼやきを聞き咎めると、伊勢は今度こそ本当にしまったという顔をした。かなりためらったようだが、じっと見つめる相馬の目力に負けたらしい。

「ほんっとにこれは、プライバシーの問題だから言いたくないんだけど……」

言いさして、言葉を切った伊勢は、じっと相馬の顔を見つめる。ふだんは糸目のようになっている、笑ってばかりの目が鋭くて、相馬はたじろいだ。

「なんだよ」

「いや、朗がそこまで気にかける『他人』がめずらしいなと思ってね？　知りあって、まだ一年そこそこだし、先生だし。もっと遠いところにある人間なんだと思ってたんだけど。だいたい俺だって、心開いてもらうまで、ずいぶんかかったんだけどなあ……」

意味深なことを言う伊勢に、相馬は眉をひそめる。

「なにそれ、どういう意味？」

「いや。……なあ、朗はまだ、理想の恋人、見つからない？」

唐突に変わった話題に、相馬は面食らった。目をまるくしたまま、ぱちぱちとまばたきを繰り返していると、いつもの仕種で伊勢は相馬の頭を撫でる。

「恋をするのは他人にしかできないって、わかってるか？　朗」

「え、なにが？　まず言ってる意味がわかんないよ、伊勢さん」

「うん、わかんないだろうなあ。鈍いとこだけは、叔父さんそっくりだね、朗」

「だから、話逸らさないでくれよ。なんなの！」

ますます不可解になり、「もういい」と言いかけたところで伊勢は表情をあらためた。

「あのな。他人の内情を知るってことは、相手のことを背負うことでもあるわけ」

厳しい声に、ぐびりと相馬は息を呑んだ。伊勢はふだんの、仲良しなお兄さんの顔ではなく、重い責務を持った男の顔で相馬と対峙《たいじ》している。

「それを背負ってもいいから、栢野先生のことが知りたいと思う？　俺が聞きたいのはそこ。守秘義務ぶっちぎって、情報開示するからには、朗の覚悟を見せてくれないと、無理」

言われて、相馬は考えこんだ。

（覚悟って、なにがだろう）

ただの好奇心で暴いていいことではないと、きつくたしなめられているのはわかった。けれど、これで知らずにすませるには、栢野のことが引っかかりすぎている。

「……俺、一年のとき、栢野先生好きだったよ。いい先生だし、授業おもしろかったし」

ぽつりとつぶやいたその「好き」という言葉は、この場合なんの含みもない。伊勢が理解したとうなずくのに力を得て、相馬はうまくまとまらない言葉を必死に探した。

「でもさ、史鶴のことあってからさ。先生、あっち側についたみたいで、すげえやだったんだ。そんで、食ってかかったら、すごく後悔してるみたいに言われて。俺、……ほんとは、言いすぎたってわかってたんだ」

口にしながら、自分はそんなことを思っていたのかとすこし驚く部分もあった。だが、「うん、それで？」とやさしくうながす伊勢の声に力を借りて、相馬はぽろぽろと言葉を溢《あふ》れさせていく。

「ごめんなさいって、先生も立場あるよなって、言ってやりゃいいだけだったんだ。ふだんならそれ、言えたし、俺こんなに、怒ってるの引きずるタイプじゃないのに……なんか」

どうしていまだに栢野には素直になれないのか、いちばん知りたいのは相馬自身だった。

ただ、栢野に相対すると、どうしても神経が尖る。いらいらしてどうしようもなく、それを自分についてはさんざん考えたけれど、どうにもよくわからない。

をあしらわれて、また不機嫌になってしまう。

「……そこまでわかってて、まだわかんないんだ？」

「うん。なんで俺、あのひとにばっかりムキになったり、怒っちゃうんだろ……」

困ったようにつぶやくと、伊勢がぷっと噴きだした。なんだよと睨むと、伊勢はあきれた顔で笑っている。

「昭生と史鶴には、わかったようなことばっか言ってるくせに、この耳年増」

「い、いて、いてて」

思いきり耳を引っぱられ、相馬は「なんだよ！」と暴れた。すぐに手を離した伊勢は、赤くなった耳を揉んでやったあと、またぽんと頭に手を乗せる。

（こんなのも、伊勢さん相手なら、腹も立たないのに）

栢野にされると、妙に腹が立ってしまう。落ち着かないし、いらいらする。それがどうしてなのか考えたくなくて、複雑な心境で黙りこんでいると、伊勢はため息まじりに言った。

「俺が答えをあげちゃうのは違うと思うし、簡単すぎる……朗は朗らしくいてほしいし」

「だから、なんの話？」

「んー、これ以上、昭生に恨まれたくないよって話？」

伊勢の話はあちこち飛んで、本当に脈絡がない。だんだん本気でいらいらしはじめると、伊勢は、にっこりと目を細くして笑った。そしてすぐに真顔になり、不可解な顔をする相馬に言った。

「で、続きね。……栢野さんは庇おうとした生徒と、ちょっと個人的な関係もあったんじゃないかって話でさ」

「個人的？」

「いわゆる先生と生徒の禁断愛ってやつ」

学校側に弾圧されていた生徒を慰めるうちに、栢野はその生徒と恋愛関係に陥ったらしいと教えられ、相馬は目を瞠った。禁断愛という響きが、あまりに栢野に似合わなかった。

「せ、生徒と恋愛してたから、なんなの？」

問いがひどくうわずった声になって、自分でも驚く。伊勢は思い出すだけでも不快だと言いたげに眉をひそめていた。

「だから、それが弱み。途中で親のほうが、そっちに意識がいっちゃって、味方だったはずの栢野さんに攻撃はじめちゃったんだよ。それが学校側の狙いでもあったんだけど」

「その生徒は、どうしたの」

「親に逆らえない、よくない意味でいい子ちゃんでね。プレッシャーに負けて、先生に関係を強要されたって言っちゃったみたい」

伊勢の言葉にも軽蔑《けいべつ》の響きがあったけれど、相馬は胃の奥が煮えるほど腹が立っていた。

「なにそれ。強要って、べつに強姦されたわけでもあるまいし……十八すぎてりゃ、個人の問題だろ。親にとやかく言われる筋合い、ないじゃないか」

未成年ではないにせよ、先生と生徒の恋愛問題は、やはり世間的に御法度だ。けれど、だったらお互いの立場だけ考えてそれなりにすればいいはずだ。

「何年生だか知らないけど、専門学校生だろ？　成人間近なのに、なにが問題なんだよ」

意気込んで告げると、ちらりと昭生を眺めた伊勢は言う。

「……相手、男の子だったんだよ」

「え……」

そのひとことで、相馬は沈黙する。問題の根が相当ややこしかったのかは想像にかたくないし、なにより、栢野が同性と恋愛するとは予想外すぎた。

というよりも、栢野と恋愛というのが、相馬のなかでうまく結びついてくれない。

（え、なに、先生が……？）

ゲイに関しては、周囲のおかげで偏見もないし、相馬自身もどちらかといえばニュートラルなセクシャリティだと思っている。

なのになぜ、栢野については驚くのか。女の子だとばかり思いこんでいたときには、なんのショックも受けなかったのに、どうしてこんなに混乱しているのだろう。

考えがまとまらないまま硬直している相馬をまえに、伊勢が淡々と続けた言葉は、さらに相馬へと衝撃を与えた。

「そんなわけでまあ、これ以上ことを追及するなら、栢野の性癖含めて発表するしかないとか、学校が脅しにかかった。問題が大きくなるのはどちらさんも面倒だったんでね。結局学校側が仲裁するって形で、双方不問ってことで終わったよ。……後味悪い話だった」

あまりにひどい話すぎて、相馬はなにも言えなかった。無言のまま表情を強ばらせ、呆然《ぼうぜん》となっていると、心配そうに伊勢が覗きこんでくる。

「だいじょうぶか？」

「あ、う、うん……」

あいまいにうなずいた相馬は、まだ立ち直れなかったせいもあって、考えるより早く思いつくままを問いかけていた。

「えと、さ。そのひと、その後どうなった？　問題、なんもなかった？」

問いかけると、伊勢はなぜか黙りこんだ。むずかしい顔をする彼に、なにかまずいことでも訊いたのかと不安になっていると、長いため息のあとに口を割った。

「ま、ここまで言ったらいっしょか。……自殺未遂起こしたんだよね、じつは」

もうこれ以上驚かないと思っていたのに、相馬は心臓がひっくり返った気がした。

「……それ、いつ？」

「半年くらい前かな、去年の夏ごろ。イマカレの件で親と大げんかして、駆け落ち失敗したわけ。で、連れ戻されて手首切って倒れたあげく、病院抜け出してね」

相馬は去年の夏という符合に、身体が震えるのを止められなかった。

――俺、もう生徒に愛情傾けるのは、やめたいんですよ。

妙に疲れた顔の栢野がつぶやいていたのは、たしかに去年の夏だった。

「あの、それ、栢野先生になにか……関係あった？」

まさかと思いつつ問いかけると、伊勢は舌打ちせんばかりの顔で吐き捨てた。

「親の説得は聞かない、話するなら栢野先生じゃないとって、涙の訴え。で、栢野先生は何年も前の古傷ほじ返されて、親は大騒ぎ。結果、またぞろうちの事務所にご相談が来たってわけ」

だから記憶がなまなましかったのだと、伊勢は淡々と答えた。

「それで、どうなったの……」

「んー、べつに栢野先生とより戻したいっていうより、ただ単に親に反抗したみたい。あのとき『引き裂かれた自分』ってのに、どうも酔ってたらしくてね。結局、騒ぐだけ騒いで、彼氏とも別れて終わったよ」

あまりに栢野に似合わない発言や、投げやりな態度がどうしても引っかかっていた。けれど、これで理由がわかった気がする。顔が赤くなって、そのあと青ざめた。

(俺、知らなくて、あんな……言いたいこと言っちゃった)

栢野があの時期、どれくらい疲れ、傷ついていたのかを考えると、息が苦しくなった。そんな彼に勝手に失望していた自分が、ひどく恥ずかしい。

やっと触れた真実の根は、少しも相馬の気を軽くしなかった。むしろ、ずしんと足から地面に埋まるような気分になって、顔を強ばらせるしかできない。

「俺は忠告したよ。他人の内情に責任持てるのかどうかって」

「……わかってる」

「ならいいよ。朗ももう、大人だからな?」

言いながら、ぽんぽんと頭を叩く手に、やっぱりまだあまやかされていると思う。

相馬は、好奇心で他人の秘密を暴いたかのような罪悪感と、それ以外の重苦しいなにかに囚《とら》われて、なんの言葉も返せない。

ただ、もうひとつだけどうしても問いたくて、小さな声でつぶやいた。

「ねえ、あーちゃんと史鶴、どこらへんが似てんの？」

「……恋愛関係で失敗して、臆病になってるとこ、かな」

そのひとことを発したときだけ、伊勢は不思議な表情をした。そして、それっきり口をつぐんだ。

ここにもまた、大人の秘密が眠っているらしい。けれどこの夜、これ以上を抱えたくはなくて、相馬はなにも言わずに手を振り、伊勢と別れた。

言い訳にしたあんまんなど買いに行ける気分ではなく、自宅へ向かう階段をのぼる足取りは、どこまでも重かった。

＊　＊　＊

週が明け、朝イチの講義で栢野《かやの》を見るなり、相馬《そうま》は胃が重たくなったのを感じた。

「えーと、今日は前回の続きってことで、仕上げに入ってください。それと、これは一応の質問なんだけど、学校からのお知らせメールまともに読んでるやつ、いる？」

明るく問われても、ろくに反応する者はいない。なんとなく目を逸《そ》らしている生徒たちをまえに、栢野は「読めよ」と笑って突っこんだ。

「今日からは二週間後になりますけど、パシフィコ横浜《よこはま》で『ポップアート・デザイン・フェスティバル』が、土日の二日間にわたって開催されます」

この手の催しではいちばんメジャーな、デザインフェスタの姉妹版だそうだ。出展審査基準は、『オリジナルであること』のみで、なんでもありなのだと栢野は説明した。

「グッズとかだけじゃなく、映像ものとか、お菓子とか料理もアリ。とにかく『自分でデザインした』っていうものならなんでも出展されてるんだけど、勉強になるから時間あったら見にいって。俺もチームで出展してるから」

ぼんやり聞き流していた連中は、最後の言葉に反応した。

「先生、出てんの？」

「そうですよ。Tシャツとかグッズも販売するから、お金あったら買って？」

お願い、と拝んでみせる栢野に笑いがこぼれる。だが、相馬は顔をうつむけたまま、目を伏せてしまっていた。

「はい、宣伝おしまい。課題の提出期限、今日の夕方までだから、ちゃんとやりなさいね」

月曜日の朝だというのに、栢野は相変わらずさわやかだ。その顔にはなんら重い過去など見えず、はじめて顔をあわせたとき「ちゃらい」などと侮ったときと変わらない。

勝手な思いこみとわかっていたが、相馬にはそれが痛々しく感じられた。

机のうえに広げた描きかけのイラストは、先週出された課題だ。今回のテーマは完全にフリーで、完成サイズ以外は画材もなにもすべて自由だった。週末の間に、アイデアを煮つめようと思っていたけれど、伊勢《いせ》の話を聞いて混乱してしまった相馬は、いまだにアイデアスケッチすらまとめきれていない。

「あれ、どうした、相馬。まだ手がつけられないのか？」

ひょいと覗《のぞ》きこんできた栢野に、相馬はびくっと身がまえた。過剰反応はいつものことで、なにも気にしない様子の担任をおずおずと見あげると、彼はいつもの調子で言った。

「相馬、エントリーシートは？」

「……持ってきてません」

顔をしかめてしまうのは条件反射のようなものだった。顎《あご》を引き、上目遣いで警戒するいつものポーズをとってはいたが、すこしだけ及び腰になる相馬に栢野は首をかしげる。

「なんだよ。なんか今日は元気ないな」

「そんなことないです」

頬《ほお》がひきつっているのも、声が硬いのも自覚はしていた。取り繕《つくろ》えもせずに相馬は目を逸らし続けていたが、心は、やましさでいっぱいだった。

（伊勢さんの言うとおりだった）

他人の秘密を知ってしまうというのはあまりに重たい。栢野のように、自分で乗り越えたからこその明るさを持つ人間は、尊敬こそすれ貶《おとし》めていい相手ではない。

「体調悪いなら、無理すんなよ」

肩を軽く叩《たた》いて、栢野は離れていく。ますます情けなくて、相馬は唇を嚙《か》んだ。どんなに反抗的な態度を取っても、栢野は相馬を見限ったりしなかった。ちょっと顔色が悪いだけでも、どうした、元気ないな、といまみたいに問いかけてくる。

（なのに俺、やつあたりして、それを謝ってもいない）

なんだか自分がひどくいやらしい人間になった気がして、いままで栢野に対してどれだけ傲慢《ごうまん》な振る舞いをしていたのだろうと思うと、まっすぐに顔が見られなかった。


それから二日後のことだ。授業がすべて終わったあと、相馬はPCルームを訪れていた。

一年後期、冲村《おきむら》が史鶴《しづる》にイラストレーターのソフト指南を頼みこんでから、科の違う友人同士はなんとなくこの場所に集まるようになっている。

「うぃーす」

気のない挨拶《あいさつ》をすると、そこにはいつものメンバーが顔を揃《そろ》えていた。

「あ、よかった。相馬くん、ごめんね、呼び出して」

にこやかに笑いながら立ちあがったのはムラジだ。今日は気分が鬱々《うつうつ》としていて、あまりともだちのまえに顔を出したい気分でもなかったが、なぜかムラジからメールで『用がなければ、必ず来てほしい』と頼まれていた。

「ごめん、ちょっとややこしい話なんだけど、こっち来て、これ見てくれる？」

差し出されたのは、なにか分厚い、企画書のようなものだった。いったいなんだ、と怪訝《けげん》な相馬にムラジが切りだしたのは、意外な頼みだった。

「この、背景になる部分。おおざっぱなデザインはできてるんだけど、相馬くん、アレンジして描いてくれないかなあ」

「え……？　俺に、絵描けって？　これ、ゲームのやつじゃないの？」

ムラジは売れっ子同人ゲームサークルの原画家で、そのゲームの深夜アニメ化もされ、先日放映がはじまったばかりだ。今年中には商業誌のライトノベルの挿画家としてデビューも決まっている。

ムラジの作ったPCゲームを相馬もやったことがある。かなり練りこんだシナリオにきれいなグラフィックで、これは素人《しろうと》のやれることではないとうなった。

「今回はゲームとちょっと違うんだ。ミヤちゃんが相馬くんの絵見て、どうしてもって」

言いづらそうに口ごもるムラジに、どういうことだと首をかしげた。

「だってムラジくん、自分で絵描けるじゃん。つーかプロじゃん」

怪訝な顔で問いかけると、ムラジはふっくらした頬を掻《か》いた。

「今回のってぼくらのゲームサークルとは違うんだよね。ミヤちゃんが大学で研究してるプログラム使ったやつのほうなんだ」

ミヤはムラジと同じサークルでシナリオと一部プログラムを担当している、ムラジの彼女だ。年上とは聞いていたが、大学でそんな研究をしていることまでは知らなかった。

「相馬くん、3D絵本とかって、聞いたことない？」

問われて、相馬はぼんやりした記憶を掘り起こした。

「えーと、たしか実写の映像に、3D簡単にはめ込めるやつ、だっけ？」

「うん。ARToolKit《エーアールツールキット》ってソフト。むろん、いままでも映像と3Dの合成ってできたんだけど、これは背景映像もキャラクターの動きもリアルタイムでオーバーレイ表示して、同時に動かせるってやつなんだよ」

ARToolKitとは、ワシントン大学の研究室で開発された『拡張現実感』アプリケーションを構築するためのソフトライブラリの名称だそうだ。それを使えば、カメラ撮影した実際の風景のなか、マーカーで領域指定した位置に、任意の3D画像キャラクターを出現させることができる。

例えば妖精のような架空のキャラクターが、リアルタイムで撮影している自分の机の上で、自由に飛んだり踊ったり――という映像をモニタへ映し出すのだ。

「ミヤちゃんは、そのソフトの研究と開発やってるチームにいるんだ。領域を走査するのも、現状だとすごく細かいラベリングが必要になってくるんだけど、もっと簡易にできるようにって考えてるんだって。ライセンスはオープンGLだから、開発されたソースは世界中で共有されてて、どんどんソフトが進化してってるんだよ」

「ふ、ふーん……そうなのかあ」

熱弁をふるうムラジに、相馬は内心、なにがなんだかわからん、と思っていた。完全についていけなくなりながら、なんとか相づちを打ってうなずく以外できない。

「と、ともかく、そのスゴイやつになんで俺が？」

放っておくとどこまでもマニアックな話になりそうだったので軌道修正すると、ムラジは「あ、ごめん」とふっくらした頬を引き締めた。

「今回はちょっと遊び心のあるもの作って、イベントあわせで、そのソフトのデモを流そうってことになったんだ。それでね、テーマが『3Dリアルタイム紙芝居』なんだよ」

できるだけ一般のひとにわかりやすくするよう、ストーリーは誰でも知っているおとぎ話、『白雪姫』の一幕を演じさせるそうだ。3Dを動かす実演はミヤが担当するそうだが、台詞《せりふ》などはその場で、大学の演劇部の連中が協力し、アフレコした音声を流すらしい。

「ふつう、『絵』はできてて、リアルタイムで音つけるってのはあるけど、その逆だね」

「うん。それで、その『白雪姫』のおうちの背景を、相馬くんに描いてもらえないかと思ったんだ。こう、椅子とかは、ボール紙でおうとつつけたりとか、手作り感満載のリカちゃんハウスっぽくしたいんだって」

相馬の頭の中で、絵本から抜け出したような小さいドールハウスの中にいる、触れられない白雪姫がちょこんと首をかしげた。正直、ちょっとおもしろそう、とは思った。同時に、ちょっと大変そうだな、とも思った。

「それって要するに、俺にヴァーチャル『白雪姫』用の、ちっちゃい舞台装置のデザインをしろってこと、なんだよね？」

相馬が首をかしげながらムラジの顔をうかがいみると、ムラジは満足そうにうなずいた。よかった、どうやらあっていたらしい。

「で、それって、いつまで？」

ムラジが言いにくそうにしているのを察して問いかけてみると、彼はますます眉《まゆ》をさげた。

「その……前日までにできてれば、その場で組み合わせるから問題ないんだけど」

「だからさ、そのイベントって、いつのやつなんだよ」

問いつめると、ムラジはもじもじしながら『ポップアート・デザイン・フェスティバル』に出すつもりだ、と白状した。

「ちょっと待ってよ、それ二週間しかないってこと!?」

「ご、ごめん！　ぼくも昨夜《ゆうべ》いきなり言われて、無理だって言ったんだけど、でも、あの、おおまかなデザインと、３Ｄキャラの造形に関してはＳＩＺ《シズ》さんが作ってくれてるから——」

その言葉に、ばっと史鶴を振り向く。ムラジと相馬の話を黙って聞いていた史鶴は、自分に向けられた視線から逃げるように、あさってのほうを向いていた。

「だったら史鶴が描けばいーだろ」

睨みつけるが、史鶴はそっぽを向いたまま言葉だけを返す。

「俺は手書きのものに関しては、相馬ほどきれいにしあげられないよ。言ったろ？　現場で、現物撮影しているところと、画面と同時に見せるんだって。だから工作っぽいこともきちんとしなきゃだし。そういうの得意だろ？」

うろんな顔で睨んだが、平然と言ってみせる史鶴の口角はあがっていた。

「なに企《たくら》んでんだよ、史鶴」

「……相馬、まだエントリーシート出してないんだってね。それに『ポップアート・デザイン・フェスティバル』、行く気ないだろ」

なにもかもお見通しの言葉に、相馬は歯がみしたくなった。

「なんで史鶴って事情通なの？　講師と生徒の個人的な交流は禁止じゃないのかよ？」

「べつに交流してないよ。たまたま相談されただけの話だよ」

薄い肩をすくめてみせ、史鶴はまじめな顔をした。

「みんな出るんだし、やってみようよ。俺のアニメもＤＶＤで販売するつもりだし、冲村も出展するよ。そのアニメのモチーフ、プリントした服で」

ね、と小首をかしげて冲村を見る史鶴に「いちゃいちゃすんなよ」と相馬は雑《ま》ぜ返した。けれどその声は、いつもほど強くはなかった。しょげたような顔をする相馬に気遣わしい視線を向けながらも、史鶴はきっぱりと言う。

「自分が描いたものが、第三者に見られるのは怖いかもしれないけど、外に出ていちど『見られて』みなよ。ただ描くだけじゃなく、目的を持って作ってみるのは、おもしろいよ」

その言葉はどこか、栢野の言うことと同じなのだと感じられた。たぶん相馬の知らないなにかを、史鶴も栢野も知っている。それに対して、疎外感を感じるのは相馬の幼稚さでしかない。ふたりとも、ここにおいでとちゃんと手を差し出してくれているのだ。

「どっちにせよ、相馬が協力してくれないと、ムラジくんも困っちゃうしね」

「そんな……」

「あ、ほんとに困るんだよ、相馬くん。ミヤちゃん、ぜったい引っこめないから」

ぽっちゃりした顔で苦笑して「お願い」とムラジは手をあわせてみせた。どうしたものかとためらうけれど、熱心に拝み倒されて、断るにもむずかしい。おまけにムラジはなかば涙目で、「どうしても無理っていうなら、直接ミヤちゃんに会って断ってくれないかな」と言った。

「ぼくが、そんな突貫で頼んじゃ迷惑だって言っても聞かないんだ。本人がどうでも『やだ』って言えば、さすがにあきらめると思うから」

「……まあ、それなら……」

正直言って、いやな予感はした。ムラジは一見おとなしいタイプだし、ミヤにはべた惚《ぼ》れらしいけれども、この手のことに関しては意思が弱いとか、流されやすいタイプではない。

（そのムラジくんが断れない相手、って……）

じつのところ、頼まれると断れないお人好《ひとよ》しタイプの自分が果たしてミヤと対決して、勝てるのだろうか。途方にくれつつ、もはや引けない状況に、相馬はうなずいてみせるしかなかった。


ミヤに連絡を入れると、その日のうちに会ってくれと言われた。即決即断のにおいのする言葉に、ますますやばいんではないかと思っていた相馬の懸念は、第一印象で確定した。

「はじめまして、朝丘《あさおか》みやこです」

にっこり笑ったミヤは、ムラジの彼女としてイメージしていたのとかなり印象が違った。

ムラジと似たおっとりさんを想像していたのだが、実際の彼女はすらりとした身体《からだ》を高級そうな服で包み、いかにも理系といった眼鏡《めがね》の似合う、どこからどう見ても『デキるセレブなお嬢様』だった。

「あ、ども……相馬朗《あきら》、デス」

「あんまりかしこまらないでね。こっちも緊張するから。いま、お茶淹《い》れてくるね」

といわれても、このシチュエーションでどうやって、と相馬は内心冷や汗をかいた。

ムラジとともに訪れたミヤの家は、都内の高級住宅街である田園調布。見るからに、という大邸宅の地下室は、壁面に設置された巨大モニタと、まるで会社の会議室かなにかのようなデスクにPC類がずらりと並んでいる。

お客さまだから、と相馬が座らされたのは、これまた高級そうな革のソファセット。いかにもな金持ちっぷりには、ただただ圧倒された。

「あのさ、ここって、会社かなんかの施設？」

席をはずしたミヤの代わりに、ムラジへと問いかけると、彼は苦笑しながら答えた。

「違うよ。ここはミヤちゃんの同人ゲーム用の、制作ルーム。二十歳のプレゼントに、お父さんが作ってくれたんだって」

「ミヤちゃんのお父さんって、いったい……」

なかば呆然《ぼうぜん》として問いかけると、大手建築会社のえらいひとなのだ、という答えがあった。

（趣味のための制作ルームって、なんじゃここ……世の中にはいろんなひとがいるなあ）

相馬自身、父が会社を経営しているし、そこそこおぼっちゃんだという自覚はある。だが、必要以上の金を子どもに与えるとろくなことにならない、という昭生《あきお》の考えで、ごく一般的な学生レベルの小遣いしかもらっていないし、基本的にはアルバイト代で遊びの金はまかなっている。

春生まれのおかげで、同じ学年の誰より早く二十歳にはなったが、親と昭生からのプレゼントは、成人式にも着られるデザインスーツと会社に勤めたときのためのスーツ二着だった。それでも、プレゼントどころか仕送りすらない、自力で生活している史鶴のことを思うと、ずいぶん贅沢《ぜいたく》に生きていると感じていたくらいだが、目の前のこれは世界が違う。

「お待たせしました。わたしの好みで紅茶はマリアージュフレールだけど、いい？」

「や……なんでもいっす……」

紅茶にスコーンと、まるで本格的アフタヌーンティだ。器は、この手のものに疎い相馬ですら知っているウェッジウッド。相馬はますます引いたが、ムラジは暢気《のんき》に「あー、ここのおいしいよねー」と笑っている。意外な大物っぷりにも驚きながら、薫り高い紅茶で渇いた喉《のど》を湿らせると、いきなり部屋の電気が落とされた。

「な、なに⁉」

「とりあえず、お茶しながら、プレのデモ見てもらおうと思って」

にこやかなミヤの声に、だったら予告してくれと思いながら、音を立てて紅茶をすすった。

はじまったデモは相馬に頼む完成品イメージの3Dだ。『白雪姫』の家と言っていたが、機能的でそっけない、のっぺりした真っ白いおうとつだけの立体が三六〇度回転している。

「こんな感じで作ってほしいのね。展開図も原寸でプリントできるから、大きさと小物の配置だけは決まってる。ただ、椅子とか、窓とか、そういうのを相馬くんの絵で、リリカルでファンシーにしあげてほしいんだ」

ひとの話をいっさい聞かず、どんどん話を進めていくミヤに、相馬は目を眇《すが》めた。

「いや、その件なんだけど、俺はまだ……」

目をきらきらさせながら、ああしてこうして、とプランを語る彼女に口を挟むと、ぴたりと口をつぐんだミヤは、しゅんと眉をさげた。

「……だめなの？」

モニタスクリーンからの青白いひかりに照らされた彼女は、いままでの気が強そうで押しも強い印象とは違い、頼りない女の子に見えた。なんだかものすごくがっかりしました、という風情の彼女に、相馬はあわててしまった。

「い、いや、けど、史鶴とかムラジくんだって、こういう絵は描けるし」

「相馬くんの絵、すごくかわいくて、一目で『これだ！』って思ったんだけど……だめなら、これ全部没にするしかない……」

「なっ、なんで⁉　べつにほかのひとのでも、いいんじゃ」

「わたし、相馬くんの絵がいいんだもん！　そうじゃなかったらやめる！」

どこがデキる理系のお嬢様なんだ。まるっきりだだっ子のようになったミヤに唖然《あぜん》としながら、うっかり日本人気質を出した相馬が「いや、まだ、だめとは……」とつぶやくと、彼女はころっと表情を変えた。

「じゃあやってくれる⁉　よかった！」

「えっ、あの、その」

「あのね、椅子はできれば、素朴な木でできた、いかにもファンタジーな手作り感のあるのがいいの。といっても造形自体はあんまりリアルに作らないで、紙に切りこみいれて四角い立体にするから、その上に絵を描く感じでね？」

まくし立てるミヤに唖然としていると、食べるのは早いのに変に上品なムラジが、スコーンにたっぷりのクロテッドクリームとジャムを乗せつつ、ぼそりと小さくつぶやいた。

「……だから言ったでしょ、断れないって」

「うん、なんか、ムラジくんの懐《ふところ》深さの理由が垣間見えた」

ため息まじりのそれに、彼女に振りまわされている男の苦悩が透けて見えて、相馬はぽんとまるい肩を叩いた。その間も、夢見るような目でミヤは次々、アイデアとプランを語っていく。

「あとね、できればこの『白雪ハウス』のイメージで、いま作ってるゲームに使うアイテムも、二、三点、描き下ろしてもらえないかな。うちのゲーム、やったことあるよね？」

　突然、また違う話を提案したミヤに相馬は目を瞠《みは》ったが、彼女の言葉は止まらない。

「今回は推理系の要素を入れたいんだ。そのなかに出てくる絵本をキーポイントにしたいんだけど、できるだけ手作り感のあるものがいいの。むろん、今回の件も含めて、お礼はちゃんと出すつもりだけど」

　これ見て、と手元のマシンで画像を操作するミヤの言葉に焦り、ムラジを振り返った。

「えっ、なに、ちょっと待って。俺、今回の絵描けばいいだけじゃないの？」

「ミヤちゃん、それはまだ――」

　あわてたように腰を浮かしたムラジに、「冗談じゃない」と相馬は声を荒らげる。

「まだってなんだよ、ムラジくん！　知ってたのか!?」

　あせったようにムラジは顔を背け、彼もまたミヤの共犯だったのだと知らされる。歯がみしながら、なんだかだまされた気分だとうなっていた相馬へとミヤは笑いかけてくる。

「とりあえず怒るまえに、これ見て判断して」

　映し出されたのは、次回作の予告として作られたデモムービーだった。ミヤの楽しげな声には神経を逆撫《さかな》でされたが、技巧を凝《こ》らしたムラジの絵と音楽にはうなるしかなかった。

「どう？　おもしろそう？」

「……最近の同人ゲームって、すごいんだなと思った」

素直に認めるのはしゃくで、渋面を作った相馬はひねくれた答えを返した。ゲーム自体は興味があるし、プレイしたいかと言われれば一も二もなくうなずく。だがなんだかどんどんまるめこまれているようで、おもしろくない気分なのも本音だ。

「もっと素人っぽいのかと思ってたけどね」

「またまた。うちのゲーム、とっくにプレイしてるでしょ。ムラジから聞いてるよ」

ふてくされて放った嫌味も、軽やかにスルーされた。口を結んだまま相馬がそっぽを向くと、ミヤはおかしそうに笑う。

「なんでそこまで、俺にやらせたいの」

最近の自分は、誰彼かまわずこの質問をしてばかりだなと相馬は思ったが、訊《き》かずにはいられなかった。

「だって、こんなすげえゲーム、ほとんどプロじゃん。俺なんか、参加させていいの？」

「いいと思わなかったら誘わないよ。みっともないもの出せないでしょ」

いっそ傲慢なまでに言いきられ、相馬は目をまるくした。

「それにね、同人に限らずいまはインディーズな制作物って、音楽もマンガもゲームも、キャパは相当でかいから。ものによってはへたな商業販売物より売れたりするよ」

ことに音楽などはオリコンチャートの上位にインディーズバンドが来たりするし、商業ベースで流通するものも、同人市場やインディーズで頒布されている――これはむろん特殊に売れているもの、に限るが——ものも、ロットにさほどの差はないのだとミヤは語った。

「すこしまえなんて、インディーズバンドの脱税額が億単位って事件あったくらいだしね。ジャンルは違うけど、ゲームだって当たればやっぱり大きいし」

「ミヤちゃん、そんなに稼ぎたいの？」

こんなお嬢様が、現実的な『数字』の話をするのが不思議で問いかけると、当然だと彼女はうなずいた。

「いいもの作らなきゃ売れないし、売れなきゃ誰も認めない。自己満足レベルのものなんか、わたしは作る気ない。ムラジの絵使うんだから、めいっぱい世間に出すのが当然。いずれは会社形態にするつもりだし、開発には時間食うんだから、資金はいくらあったっていいよ」

気持ちはプロといっしょだと告げ、なおかつパートナーであり彼氏の絵をさりげなく絶賛するミヤに、相馬はまたも圧倒されつつ、問いかけてみる。

「あのさ、なんで自分で会社作るの？　企画持ちこんで、大きい会社とかで作ったほうがやっぱりいいんじゃないの？」

「企業傘下に入るメリットはやっぱりあるよ。一応の保証は約束されるから。小さい会社じゃ販路が弱いし、倒産の可能性も高い。でも逆に大手だとコケたら部署ごとつぶされる。同人の場合はお客さんに見限られたら終わり。どれもリスクは大差ないと思う」

自由に制約なく、独自の売り方をするか、流通販路の大きさに委《ゆだ》ねるか。どちらを選ぶのかは完全におのれの判断のみだと言ったミヤは「ただし」とつけくわえた。

「同人との違いがあるとしたら、世間の目かなあ」

我が道を行く彼女の発言にしては不思議な気がして、相馬は「世間って、どういう意味？」と問いかける。ミヤは真剣な顔で答えた。

「大昔だと、歌手は紅白に出てやっと親に認められるって話があったじゃない。アレといっしょ。会社でゲームを作っています、っていうのと、ゲームを趣味で作って稼いでます、っていうのとでは、『大人の目』が違うのね」

「そんなの、気にすること？」

「気にしてはいないよ。でもいまの世の中、まだ大人のほうが数が多いのは事実だから」

他人など意に介さないように思えた、ミヤの言葉にこもる苦々しさに相馬は気づいた。

現状そこにある社会やシステムに、『あわせて』いかなければ道がないという言葉は重かった。組織に属し、うえに行けば行くほど得体の知れない重圧をかける人間がいるのは、栢野の件でうっすら学んだことだ。息苦しさを覚えつつ、うなずくしかなかった。

「やりたいことをやり続けるには、それなりに方法を考えなきゃならないから。だからこのゲームも、ちゃんと会社作って、もっと次のステップに進めたいの。いまやってる研究も、いつか新しいシステムのゲームが作れたら楽しいと思うからだし」

ここにも、自分の道をしっかり見据《みすえ》えたひとがいるのだと、相馬は唇を嚙んだ。

ミヤにしてもまだ大学生で、たしか二十一かそこらのはずだ。相馬ともさして歳《とし》が離れていないのに、どうしてみんなこんなにしっかりと、自分をわかっているのだろう。

(俺、そんなん考えたこともない……)

どうして自分だけ、なにもわからずうろうろと、頼りないままなのだろう。なんだか打ちのめされた気分で、うめくように問いかける。

「ねえ……そこまで、ミヤちゃんが本気なのって、なんで?」

「だって、わたしオタクだもん。本気なら、やり抜くだけだよ」

オタクと名の付く連中は、好きなものだけは手放さない。誰になに言われてもかまわない。すっかり大人の顔で言うミヤに気圧《けお》されていると、ずばりと問われた。

「相馬くんは、イラストは本気じゃないの? このさきもずっと、これやっていきたいって思わないの?」

とっさに言葉が返せなかった。ここしばらく、いろんな人間に問いかけられてきた言葉。けれど史鶴や栢野のように、こちらを案じてのものではなく、どこか突き放したような好奇心をたたえる目でじっと見つめてくるミヤに、相馬はたじろいだ。

「俺は……決めてることがあるから」

言いながら、どうして言い訳がましく感じるのだろう、と相馬は思った。それが本当に、ただの勝負をしない言い訳なんじゃないかとも。そして揺れている心を映した力ない声に、ミヤは眉をひそめた。

「なにそれ？　決めてるってなにが？」

「ミヤちゃん、ツッコミすぎ」

不躾《ぶしつけ》な質問に、さすがにムラジがたしなめる。

「相馬くんには相馬くんの考えがあるんだし、それにいまは、協力をお願いしてるんでしょう。話が脱線してるよ」

冷静な言葉に、ミヤはふくれつつも口を閉じる。意外にいいバランスのカップルなのかな、と感心しつつ、宙に浮いてしまった質問について、ぼんやり思った。

(俺……なにを決めてるんだっけ？)

最近はもう、自分で自分のことがわからなくなってきてしまった。

事務系で、などと栢野に告げ、いいかげんだと言われ嚙みついたのは、それが図星だからだ。物心ついたころから、相馬はいずれ、叔父の店を継ぐつもりでいた。だからどこの会社に入ろうと、ある程度の年数が経《た》てば辞めるつもりだった。

理由は、昭生の存在だ。ゲイである昭生は、自分が死んでもあとに残せるものがないと、少し皮肉まじりに言うことが多い。叔父を敬愛しているし、相手は自分が心配するような子どもではないとわかっていても、あのかすかな投げやりさを相馬は案じていた。

——俺が死んだら、ぜんぶ、おまえのものなんだから。

若いくせに、あっさりそんなことを言う昭生がいやで、相馬は子どものころよく言った。

——俺が、あーちゃんの跡、ついであげるよ。だから、いっしょにお店やろうよ。

ひかりを溺愛している叔父は、相馬こそがひかりの分身であるかのように大事にしてくれていて、そのおかげで変則的な家庭のなかでも歪《ゆが》まず育ったと思っている。

相馬がいるのは、ひかりが強く望んだからだ。だから彼の周囲の大人たちは、すべてを相馬に与えようとしてくれる。そして相馬はそれを受けとるのが当然と——義務のように感じていて、その生きかたを変える気はさらさらなかった。

ただ、いますぐに昭生の店に入るのはまずい。彼はきっと相馬をあまやかすし、ヘタをしたらさっさと店を譲って引退すると言いかねない。そうなったら昭生は本当に世捨て人のようになってしまう。

だからそれまでの『猶予期間』を作り人生経験を積む、それが相馬にとっての就職だった。

(だったらなんで経営関係勉強しないんだ……とか、栢野ならきっと言うな)

最終的に店をやると決まっているなら、美術やイラストを学ぶのはなんの意味もなさない。けれど、『そうしたい』と感じたのだからしかたない——と、相馬は開き直っていた。

それが親や昭生の教えどおりに生きることだと信じていた。だがここに来て、本当にそれが自分の希望だったのかが、揺らぎはじめている。

——おまえは、おまえの好きに生きていけばいい。

相馬が護《まも》ろうと思ったはずのすべてが、本当に昭生や親たちの望むことなんだろうか。

——俺は相馬には才能があると思うし、ちゃんとしてると思うよ。

ああして期待し、めげずに励ます栢野へと反発することで、いったいなにを護っているのだろう。

黙りこみ、思考に沈んだ相馬に、ミヤはなにかを言おうとした。だがムラジが首を振り、なにも言わないようにと告げたことで、彼女は肩をすくめるだけに留《とど》めた。

「……まあ、趣味でやっていくのもべつに、悪いことじゃないと思うけどね」

さらりとまとめられ、なぜだか妙に悔しかった。自分ひとりが中途半端に立ちすくんだまま、皆がさきへと進んでいく。

子どもっぽい『将来の夢』はそろそろ、捨てる時期に来ているのだろうか。

ならばそれを捨てたあと、相馬自身に残るものはなんだろう。

「とりあえず、いまはこれ、楽しまない？」

遊ぼうよ、と誘いかけるようなミヤの声が、薄暗くあいまいだったなにかを、こじ開けた。

＊　＊　＊

よく晴れた土曜日、『ポップアート・デザイン・フェスティバル』の初日。パシフィコ横浜の搬入口駐車場は、参加者たちの車でごった返していた。

「ほんっとありがとね、相馬くん！　まさか間に合うとは思わなかった！」

喜色満面で喜ぶミヤの手には、ノートマシンが抱えられている。そして相馬の手には、今朝がたまでかかった、くだんの『白雪ハウス』があった。

「パーツは組み立ててないよ、運ぶ間に壊れるから。ブースのなかで設置したら、完成」

しょぼつく目をこらえながらも、相馬の顔には満足感があった。

大きさや立体の配置などは決まっていたとはいえ、小物や背景図などのデザインは完全に相馬に一任されていたのだ。たった二週間、しかも学校の課題や、不定期とはいえアルバイトもこなしながらの制作は、かなりのハードスケジュールだったし、それ以外の部分もきつい思いをした。

「ほんとごめんね、ミヤちゃん、あれこれ注文うるさくて」

「……ムラジくんも、ミヤ姫のご機嫌とりもご苦労さまでした」

ムラジの言ったとおり、ミヤは「おまかせする」などと言いながらも、けっして妥協しなかった。イメージと違うものを相馬が出すたび、容赦《ようしゃ》のないリテイクが飛んできて、しまいには、「そこまで言うなら自分で描け！」「描けたら自分でやってるわよ！」という怒鳴《どな》りあいにまでなった。

だが、創作にかけるミヤとムラジの意識の高さや熱意に圧倒され、刺激を受けている自分をごまかせなくなったのも事実だ。おかげで力を入れまくり、いままででもいちばん気にいるものが描けたと思う。――といっても、それを素直に認めるのはしゃくだったが。

「俺、女のひと怒鳴ったのはじめてだよ、まったく」

「うん、まあ、制作に関してのミヤちゃんは、女の子だと思わなくていいよ」

どこか達観したようなムラジに、そんなものかとうなずいて大荷物を運んでいると、背後から声がかけられた。

「……相馬？　おまえ、来たのか」

びくっと驚いて振り返ると、そこにいたのは栢野だった。ふだんからカジュアルな服を着ているけれども、この日はさらにくだけている。羽織っているのはどうやら、デザインチームのチームジャケットとおぼしき、ロゴの入ったオリジナルのジャンパーだった。

「っていうかその恰好、もしかして？」

「……ムラジくんたちの、ゲームのデモに、俺の絵使うんだって」

段ボールを抱えたままのしまらない恰好で、相馬は寝不足の顔をむくれさせた。だが栢野は気にした様子もなく、明るい顔で覗きこんでくる。

「そうか。これやってたから、疲れてたのか？」

「……そればっかでも、ないけど」

一時期、相馬が悩んだ風情でいるのに栢野は気づいていたらしい。見当違いの言葉だったけれど、気にかけてくれていたことが自分でも驚くくらい嬉《うれ》しかった。おまけに、どう考えても愛想のない、どころか失礼な態度をとっているのに、相馬を見つめた栢野は晴れた空にもかなわないほど顔を輝かせていた。

「楽しみだな、あとで見に行かせてもらうよ。ブースのナンバーは？」

「そんなのっ……」

「アネックスホールの、パフォーマンスのところです。ARToolKit の実演やるんですよ。関連したゲームに関しては、ぼくがこっちのブースにいます。冲村くんたちは、ここです」

相馬が答えるより早く、ムラジがスタッフチケットと内部の配置図を見せて説明してしまった。栢野はうなずきながら微笑《ほほえ》み、「俺らはこっちのホールにいるから」と自分のブースのナンバーと場所を教えてきた。

「相馬も、手が空《あ》いたら俺のとこにも来いよ」

「行けるかどうか、わかんないよっ。手伝いだってあるし、俺っ――」

「あっ、だいじょうぶ。これ設置しちゃったら、相馬くんやることないから。今日は実演がメインで販売目的じゃないから、売り子もひとりいればいいし」

にこにこと笑いながら、またもや相馬の言葉をすべて叩き落としたムラジを睨《にら》むけれど、彼はまったく動じなかった。そして栢野もおかしそうに笑い、いつものように頭を軽く叩いてくる。

「あとでな、相馬」

荷物を持ったままでは手を振り払うこともできない。ふくれたまま、栢野が去るまで返事をしないでいるのが相馬の精一杯だった。

(なんで、こんな態度なんだよ……)

もはや栢野に反抗するのは条件反射になっている。自己嫌悪に陥った相馬へと、ムラジが追い打ちをかけた。

「相馬くんってさ、栢野先生相手だと、なんだか違うね」

「えっ、な、なにが」

「なにって……なんとなく子どもっぽい感じかなあ？　いつも元気だけど、ぼくらといるときってどっちかっていうと、相馬くんがさきに立って動いてる感じなんだけどね」

ムラジはおっとりとした風情のわりに、鋭いことを言う。なんだか見透かされたようで落ちつかず、相馬は赤くなった頬を背けた。

「ど……どうせ俺はいつも、ガキっぽいよ」

「あ、ごめん。ガキっぽいとかそういう意味じゃなかったんだけど」

あわてて訂正を入れるムラジに、「べつに怒ってない」と告げて、相馬は歩き出す。気のやさしいともだちが一生懸命フォローしてくれても、いまの姿は自分の言葉どおり、ガキそのものだった。

勢いまかせで参加までしてしまったイベントだったが、内容はかなり興味深かった。

相馬が作った『白雪ハウス』とミヤのリアルタイムのデモプレイも、かなりの好評だったが、ムラジの言葉どおり、セッティングしてしまえば手伝えることはなにもなかった。

昼をすぎたころ、あとは自由にまわっていいと言われ、ムラジといっしょに見て歩いた。

「なにここ、お祭り？」

衣類や雑貨、絵本や絵画などからキャラクターグッズ、工芸品やフィギュアなどまでは予想もしていたが、ライブコーナーにステージが設置されているのは意外だった。パフォーマンスは大道芸のようなものからダンスやオリジナル曲を歌うバンドと、さまざまだ。

（音も踊りも『デザインする』ってくくりなのか……）

ムラジたちのようにゲームやコンピュータープログラムを展示したり、デモを流しているところもあるが、ＣＰＵ基盤そのものなどもある。

このほか、お菓子や海外の郷土料理をアレンジしたものなど、すべてがブースごとに展示され、ディスプレイも趣向を凝らしている。素人もプロも混在しているが、いずれも直接取引・買いつけが可能らしい。むろん、企業の人間もたくさん来ていて、いろんな作品に目をつけ、ここから商品化の交渉をされることもあるのだそうだ。

「なんか、すげえ。目がまわりそう」

「楽しいでしょ？　ぼく、コミケとかでイベントは慣れてるけど、またちょっと違うよね」

オリジナル菓子パンとビスケットを売っているところがあったので、ムラジは嬉しそうに買いこんでいた。レストランブースなどもあり、そちらは有名店が出張で店自慢の料理を持ちこんでいたが、なぜかこういう場では素人の手作りパンのほうが何倍もおいしそうだ。

「こっち、ポストカード売ってる」

「ねえねえ、あれってオブジェ？」

勝手のわからない相馬は、ムラジに引っぱられるままあちらこちらと見てまわっていたが、ありとあらゆる創作物が展示され、ひとつひとつ見ていたらとても一日では終わりそうになかった。作品のレベルもさまざまで、完全にプロユースだとわかるグッズもあれば、笑ってしまうほど素人まるだしの手芸品もある。けれど、なにより相馬が感じたのは、誰も彼もが、楽しげで誇らしげに自分の作品を展示していることだった。

こんな活気に溢《あふ》れた場所に来たことなどない。学校では言われるままに課題をこなしている連中も多かったし、短期間だけいた予備校では監獄じみた空気しか味わわなかった。

(なんか、すごい)

感動すら覚えながら、きょろきょろとあたりを見まわしていた相馬は、ふと革細工を展示しているブースに足を止めた。

（あ、これかっこいい……ちょっと高いかな）

ビーズやなめし革、カラフルな羽を使った、いわゆるインディアンジュエリーやグッズだ。ごく小さなドリームキャッチャーは、ケータイストラップにできるらしい。しばし、財布の中身を検討してうなっていると、売り子のお姉さんが「お安くできますよ」と声をかけてくれた。値段交渉の末、なんとかお互い納得できる価格で商談をまとめる。

「ねえ、ムラジくん、これ――」

喜色満面の相馬は振り向いたとたん、さっと青ざめる。ムラジはすでにいなかった。

（やっべ、夢中になってははぐれちゃった）

広いうえにごちゃごちゃとディスプレイされたブースの海で、はぐれた相手を見つけるのは不可能に近いだろう。ため息をついて携帯を取りだし、メールを打つついでに買ったばかりのストラップをつけた。

【ごめん、はぐれた。少ししたらブースに戻ります】

邪魔にならないよう壁際に寄り、用件のみを打ちこんで送信した相馬が顔をあげると、見覚えのあるロゴの看板を発見した。ロゴの文字はアルファベットではなく、なにか曲線的な外国語――それが今朝がた目にした栢野のジャンパーのロゴと同じであると気づく。

ついでに『エスシティコス』とルビが振ってあるのを確認したとき、ブースのなかに背の高い姿を見つけ、相馬はあわてて背を向けた。

（か、栢野のブースだ）

ムラジに手を引かれ、わけもわからず歩きまわるうちに、違うホールにまで来ていたらしい。べつに隠れる理由などなにもないのに、なんとなくこそこそする自分が滑稽《こっけい》だと思いつつ、こっそりと様子をうかがった。

栢野のブースでは、いくつかのデザインのTシャツが販売されていたが、メインとなるディスプレイには手書きポスターや手作りの雑誌表紙ふうアート、過去に手がけた仕事のカンプなどが展示されていた。遠目で見ても完成度の高いものばかりだとわかるそれに、相馬は興味を惹《ひ》かれて足を踏み出した——のだが。

「やーん、これチョーかわいー」

「お兄さんが作ったのー？」

やたら髪の毛を盛った女の子たちが、色とりどりのTシャツを手に栢野を取り囲んでいたせいで、ブースに近づけない。オクターブうえに張りあげた声のおかげで、彼女らの言葉だけは離れていても聞こえるけれど、苦笑気味の栢野がどう返しているのかはまったくわからなかった。

（どけよ、見えねえじゃん）

もっと近づけばいいのはわかっていたが、いらいらしながら相馬はその場で地団駄を踏んだ。栢野も栢野だ、そんなにやけた顔で愛想をまかなければ、グッズひとつも売れないのか

――そう考えた瞬間、一気に自分がいやになった。

（うわ、なんか俺、性格悪くなってる）

いままで、誰かがモテているからといって、こんなひがみっぽい感情を覚えたことなどない。ぐらつきながら、奇妙な感覚を持てあましていた相馬は、中途半端な位置でうろうろしていたせいで、背後からの通行人にぶつかられ、まえにつんのめった。

「うわっ！」

「あ、すみません」

幸いにしてひとのいい相手だったけれども、転びかけたのと声が大きかったせいで、完全に注目を集めてしまった。恥ずかしくなりながら、意味もなく周囲に愛想笑いをまいていると、案の定見つかりたくない相手に見つかってしまった。

「――相馬！　来たのか、こっちおいで」

よくとおる声で手を振っている栢野を、さすがに無視するわけにもいかない。思いきり顔をしかめたまま、「……ドモ」とぶっきらぼうに挨拶すると、栢野はにぎやかなギャルに適当な会釈《えしゃく》をし、相馬の腕を摑《つか》んだ。

「こっちおいで、紹介するから」

「え、い、いいよ」

「いいからいいから。……ていうか助けて。冷やかし長いんだよ、あの子ら」

小声でぼそりとつけくわえられたとき、栢野は一瞬顎で、ギャルを示した。「おモテになるこって」と意地悪く言ってやると、彼ははっきり渋面を作る。

「やめてくれ、趣味じゃない相手に絡まれるのは、むしろイタい」

それも贅沢な発言だとうろんな目になりつつ、たまには貸しを作ってやるかと相馬はおとなしく連行された。予想どおり、無視されたギャルふたりはふくれながら去っていき、栢野はほっとした顔になっていた。

「な、見て見て。これ相馬朗くん。俺の教え子」

栢野に背を押されるようにして向かったブースのなかには、仲間たちが男女とりまぜて四人ほどいた。彼らはみんな揃いのジャンパーを着ていて、にこやかに相馬を迎えてくれた。

「うわ、カワイイ子。いくつ？　専学だから、十九？　二十歳？」

「は、二十歳です」

「こっち入っておいでよ、お茶あるよ？」

みんなずいぶんと親切で、あたたかく明るい雰囲気は栢野と共通している。パーティションで区切った六畳ほどのブース、その奥のバックスペースでは、スーツ姿の男性と女性のふたり連れに、どうやらリーダー格らしい男性とが、こちらに背を向けて話しこんでいる。

パンフレットのようなものを渡しているのを見て、もしかして商談かな、と見当をつけた相馬は、栢野にこっそりと問いかけた。

「俺、お邪魔してない？　仕事中じゃないのか？」

「商談はあいつに任せてるから、問題ないよ。うちの営業さんだから。あそこは商談専用のスペースになってるの」

栢野を振り仰ぐと、いつものとおりにっこりと笑いながら見おろしてくる。そこではっと、両肩に手を置かれたままだということに気づいたが、狭いブースのなかでは、あまり離れて立ってもいられない。

（手、でか……っつか、そもそも背がでかいんだけど）

ふだんからスキンシップを仕掛けられはしていても、こんなふうに背中に寄りそうようにされたことなどない。妙に意識してしまい、身体を強《こわ》ばらせていると、栢野がひょいと覗きこんできた。

「なんだ、相馬。熱い？　顔赤いけど」

「べっ、べつになんでも――」

なぜだか、声がうわずった。相馬があたふたと顔を振って視線を逸らすと、ちょうどさきほどの商談をすませたスーツの男性が、声に気づいたように振り返り、目を瞠った。

「――朗？」

覚えのある声に相馬も目をしばたたかせる。そこにいたのは、父である滋《しげる》だった。

「しーちゃん!?　なにやってんの、こんなとこで」

「こんなとことは挨拶だな。一応、仕事で来てるんだぞ。おまえこそなにやってんだ？」

驚き、ぽかんと口を開けていた相馬は、滋がふと自分の肩に目を止め、その後、背後の栢野に視線を移したのに気づいた。思わず追いかけるように顔をあげると、怪訝そうな栢野もまた目顔で「誰？」と問うているのがわかった。

（……え、なに？　なんか栢野、不機嫌？）

なんだか奇妙な表情にどきりとする。若々しい滋は、一見して相馬の父とは思われない。不審に感じたのだろうか。

なにやら考えこんだあと、栢野はジャンパーを脱ぐ。そして、ふたたび相馬を捕まえた腕にぐっと力が入った。

「ちょっとここじゃ狭いな。外出ようか？」

「あ、う、うん」

わけがわからないながらも、相馬は栢野に連れられてブースを出る。父と亜由美《あゆみ》も、会釈でうながす栢野についてその場を離れ、壁よりの空いた空間へと向かった。

とりあえず栢野の腕から逃れた相馬は、あわててお互いを紹介する。

「あ、えっと、俺の学校の先生、栢野先生。で、こっち、相馬滋、父です」

ふたりは一瞬驚いた顔になったが、すぐに如才なく挨拶をはじめた。

「……どうも、担任の栢野と申します。ご挨拶が遅れて、申し訳ありません」

「これはどうも。朗の父です。朗がお世話になっております」

穏やかに微笑んだ滋と栢野は、慣れた仕種《しぐさ》で名刺を交換する。父はともかく、栢野がそういう所作に慣れていることがすこし不思議で、相馬はぽかんとしてしまった。

だが、栢野はそれ以上に驚いている様子で、渡された名刺を凝視していた。

「あれ、この社名とマークって……もしかして、『サボン・ジョヴィアル』の？」

社名の横に名刺に印刷されているのは、あまり洗練されているとはいえない、太陽をイメージしたとかろうじてわかる子どものような顔の絵だ。『サボン・ジョヴィアル』の、これが長年のパッケージ絵だった。

相馬は顔をひきつらせたが、滋はにやりと笑って「ご存じですか？」と栢野に問いかける。

「ご存じもなにも、いまバカ売れじゃないですか。たしか口コミで人気が出て……」

滋は天然素材のせっけんを開発した会社の社長で、最初は通販程度の規模でしかなかった。ここ十年はインターネットのおかげで通販部門でも相当な収益をあげていたが、栢野の言うように徐々に人気があがり、近年になってコンビニなどが商品の取り扱いをはじめることになり、密《ひそ》かなヒット商品扱いされている。

「じつはそのコンビニ展開のおかげで、新商品を出すことになりまして。あたらしい商品のパッケージで、なにかいいのはないかと思って下見をね」

いままでは、このごく素朴なイラストをパッケージデザインに使っていたけれど、コンビニ側の意向でさすがにもう少し洗練されたものを、という話になったのだそうだ。

「本当は、『サボン・ジョヴィアル』のパッケージも変えろと言われたんですよ。わたしとしては、商品名もパッケージも息子にちなんだものだから、それだけは聞けませんが」

芝居がかった態度でやれやれと首を振る滋に、栢野は「えっ？」と目を瞠り、相馬は「しーちゃん！」と声を荒らげた。

「バラすなよもう、だいたいしーちゃんが俺の子どものころの絵、勝手に使ったから、あんなダサいんじゃないか！」

直訳すれば『明るい石鹸《せっけん》』となってしまうが、『サボン・ジョヴィアル』の名は滋が言うとおり相馬の名の『朗らか』を意味する。そして、もともと滋の会社は、ひかりの父が創設した輸入業の会社だった。畑違いの仕事に手をつけ、この石鹸を開発したのは——ひかりの肌が弱くて、かぶれない石鹸を作ろうとしたことに端を発している。

「あれって、相馬が描いたのか。なんで教えてくれなかったんだ？」

「子どものころのヘタクソな絵、いまだに流通してるなんて、言えるわけないだろ……」

栢野に感心したように言われ、相馬は耳まで赤くなった。いまの段階でさえ、コンペに出すのをぐずるほどなのに、ろくに記憶もない幼いころの絵がすでに流通しているなど恥以外のなにものでもない。むっつりと黙りこくっていると、滋がおかしそうに笑った。

「自慢の息子の絵なんだけどな。制作者本人もこのとおりだし、いろいろうるさいんで、できれば若手のアーティストに頼もうかと思ってね」

ひらひらと滋が振ってみせたのは、さきほど栢野が営業だと言った彼の渡した、カタログのようなものだ。小脇《こわき》に封筒を抱えていて、そのなかにはいくつか、同じような書類が入っていることが察せられた。

「本当は、新パッケージの絵も朗くんに頼みたいのよ、社長は」

こっそりとつけくわえた亜由美の言葉に、相馬は目をしばたたかせた。

「え、そんな。俺なんかの絵じゃだめだよ」

驚いてとんでもないとかぶりを振り、父を見ると、なぜか滋は苦笑いして言った。

「そうだろうな。おまえ、すごくいやがったからな、昔」

「え……そう、なの？」

どういう意味だと首をかしげると、父は思いもよらない話をはじめた。

「最初はな、パッケージに使ったこと、すごく喜んでたんだよ。でも――」

幼い相馬は、自分の絵がパッケージに使われたのが嬉しくて、知りあいなどいろんなひとに配ってまわったのだそうだ。だがあくまで包装紙は包装紙、使用するためには紙を破いて捨てることになる。

「自分の絵がゴミ箱に入れられてるの見て、ショック受けて大泣きしたんだよ。それから、いくら俺が頼んでも、俺にはいっさい絵を描いてくれなくなった」

「え……」

　まったく覚えてもいなかったできごとに、相馬は目をまるくした。隣にいる栢野が、ちらりと自分を見た気がした。

　いやな予感がしたけれど、いまはなにも言うなとかたくなな横顔で警告する。担任と息子の緊張感に気づいているのかいないのか、滋は穏やかな声を発した。

「まあ、もし気が向いたら、今度のパッケージも頼みたいんだけどな」

「……親ばかって言われるよ」

　どうにか雑ぜ返し、そろそろ行けとうながすつもりだった相馬の意に反し、栢野は読めない微笑をたたえたまま、するりと口を挟んできた。

「いえ、まんざら、親ばかっていう話ばかりでもないですよ」

　ぎくりと相馬は身をすくめ、滋と亜由美は「え？」と驚いた顔をした。

「相馬くんはイラストレーターとして、とても有望だと思います」

「ちょっ……な、なに勝手にっ」

　あわてて止めに入ろうとしたけれど、あわを食ってうまく言葉が出ない相馬より早く、栢野はすらすらと滋に語った。

「ＰＣパフォーマンスのブースには、お寄りになりましたか？　３Ｄ絵本の実演のセットに関しては、相馬くんが手がけたものだそうです。ご覧になるといいですよ」

「へえ……なんだ、朗。参加してたのか」

「い、いやともだちの手伝いで、たいしたこと、してなくてっ」

ぶんぶんとかぶりを振るけれど、栢野は勝手に配置図まで滋にわたし、ミヤたちのブースの場所を教えてしまった。なんだかすっかりうち解けた雰囲気に、相馬は歯がみする。

(なに言ってんだよ、なにしてんだよ、栢野のばか!)

なんで親の前で言うのかと嚙みつきそうになっても、父と亜由美の手前、それはできない。いままで進路問題については、滋にはいっさい打ち明けたことがなかった。ひかりや昭生はともかく、滋は現実的にものごとを動かす力がある。ましてイラストレーターという道を示しでもしたら、それなりの伝手やそれなりの方法を、具体的に提示してくるだろう。

そして滋に期待されたら、相馬は断ることができなくなる——。

(……あれ?)

一瞬、自分の思考回路に疑問を持った。なぜ、徹底した放任主義の滋から強制でもされているような気分に陥るのか、まったくわけがわからない。混乱したまま何度も目をしばたたいていると、相馬の顔色に気づいた滋が「どうした」と問いかけてくる。

「もしかして、疲れたのか? 朗は気管支弱かったから、人混《ひとご》み、苦手だったしな」

「えっ、いやっ。そんなの小さいころの話だよ」

だいじょうぶだよと両手を振ってみせて、相馬は表情をつくろった。

「しーちゃんこそ、仕事ばっかで大変なんだろ。俺はいいから、もういきなよ」

仕事で来ている父をあまり引き留められない。「元気でね」といつものやりとりをしたのち、控えめに滋のうしろにいる亜由美を見て、そっとつけくわえた。

「あとさ、亜由美ちゃんこんなところにばっかり連れてきてないで、ちゃんとデートしてやりなよ」

嫌味ではなく、素直に告げたのはわかったのだろう。苦笑した父は亜由美を振り返った。

「デートって歳でもないんだが」

「わかってないな。亜由美ちゃんはまだ若いんだから、彼女サービスしろっつってんだよ。じゃないと愛想つかされるよ」

「……そうかな？」

真剣に考えこむ滋に、亜由美は赤くなった。そして、相馬は親子が笑いながら交わす会話に、栢野が怪訝な顔をしていることに気づく。うっかり彼の存在を忘れていたことにあわて、急いで彼らを追い払いにかかった。

「あー、と、とにかく俺らもブースに戻るし。ふたりとも、またね」

「ああ、また。……栢野先生、それでは、失礼いたします。仕事の件は、検討させていただきますので」

栢野は穏やかに会釈し、「よろしくお願いします」と滋たちを見送った。ほっとしたと同時に、栢野のまえでしゃべりすぎた気まずさがこみあげてきた。

「えと、じゃあ、俺もこれで……」

「待て、相馬」

そそくさと去ろうとしていた相馬の襟首が、がしっと摑まれる。一瞬硬直したのち、さきほどまでの笑顔も消え失《う》せた顔でうろんに睨《ね》めつける。

「なんだよ。そっちももう、戻ったほうがいいんじゃねえの」

「ちょっと話がしたいんだ、もう少しつきあえよ。時間はどうとでもなる」

栢野は、相馬よりはマシとはいえ、あまり機嫌のいい顔をしてはいなかった。ふだんの彼からすると仏頂面もいいところだ。無表情な顔を見ると、逆に、いつも彼が笑ってばかりだということに気づかされる。

（断れる空気じゃねえな……）

有無《うむ》を言わさぬ態度に、栢野についてしぶしぶ外へと向かう。人混みに流されそうになりながらも、栢野が摑んだ力が強くて、偶然はぐれるふりをするにもむずかしかった。

長い足の栢野に引きずられ、小走りになりながらたどりついたのは、朝に栢野と出くわした、会場の外の人気《ひとけ》のない駐車場だ。暦のうえでは初夏だけれど、夕方になり日が傾くと、肌寒さを感じた。熱気に満ちていた会場から出てきたせいもあるのだろう。

「なんだよもう、こんなとこ連れてきて。寒いだろ」

わざとらしく腕をさすりながら文句を言うと、栢野は抑揚のない声で言った。

「相馬、コンペのエントリー、そろそろ期限来るぞ。書いたか？」

「……この二週間は、さっきの『白雪ハウス』作ってたよ」

むくれた相馬の返事もろくに聞かず、栢野はたたみかける。

「やりたくないのは、記憶のせいか。小さいころ、パッケージ捨てられていやだったのか」

責めるような声に、黙りこんだ。ぜったい言うと思った、とそむけた顔をしかめる。

「おまえ、それでイラストレーターになるの渋ってたのか？」

「いや、そんなつもりはなかったけど。忘れてたし」

目を逸らし笑い飛ばすふりをしながらも、相馬の声に力はなかった。どうしても踏み切れなかったことの一因ではあるのだろう。いまさらのささやかすぎるトラウマに、自分でも驚いていたくらいだ。だが、栢野はすでにそれが結論と決めつけてしまったようだった。

「失敗するんじゃないかとか、どうせ最初から無理だとか、そういう逃げの体勢でいるのは相馬らしくないと思ってたんだ。これで、やっとわかった気がする」

ため息まじりのわかったような口ぶりに、むっとした。その程度のことで尻込みしているのかと、ばかにされたような気がしたからだ。

「なんだよ、俺らしいって。俺のことなんかろくに知らないだろ」

「俺は俺なりに相馬を知ってるよ。忘れてるようなトラウマなら、ここでもう捨てちまえよ」

関係ないと吐き捨てたつもりだったのに、まじめな声で言われ、どきりとした。

「やったことないから怖いっていうだけなら、そんなものは概念的な怖さにすぎないだろ。可能性や希望だって残ってる、マイナス面や消去法でやらない理由を探すのは不毛だ」

じっと目を見て告げる栢野は、いままで以上に強い視線で相馬を見ている。

「転ぶかも、怪我《けが》するかも、って怖がってると、本当に転んだときに『ほらやっぱり』っていう自責の念みたいなもんがくっつく。それでよけい恐怖や痛みが増すんだ」

頭のなかだけで聞きわけよくて、大人になってもしょうがない。一回くらい転んで怪我したほうが、痛みを「知る」ことはできるだろう――言われて、少々耳は痛かった。

「考えなしで突っ走れっつうの？　冲村みたいな自信家とか、史鶴みたいな堅実派とは違うんだよ、俺は」

「現実を知ってるなんて言うなよ、その若さで。ちっちゃくまとまるだけだ」

栢野はいつものように挑発にかかってきた。けれど、受け流せないほどではない。

「怒った勢いで、『やってやる』とか言わせようとしてても、無駄だよ」

平然と言ってみせながら、自分でも少し嘘《うそ》だと思った。もういまでは、以前ほどには強硬に、ぜったいにコンペなんかに出さないというつもりはない。

本当はこのイベントが終わったらエントリーシートを書こうと思っていたが、いまの言葉でかなり気持ちが失せてしまった。こうもしつこく言われると逆効果だということを、いいかげん栢野も学べばいいと思う。

そして——やはり、栢野のせいにしながらどこかで怖《お》じけている自分も知っている。知らない痛みは怖い。長年、こうと決めていたことを変えるのには、半端な覚悟じゃできない。

「なんでそんなに俺にこだわるんだよ。適当にしてればいいだろう」

「そんなわけにいくか」

思わずあとじさると、栢野は同じだけまえに進んだ。これ以上関わられたくないのに、栢野はどんどん踏みこんでくる。物理的な距離だけではなく、ぐらぐらしている相馬の根っこにまで、手を伸ばそうとする。なぜか怖くて、だから思わず、叫んだ。

「そうやって、他人のためにがんばりすぎたって、あんたにいいことないだろ！　だいたい、トラウマ捨てろとか言って、自分のほうが引きずってんじゃんか！　まえの学校の——」

怖くて、声はうわずっていた。とたんに栢野は一瞬顔を強ばらせる。しまった、とあわてて口を押さえるけれど、発した言葉は戻らない。

「おまえ、なに知ってるんだ」

重たい声に、ごまかすのも無駄だと相馬は悟り、ぼそぼそと白状した。

「……弁護士の、伊勢さん。俺の叔父の知りあいなんだ」

「ああ……。あのこと、聞いたのか」

それ以上の説明は不要だったらしい。弱々しく笑う栢野に、相馬は「ごめんなさい」と頭をさげた。「なにが？」と栢野は器用に眉をあげてみせる。

「勝手に、昔の話、聞いちゃったから。い、伊勢さんは言いたくないって言ったんだ、でも俺が、どうしてもって――」

言いつのる相馬の頭に、伊勢と同じような大きな手が乗る。けれど伊勢のそれとは違い、栢野の手はひどくやわらかく感じられた。

「どこまで、なに聞いた？」

「まえの、ガッコで、生徒がパワハラで、先生が庇《かば》ってて揉めたって。あと、なんか、夏ごろ、自殺未遂の騒ぎがあった、とか」

「はは、そりゃほとんどだな。……そいつとつきあってた話も聞いちゃった？」

相馬の態度で、すべてを知っていると悟ったのだろう。ごまかしても、もう無駄だ。こくんとうなずくと、怒るかと思った栢野は、どこかさばさばした様子だった。

「ま、隠してるわけでもないから。外聞悪いんで、自分から言ってまわるほど悪趣味じゃないけどな。知ってるやつは知ってるし、気にするな」

終わったことだと微笑む顔が見られなくて、相馬はますますうつむいてしまう。

相手が同性だったと聞いていることは、気づいているはずだ。なのに栢野は怖じ気《け》づく様子もなければ、まったく口止めしようともしない。

（史鶴のこととか、あーちゃんちがゲイバーだなんて知らないはずなのに）

相馬が同性愛に偏見があるかどうかすら、確認もしない。どういう度胸と懐の深さなんだろう。ある意味考えなしなのか、それとも――それが相馬への信頼ということだろうか？

（俺なら、こんな堂々としてらんないよ。きっといっぱい、言い訳するよ）

不安の正体すらもわからず逃げまわっている、いまみたいに。自分が恥ずかしくてたまらず、相馬が唇を噛みしめていると、くしゃくしゃと髪をかきまぜられた。

「そんな顔するな。俺はさ、相馬のおかげで、ふっきれたところあったんだから」

「え？」

自分がいったいなにをしただろう。驚いて顔をあげると、夕陽を受けた栢野は、やさしく目を細めていた。

「昔のことはほとんど、知ってるんだよな。……そいつが、それこそイラストレーター志望だったのに、コンペの件で講師につぶされたのは、聞いたか？」

それは初耳で、相馬はかぶりを振る。細かいことはほとんど知らないと告げると、栢野は苦い表情で目を細めた。

「いろいろ、夢いっぱいなやつだったんだよ。公募とかもたくさん出したし、課題もまじめにこなしてた。なのに、その賞金を講師に巻きあげられて……絶望しちまったんだ」

「言いたくないなら、言わなくていいよ」

痛々しい表情にあわてて止めるが「聞いてほしいんだよ」と栢野は苦笑した。

「それとも、聞きたくないか？　重たい？」

問われて、もう一度かぶりを振ると、栢野は遠い目のまま話しはじめる。

「まえの学校は、ほんとにひどかったんだ。生徒をアシスタント代わりにこきつかったり、ひどいときには酒の席でホステス代わり。言ったように、コンペの賞金を『子どもが大金を持つな』って巻きあげる、抗議すると不当に単位を落とさせる……指導する立場の人間が、学生の金と夢と心を食いつぶしてた。俺は、そんな状況を変えたいと思ってた」

栢野は当時まだ二十代半ばで、もっと血気盛んだったそうだ。できる限りの相談に乗り、自分なりに上層部に抗議もしたけれど、結果なにもできなかった、と肩を落とした。

「なによりつらかったのは、生徒たちがどんどんあきらめていったことだった。本当に実力のある子だっていたのに、大人に裏切られて、不正を見せつけられて、気持ちが折れたんだ」

——埋もれさせたくないのに、埋もれる人間だって多いんだよ。

ぽつりとこぼされた言葉のうしろに抱えたものが重くて、相馬はなにも言えなかった。そんなふうに思って、この学校でこそ、とがんばる栢野に反抗してばかりの自分の幼稚さが、情けなくてたまらなかった。

「しまいには、コンペの賞金渡す代わりに、単位よこせって言い出す生徒まで、いた」

「それって、あの……」

昔つきあったという生徒か、と問いかけて、いくらなんでも無神経かと相馬は口をつぐんだ。だが、栢野は言葉にしなかった問いを察したようにうなずいた。

「俺とつきあってたやつ。どんどん壊れてっちゃって、すさんで……俺はほんとに、なにもできなかったよ」

過去の痛みを思い出す栢野の目に、相馬は自分でも驚くほど腹が立っていた。いまですらこれほど親身な彼のことだ、挫折を知らず、恋人を護ろうとしていたころ、どれだけ心を砕いていたのかなど想像に難くない。

(なのに、なんで)

こんなふうにやさしい栢野を振りまわし、自殺未遂だの駆け落ちだのに巻きこむことができるのだろう。どうしてそんなに勝手でいられるのか、相馬にはわからない。

「……なんか、可哀想だ。あんたが」

複雑すぎる感情は、まともに言葉になりそうになかった。だからぽつりとそれだけを言うと、栢野は「ありがとう」と嬉しそうに笑った。

「そんななのに、先生辞めようと思わなかったのか？」

「思ったよ。北《きた》の事件のときも、ほんとに悔しいとは思った。けど……おまえたちは、あの子よりずっと強くて、俺はそれがすごく嬉しかったんだ」

ほっとしたように息をついた栢野の言葉は本心だろう。保身に必死になる人間を多く見てきた彼の苦い声に、共感の痛みを味わわされつつも、自尊心がくすぐられた。

「とくにおまえが、史鶴になにする気だって嚙みついてきたとき……まだこうして、他人のために必死になるやつはいるんだと思って、安心した。再就職できてよかったって思った」

「そ、そりゃ……若いからって、長いものにまかれて卑怯な逃げ打つ連中ばっかじゃないってことだよ」

あえてふんぞり返って言ってやると、そうだなと笑って栢野はうなずく。

「だからさ、しつこくしちまうんだよ。おまえなら逃げないって証明してほしいから。俺は……俺もやっぱ、あのとき逃げた口だったし、それを後悔してるから」

眩《まぶ》しそうに細めた目が、なんだか痛々しかった。懸命に、栢野なりに生きただけだろうに、こんなに疵《きず》を負う必要がどこにあったのかと、相馬は苦しくなる。

「先生は、仕事して、恋しただけだろ。一生懸命やったんだから、それでいいじゃん」

「簡単に言ってくれるなよ、俺の挫折を。色恋絡んだから、よけいしんどかったんだ」

言葉を切り、栢野はため息をついた。

「いっしょに逃げようか、なんてばかなことも言ったんだよな。いまとなっては、なに考えてたんだって感じだけどさ」

苦笑いする栢野に、相馬はうらやましさも感じる。ぜんぶ捨ててもいいくらいに、その相手を好きだったというのは、どんな気持ちなんだろう。

「……恋って、そんなにすごいもんなのかな？」

いきなりの話題転換と、呆《ほう》けたような相馬の表情に、栢野は「ん？」と眉をあげた。

「俺、ひかりちゃん……母さんに、恋をしてね、ってずっと言われてる。けど、あんまり言われすぎて、なんだか、なにが恋なんだか、よくわかんないんだよね。まわりの恋愛沙汰《ざた》については、けっこう観察力はついてるつもりなんだけど」

落ちてる人間が、ときに愚かしい行動を取ってしまうことは、史鶴やその周囲を見ていてもわかるのだ。けれどそれが自分にかかると、いまださっぱりわからない。つぶやくと、栢野はますます怪訝な顔になった。

「なあ、親に恋しろって言われるって、どういうこと？　それにさっきの会話はなんだったんだ？　父親にデートしろと勧める時点で、変だとおもったんだが……その、お母さん、まだご存命なんだろう」

納得がいかないと顔を強ばらせる栢野は、いろいろ想像力をたくましくしてしまったらしい。それも無理はないかと相馬は苦笑し、あえて軽く言ってのけた。

「あ、あれはいいの。亜由美ちゃんのことは、ひかりちゃんも知ってるから」

「知ってるって……」

ますます意味がわからないと顔をしかめる栢野に、相馬は自分の複雑な家庭環境の話をする覚悟をした。すでに父と亜由美の関係も知れたし、一方的に栢野の秘密を知っているのは、不公平だ。というより——栢野にはなぜか、知っていてほしいと、そう思った。

それがなぜなのかまだわからないまま、相馬は語り出す。

「うち、ちょっとめんどくさいんだけど。亜由美ちゃんとしーちゃん……父さんの関係のほうが、ある意味正しく男女関係なんだよね。ていうかひかりちゃん推奨なの、あのふたり」

「公認、じゃなくて推奨？　どういうことだ？」

承伏しかねる顔でいる栢野に「まあ、理解しづらいと思う」と相馬は苦笑した。

「明日死んじゃうかもしれないって思いながら生きてきた人間の言うことって、どっか超越してんだよ。ただの世間知らずって言われたら、そこまでだけど」

病気がちで、狭い病室からほとんど出られなかったひかりは、少女のように『恋』に憧《あこが》れていた。それを手に入れるような出会いも時間も、ふつうの少女のようにすごす体力も、物心ついて以来、彼女には与えられなかったからだ。

だったらせめて、自分の望みを受け継ぐ子どもがほしいというのが彼女の願いだった。そして滋は、幼《おさな》なじみの少女の願いを叶《かな》えた。

——しーちゃんはね、旦那さまだけど、恋人じゃなかったからね。

あっけらかんと言うひかりも、それをちゃんとわかっている。ある意味で、父母の間に流れるものは、恋愛よりずっと深く強い情だと相馬は思う。

けれど残念ながら、偶然出会って、恋に落ちて、いろんな痛みや嘆きも抱えて、それでも誰かを離さない、そんな熱っぽい愛情は、ひかりには縁がないままだった。だからこそ、いつか自分の子どもが自分のぶんまで熱烈な恋をしてくれるといいと、そう願っているのだ。

「俺だって、状況としては、相当変なんだってわかってるよ。家族じゃなく他人まで巻きこんで、なにしてんだって、ふつーのひとは言うかもしれないけどね」

母としても妻としてもつとめを果たすことができないと知っていたひかりは、出産前夜「今度こそ死ぬかもしれないから」との前置きをして、滋に言った。

――誰か、あなたを慰めて、助けてくれるひと、ちゃんとみつけてね。

ひかりは子どもを産めるだけでも奇跡だと微笑んでいたそうだ。もともと幼なじみであった関係で、保護者のようであった父が、母の両親と、「どうしても子どもがほしい」という母の望みに抗《あらが》えず、入り婿《むこ》になる形で結婚したらしい。

兄妹のような情はあっても、父の男としての愛情はまたべつだった。そして、けっして結婚できない状態にあるにも拘わらず、父を支え続けてくれている亜由美にも、相馬はなんら思うところはない。

幼いころ、「なんでパパにはママと違う奥さんがいるの」と問いかけた相馬に、昭生はこう言ったからだ。

――うちはな、ちょっと変わってる。全員、変わってる。けど、誰も悪くない。

そう言う昭生はゲイで、そのセクシャリティを素直に受けとめ、周囲にも認めさせたのが、ほとんど寝たきりの彼の姉だったそうだ。同じ理屈で、自分の夫の恋人についても、ひかりは受け入れさせてしまっていた。

――おまえのママは、俺の姉さんは、とんでもなく器のでかい女だ。もうありゃ天使だ。それを、おまえのパパも俺も知ってる。朗も、だからちゃんと、わかっとけ。みんな、全員、愛しあってる。それだけは事実なんだ。

ほがらか、という意味の名をつけたのはおまえのママだから、常にそうあれと告げられて、母にも昭生にも、父とその伴侶にも、めいっぱいの愛情を受けて、相馬はいっぷう変わった家族構成を受け入れた。思春期にはちょこっと悩んだりもしたが、ひかりが望んだように『あたたかく明るい人生』を生きている事実のまえでは、たいした話ではなかった。

おおまかな話を終えると、まだ面食らった顔で、栢野は問いかけてきた。

「でもその、それ、ご両親が離婚すればいいだけの話なんじゃないのか?」

ごもっとも、と相馬はうなずいてみせる。それはひかりにしても相馬にしても、滋に何度も提案したことだった。だが、頑として聞き入れなかったのは滋だ。

「それがさあ、しーちゃん律儀なんだよね。いったん倒れかかった会社とひかりちゃん、死んじゃったじいちゃんから一緒くたに預かったんだって。だから自分が死んでも責任は果たすんだって。どっちかっつと、俺よりひかりちゃんのパパみたいな感じなんだよね」

父が、女性としてではなくとも、家族のようにひかりを愛しているのは知っている。そして、いつ儚《はかな》くなるかわからない彼女を失うのが怖いのは、昭生と同じほどのはずだ。それでも、こんな変則的な家族関係――恋愛関係に引きずりこむことになった亜由美への責任で、滋はどうにか自分を保っている。

相馬が現在、昭生のところに居候をしているのは、通学を考慮したという理由ばかりではない。長い年月を、不安定な愛情だけに頼って父に添ってくれた彼女にたいして、せめて愛する男を独占する時間をあげたかったからだ。

「ひかりちゃん……母さんは、それでも、そこにいるだけで、みんなの支えでもあるんだ。ある意味じゃ、あのひとから離れらんないんだよ、みんなのほうが」

身体は弱いけれど、彼女は誰より強い。ひかりの周囲にいる人間のことを彼女はぜったいに否定しない。すべて、あなたの思うようにと許す。

それは、ある意味では究極の母性なのかもしれないとさえ思う。

「みんな、あのひとがいなかったらものすごく人間として壊れてたと思う。ひとりはエリートコース邁進《まいしん》で、仕事のことしか頭にない男だったらしいし、ひとりはゲイってことで思春期からわけわからなくなるほど悩んでたみたいだし」

滋はたぶん、ひかりがいなければ他人を道具としてしかみない男になっていただろうと自分で言ったことがある。昭生にしても、若いころには荒れていたというから、落ちるところまで落ちていた可能性だってあるだろう。

相馬の言葉に、栢野は「……ゲイ？」とつぶやき目をしばたたかせた。

「そ。うちのあーちゃん、叔父さん、そういうひとです。顔とか、すげえきれーだよ？」

できるだけさらっと告げると、栢野の目の奥で理解が深まった。だが相馬はそれを見ないふりをした。

「ともかく、思春期に荒れてたあーちゃんは、いまじゃすっかり開き直って、ゲイバー……ってんでもないけど、そういうひとが楽にいられる場所、自分で作ってるよ」

ぶっきらぼうで、さして口もうまくないけれど、昭生を慕う人間は多い。口コミで広まったのは、そのコミュニティのやさしさが心地いいからだと、相馬は思っている。

「それも、お母さんの影響で？」

栢野は感嘆したように目をまるくしていた。相馬は誇らしげにうなずいてみせる。

「だって、しょっちゅう発作起こして死にかけて、いちばんつらい目にあってる人間に、にこにこ笑いながら『幸せな恋してね。それをわたしに教えてね』って言われてみなよ。グレるどころじゃないよ、毒気抜けるよ」

ひかりに許されて、滋は、亜由美を見つけた。昭生も伊勢とは微妙な空気があるとはいえ、たぶん彼が本命なのだろう。相馬自身にもいつか、誰かが見つかるといいと思う。

「どんな相手と恋しても、どんな生き方しても、かまわないんだって。俺たちが幸せでさえあればいいんだって」

幸せという言葉に、ふと苦笑いした。相馬の年代が口にするには、ずいぶん重たく違和感がある言葉だ。たぶんひとによっては笑い飛ばされるであろうそれを、あっけらかんと語ってみせれば、栢野は眩しそうな顔で相馬を見ていた。

「そう言ってくれる家族がいることこそが、幸せなんだろうな」

「俺も、そう思うよ」

「……相馬は恵まれてるな」

皮肉ではなく、心から言われているのがわかって、「でしょ」とにっこり相馬は笑う。

「会ってみたいな、俺も。ひかりさんに」

その言葉にどきっとした。ひかりに、誰か『他人』を会わせるというのは、相馬にとっては伴侶を紹介するのと同じことだからだ。思わずごまかすように笑ってしまう。

「はは。こんな話、誰かにしたのははじめてだ」

「そうなのか？」

「うん。史鶴も誰も知らないよ。ちょっと……さすがに、ややこしすぎてさ」

この話を受けとめる度量くらいはあるだろうけど、あの親友は自分の問題でわりと手一杯になりがちだ。あまり頭を悩ますようなことを言いたくはなかった。

（でも、それは栢野も同じなのに）

むしろ史鶴よりも遠いはずの、ただの講師であるはずなのに、なんでこんな話をしてしまったのだろう。オープンマインドに見せかけて秘密が多い自分が、いつも、誰にも話したこともない内面の話をするのは彼ひとりだ。

むろん、彼のほうがさきに秘密を打ち明けてくれた——相馬が知ってしまっていたこともあるだろうけれども、ただ不公平だからというだけで、相馬はここまで話したりしない。

(なんでかな……)

自分でもわからず考えこんでいると、また頭を撫でられる。いろいろ吐き出してしまったせいか、そのときにはそれが、純粋に心地よく感じられた。

「そんなふうだから、相馬は、北のことあんなふうに護れたんだな」

「俺？ なんもしてないよ。結局、いろいろ調べたのはムラジくんだったし、史鶴支えたのは沖村だし、ややこしいことを片づけたのは伊勢さんで……」

「いや、おまえだよ。だってその間、ずっと北の隣にいたの、相馬だろう」

どうしてか、髪を撫でる栢野の手つきが変わった。子どもをあやすようなくしゃくしゃとしたものではなく、梳《す》き、指先で絡めるように遊んでいる。

「おまえは、強いな。強いけど……」

胸がざわざわ騒いで、顔があげられなくなる。栢野は、相馬にというより、ひとりごとでもつぶやくような口調で、言った。

「……相馬は、大人が無条件で子どもを護る存在だって知ってるけど、同時にそうじゃないことも全部、知っちゃったんだな」

前から不思議だと思っていたけれど、なぜか納得したと栢野は言う。

「子どもの明るいたくましさって、眩しいけど、痛くなるんだよ」

二十歳で子ども扱いかと思ったけれど、それは言わずに、相馬はただ問いかけた。

「痛いって、どうして」

「健気《けなげ》だなって思う反面、その子をそういうふうにさせたのは、なんだろうって考えるから」

健気という言葉に、また胸がざわざわした。複雑な顔でつぶやく栢野に、思わず茶化すように笑ってみせるけれど、どうしてか顔がひきつる。

「そ、それ、俺のことじゃないんじゃないの」

「いや、おまえの話」

栢野は、相馬を見つめている。どこか、痛々しいと告げているようなその目は、自分こそが彼に向けていたもののはずだった。

「俺、べつに、痛く……ないよ」

答えないまま、じっとあの目を向けられて、どうしてか爆発しそうになった。

理解されたのは、べつにいやじゃない。自分で勝手に話したことだ。けれど、その目の奥

に同情が滲《にじ》んでいる気がして、それはひどくいやだと思った。

「……だって俺は笑ってないとだめなんだ」

突然胸の奥からなにかが溢れ出してくるのを感じ、言葉が勝手にほとばしっていく。

「ほがらか、って名前つけられたんだから。いつも明るくしてて、元気でいなきゃだめなんだ。みんなもっと俺より大変だし、一生懸命だし、そういうひとたちがちゃんとしてるのに、俺だけちゃんとできないのはだめだ」

夕暮れに頬を赤くして、相馬は自分に言い聞かせるようにつぶやく。

「ちょっと変わってるだけだし、俺はなんにも不幸じゃないし、だから」

「でも、そのちょっと変わってる、が本人にとっちゃいちばん大変だろ」

やさしく頭を撫でた手が頬に移った。もう離してほしいと思う。なんだかこの手に触れられていると、感情があっちにいったりこっちにいったりして、混乱してくる。

恥ずかしい、というのとはまた違う。あまいけれど痛い、わけのわからない感情に呑まれて、自分が自分ではなくなりそうだ。

「そ、そういえばさ。個人的な話、しちゃいけないんじゃなかったっけ」

あわてて、首を振るふりで大きな手から逃れた。なぜだか栢野は虚を衝《つ》かれたような顔をした。無意識のように頬を撫でていたことにやっと気づいたように手を引っこめ、ゆっくりと握りしめる。

感触を惜しむような、そんな仕種に、相馬は気づかないふりをするので精一杯だ。

「……くだらない規定だと、俺は思うんだけどね。給与に響くから人気講師にはならなきゃいけないけど、生徒にセクハラだの贔屓《ひいき》の種だのになるから、個人的関係は、いっさい禁止」

ぼやくような言いかたで「矛盾してるんだよ」と栢野は語った。

メンタルケアはカウンセラーまかせ、将来の相談は事務的になどと無理な話だ。人間はある程度親しくならなければ、そのひとに本当に有用なアドバイスなんかできない。

「性格によって言いかたも変えなきゃ、伝わるものも伝わらない。個人個人の資質や性格も知らないで、なにを指導すればいいのかとも思うよ」

ため息をつく栢野は、それこそ『個人』の顔をしていた。すかした男前、としか思えなかったそのきれいな面差《おもざ》しが、憂いを含んで危うい。

「まあでも……俺はのめりこみすぎるから、それくらいでいいかな、って気はしてる」

「思い入れちゃうの？」

「惚れやすいんだ。ある意味。すぐに肩入れして、自分のことみたいに痛くなる」

急に空気が濃くなった。ずんと肩が重くなり、相馬は息を呑む。

視線がはずせない。いまここで目を逸らしたら、なにかとんでもないことが起きる気がして、近くなった心の距離が息苦しさを呼ぶ。

（なに、これ）

相馬が振り払ったせいで、もう頬は撫でられていない。だが、感触の残るそこがひりひりする。肩に置いたもうひとつの手はそのままで、互いの息が触れるほどに近い。

「俺はもう、生徒だけは好きになりたくない」

相馬は、目の前の男の言葉が、逃げを打つようなものだと思った。そのくせ、声色はまるで正反対だから、また混乱させられる。

「そんなこだわり、くだらないよ」

反射的に言い返して、どうしてか怖くなる。なにか、自分でも帰れないような場所に連れていかれるような気がして、目を逸らす。

「好きになっちゃいけないんだ」

否定的な言葉を口にするくせに、栢野はどんどん近づいてくる。物理的な距離ではなく、胸の奥になにか、そろりそろりと手を伸ばしてくるようなそれに、相馬はますますひきつった笑いを浮かべるしかない。

「いけないって決めると、却《かえ》って深みにはまるって、あーちゃん言ってたよ」

もう逃げたいのに、意地っ張りは、こんな場面でも顔を出した。栢野の言うことに反発するのは、もはや反射のようなものだ。

言葉の意味が深くなりすぎる。心の距離が近づきすぎる。もうだめだと、きびすを返してかけ出したい。けれど同時に、このままここでとどまってもいたい。

「おまえ、たまに子どもなんだか大人なんだかわからないな」

ため息をついて、栢野は相馬の腕を摑んだ。言葉はあいまいで、これといった確証はなにもない。けれど、交わした目が、近すぎた距離が、なにかひとつの方向を示しはじめる。

「……っ」

ぐっと肩を摑まれ、軽く揺すられて、顔をあげるようにと言葉なく告げられた。あらがえず、相馬は栢野を見あげる。

そして、うわ、と思った。それ以上、はっきりとしたものはなにもなく、ただ栢野の髪が夕陽に燃えるようなオレンジ色に染まっていることと、それ以上に強い目が、心の奥底まで突き刺すようなものであることを、ただ感じた。

「相馬は、恋、したことないのか」

「……な、い」

「そうか、だからあんなに、きれいな恋の絵を描けるんだよな」

こめかみがどくどく言っている。栢野の触れた部分が熱い。どうしたらいいのかわからないまま、長身の彼が身体を傾けてくる。

夕陽を背にしたせいで、翳《かげ》る表情が見えなくなる。怖くて目を閉じると、前髪のあたりにふわりとなにかが触れた気がした。

「……コンペのエントリーシート、書いておけよ」

「え？」

身がまえていた相馬の耳に、妙にそっけない声が聞こえた。栢野は手を離し、「話は終わりだ」と告げる。いきなり突き放されたような心許《こころもと》なさに、相馬は愕然《がくぜん》となった。

(なに、いまの)

なにもなかった。ただ腕を、肩を摑まれて、距離が近づいた、それだけのことだった。

けれどものすごく重たい意味があったはずだ。もう少しで、皮膚に、骨格に包まれたその奥のなにかが触れるような予感が、たしかにあった。

「暮れてきたな。遅くなるから、帰りなさい。ブースで、ともだち待ってるだろう」

なのに栢野はもう背中を向けて、相馬を見ない。突き刺さるような視線は、どこか遠くをさまよっている。まだ混乱しているくせに、相馬は言った。

「そういう逃げかた好きじゃないよ」

広い背中に見えるのは拒絶だ。傷ついた。けれども、いま栢野に触れたらなにかが壊れそうで、提示された距離を縮められない。

なにか言わなければ。でもなにを。考えつく余裕もないまま、かすれた声で相馬は言った。

「お……俺、先生のこと好きになるかもしれない」

ほとんど確信的に告げるが、栢野はなにも答えない。じれったくて、ほとんど叫ぶように声で追いかける。

「生徒じゃだめなら、あと一年足らず待てばいいだけの話だろっ」

相馬が告げると、ぴくりとして振り返った栢野は、なぜか一瞬、ひどくなつかしいようなものを見る顔をした。

「……同じことを、言うなよ」

その言葉で、過去に彼と心を結びあった生徒のことを思いだしたのだと知れた。言葉に裏切られて、栢野は傷ついたのだろう。

若いやつの気持ちは結局変わりやすいんだとでも言うつもりか。相馬はかっとなった。

「いっしょにするな！　俺と、俺じゃないやつのこと、いっしょにするなよ！」

そんな拒絶があるかと叫ぶと、栢野の背中が揺れた。そして、今度は身体ごとゆっくりと相馬へ向き直る。逃げるのはやめたと態度で知らされ、ほっとしたけれど緊張は抜けない。

「……そういう意味じゃないんだけどな」

「じゃあ、どういう意味だよ」

なにかを振りきるように肩で息をして、栢野は言った。

「かもしれないとか、そんな程度で振りまわしてくれるなよ。頼むから」

苦しそうに言った栢野の長い腕が、いきなり強く抱きしめてくる。驚いて硬直すると、頭上でため息がつかれ、相馬の髪が揺れる。

「わけもわかってないのに、そんな目して、見るな」

心臓が破れそうなほどに高鳴っている。ぶらりと両脇に下がったままの腕を、あげていいのか、この大きな身体に触れさせていいのか――なにより、こんなふうに抱きしめられたとき、どう振る舞ってなにを言えばいいのか、相馬はなにも知らない。

真っ白になったまま、ただじっとしていると、栢野はもう一度ため息をついた。

「いまはとにかくコンペのことだけ考えて、俺のことは忘れておけ」

抱きしめたときと同じく、唐突に突き放された。相馬がなにを答えることもできないまま、ただその背中を見送っているうちに、栢野は去っていく。

「わけもわかってないって、だ、だって……わかんねえじゃん、そんなの」

つぶやきがこぼれたのは、もう彼の姿が見えなくなったあとだ。

「俺、なんにも知らねえもん。わかんねえし、恋とか、知らないし」

真っ赤になった顔を両手で覆って、相馬はうめく。

「先生、ちゃんと、教えろよ……」

頼りなく、心のぜんぶを預けているとまだ自覚もないままつぶやいた声は、あまったれている。触れることなく終わった唇が、ずきずきと痛かった。

＊　＊　＊

「……うわっ」

がしゃんと音を立てたのは、滑って洗い桶《おけ》に落ちた皿だ。あわてて泡を洗い流すと、音は派手だったが割れても欠けてもいない。

「おーい、朗。おまえの顔色なんだよ。昨日、なんとかいうイベントだったせいか？　目も真っ赤だぞ」

身をすくめて無事だった皿の片づけをしながら、相馬は言い訳がましいことを口にした。

「ごめんなさい。先週二週間くらい寝不足だったけど、やっと終わってほっとして……疲れが出たのかな」

謝りながら微妙に岡《おか》から目を逸らすのは、それが嘘だと自分でわかっているからだ。相馬がうなだれたとたん、電話が鳴り、手近にいた岡が受話器をとりあげる。

岡は「お待たせしました——」と言いかけて、すぐに顔をしかめた。

「どうしたんですか？」

「切れやがった。どうもこのところ、イタ電が多いな」

ぶつぶつ言った岡は受話器をおろし、「そんなことより」と言った。

「朗、そんなに疲れてんのか？　だったら今日、休んだってよかったんだぞ」

「だいじょうぶ、ちゃんとします」

笑ってみせつつ、岡がため息まじりにつぶやいたのも無理はないと思った。

もう数年になるこの店でのアルバイトは相馬が高校生のころからで、目をつぶっていても皿が洗えるくらいに手慣れたものだ。週にいちどのひかりとの面会日に『帆影《ほかげ》』を手伝うことにしたのは、アルバイトのほうがあとづけだ。

日曜日の相馬は面会時間になるまで、気分を持てあましてしまう。いつも時間までこの店でぼうっとしていたため、見かねた岡が「だったら朝からうちを手伝え」と言ってきたのがはじまりだ。小遣い稼ぎというよりも、時間つぶしのアルバイト。それでも岡の申し入れがありがたく、まじめにやってきたつもりなのに相馬はこの日、失敗してばかりだった。

(なにやってんだよ、俺)

集中できない意識も寝不足で目が赤いのも、イベント疲れなどではない。昨日、駐車場で煮え切らない会話をした栢野のせいだ。

イベントの開催自体は今日までだった。バイトということでミヤたちには断ったが、そうでなくてももう、行く気にはなれなかった。

(あれって、俺、ふられたのかな。ふられたんだよな)

そしてふられたということは、生まれてはじめて他人に告白した、ということだ。なんだか無我夢中のまま、勢いまかせの展開でもあったが、相馬の初恋は自覚と告白と失恋が一瞬でひとかたまりになって、終わってしまったらしい。

昨夜ひとばん、ベッドのうえで転がりながら考えて「そうか失恋か」と口にしたら、驚いたことに涙が出そうになった。いくらなんでも、こんなことで泣くのはあんまりだと思って、どうにか気を逸らしたり、顔をばしばし叩いて、涙を落とすことだけは避けた。

涙の種類としては、悲しいとかいうより、悔しいに近いものではあったけれど、栢野ごときのせいで泣くのだけは冗談じゃなかった。

べつに体調が悪いわけじゃないのに、胸の奥がむかむかして、胃が痛い。なるほど失恋というのはこんなにしんどい気分になるのかと他人事《ひとごと》のように考えた相馬は、手元にさげられたコースターを見て、眉をひそめた。

はじめて栢野に誉《ほ》められたこの絵が、いまとなっては自分の幼さの象徴にしか思えない。

――ものすごく、きれいな恋だね。おとぎ話とか夢みたいな、そういう初恋じゃないかな。現実にはないくらいの。

栢野の言葉の意味が、いまはわかる。現実の恋――といっても相馬の場合瞬殺されてしまったから、恋というのもおこがましいが――については、あんなきれいできらきらしたものばかりじゃないと、きっと言いたかったのだろう。

厚布にインクジェットプリンタで印刷されたそれは、一応布専用で水溶性インクではないものの、何度か洗うとぼろぼろだ。そして、こういうのがいやで、相馬は自分の絵を商品化させたくないと感じていたのではないか。

「岡さん、もうこれ、ヨレちゃってるから捨てていいよね？　新しいの急いで作るから」

「え？　あ、ああ……」

売り物にしてもしなくても、結局使い捨てられていく程度の絵しか描けない。すっかりひねくれた気分で、足下のダスターへとコースターを捨てる。覇気のない自分を見つめる岡の心配そうな目に気づいていたが、いつものように元気を取り繕うこともできない。

追及も心配もされたくないなら、毎度のごとく笑ってごまかせばいいのに、それすらできないくらい疲れている。「なあ、朗」と岡が口を開きかけたとき、ふたたび電話が鳴って、相馬は天の助けとばかりに飛びついた。

「俺がでますねっ。……お待たせしました、『珈琲《コーヒー》専門店帆影』です」

『相馬さんはいらっしゃいますか？』

名乗るより早く発せられた言葉は、妙に平坦なものだった。相馬はその声に聞き覚えがある気がして首をかしげた。

「相馬は俺、ですけど。どちらさまですか？」

『わたくし、鈴木《すずき》法律事務所の弁護士で、小島《こじま》と申します。今回は折り入ってご相談がございまして。……落ちついて聞いていただきたいのですが』

弁護士がどうした、とまた相馬は疑問を感じたが、続く言葉に、平静を失った。

『いま、大変なことが起きました。相馬さんのお母さんに関することなのです』

「え……っ。な、なにかあったんですか」

ひかりについて一大事が起きたのだとしたら——それが彼女の病状を鑑《かんが》みれば、充分あり得るだけに、ぞくっと背中に恐怖が走る。だが相手の言葉は、相馬の予想とまるで違う、どころか現実感のないものだった。

『お母さんが車で追突事故を起こしてしまいまして……』

続いた台詞に相馬は一瞬、ぽかんとなった。

「それ、ほんとですか……？」

『ええ。その、相手の方に重傷を負わせてしまいましてね。つきましては、示談にお金がいると言うのですけれど、お話を聞いていただけますか？　一刻を争うので』

そこで言葉を切った男の背後から、涙まじりの女の声が聞こえてきた。

『朗ぁ、朗、ごめんねえ、おかあさんとんでもないことしちゃって——……！』

小島と名乗った男は、そこでしらじらしく『お母さん、落ちついて』などという小芝居を披露してくれている。ひかりとは似ても似つかない、しわがれた声だ。

（ナニコレ）

あまりのことに呆けていたが、徐々に事態を理解して、相馬は身体が震えるほど激怒する自分を知った。そして、すうっと血の気が引いていく。

（オレオレ詐欺か。でもなんで俺の名前……って、あのときのリサーチか！）

マーケティングと言いながら、相馬の名前だけ聞き出して切れたあの電話。いろいろと、もの思わしいことが多すぎて、相馬は妙な電話のことなどは忘れてしまっていた。

受話器を握った手が、みしりと音を立てた。瞬間的に、ひかりになにかあったのかと案じたことが嘘だったのは幸いだが、相手の言ったことは言語道断だ。

(よりによって車の事故だ？　ふざけんな。免許もないひかりちゃんが事故なんか起こせるわけないだろ……病室から一歩だって、出られないのに！)

週にいちど、家族の見舞いを待つだけのひかりが、どれだけ外の世界に憧れているか。相馬がもっとも触れてほしくない大事なものを、汚された気がした。

あまりに悪質な嘘に相馬は唇を嚙み、相手の首を絞めてやりたいと思った。いますぐ事実をぶちまけ、あらん限りの罵声《ばせい》を吐き捨てたかった。けれど、相馬はぐっとこらえた。

「それで……俺は……どうすればいいんですか？」

低くひずんだ声の震えの理由は相手を殺したいほどの憤りだったが、相手は動揺したと思ったのだろう。

『そうですね、まずはいまから申しあげる口座に、振込を——』

「待ってください。そんな、せめて説明だけでも直接してもらわないと無理です。いまバイト中なんで、そちらの電話番号を教えてもらえませんか」

大抵、こうまで食いさがると、オレオレ詐欺の連中は引っこむと聞いたことがある。だが今回の相手は妙な自信でもあるのか、素直に『ではわたしの携帯に』と、あっさり番号を教えてきた。相馬は急いで手元のメモに書きつけ、それを破りとる。

『お電話いただければ、ご説明したいと思います。お時間の取れるのは、いつごろでしょう』

「バイト、終わったらすぐかけます。あと一時間程度なんで」

そのあと、適当なことを言って電話を切ると、岡が怪訝そうな顔でこちらを見ていた。

「おい、朗。なんだったんだ、いまの電話」

「あっ、なんか懸賞に当たったとか言う電話。ほらこの間、マーケティングがどうとかって電話あったでしょ？　あれでプレゼントくれるって」

とっさの言い訳にしては、あまりにつらつらと言葉が出てきて自分でも驚いた。

「ほんとかよ、それ。詐欺かなんかじゃねえの？」

「あはは、だから電話番号聞いたの俺のほうだし。あとで確認してみようと思って」

嘘をそれっぽく見せるには、ほんのちょっとの真実を混ぜればいいと、本かなにかで読んだ気がする。ごまかしがうまいタイプだとは思ってもみなかったけれど、変な度胸だけはあったらしい。

岡は疑わしい顔をしながらも、追及するほどのことではないと思ったようだ。その後すぐに団体客が来店し、話はうやむやになってしまった。

数時間後、相馬は夕暮れの道をとぼとぼと歩いていた。

結局相馬のバイト時間が終わるころには、岡はおかしな電話のことを忘れてくれた。そのことにはほっとしたが、問題はなんら終わっていない。

バイトをあがった相馬がいつものケーキが入ったドギーバッグを手に見舞いに訪れたとき、ひかりはすこし体調が悪くて寝ている、と知らされ、病室にすら入れなかった。

――状態が悪いわけじゃないの。逆に、眠れるときは、寝かせてあげてちょうだい。

なじみの村田《むらた》看護師は、毎週見舞いにくる息子に「心配しなくていい」と再三告げ、午前中には滋たちの来訪があったことも教えてくれた。おそらく午前の面会で、すこし疲れたのだろうとも言われ、まあることだったので素直にうなずいた。

見舞いのケーキは、看護師さんたちでどうぞと預けた。正直、今日ばかりはひかりが寝ていてくれてよかった、と思った。

(顔見たら、ひかりちゃんにはぜったいにばれる)

岡や村田には笑顔でごまかせても、ひかりには相馬の感情はぜったいに見破られる。この胸が悪くなるような不愉快さをひかりに見せつけるなど、冗談ではなかった。

ポケットのなかの携帯を、メモといっしょにぐっと握りしめる。駅に向かう道すがら、あまりひとのいないコンビニの駐車場で通話ボタンを押した。

もしかしたら、ばかなことをしようとしているのかもしれないとずいぶん迷った。けれど、ひかりの名を騙《かた》った悪質な相手をこのままにしておきたくなかった。

詐欺行為だけでも許せないけれど、よりによって世界でいちばん大事な母親がネタに使われた、それが相馬には耐えがたかった。

『――鈴木弁護士事務所の小島です』

思いきってかけてみた電話は、三度目のコールで通じた。携帯電話なのに、わざわざ事務所名を名乗るあたりがさらにあやしいと、相馬は顔を引き締める。

「あの……さっき、電話もらった、相馬ですけど」

『ああ、相馬さん。さっきはどうも。お母さんは無事にお戻りになりましたか？』

あまりにしらじらしい言葉に吐き気がしたが、ぐっとこらえて心配声を作る。

「それが……母とは離れて暮らしているので。まだ連絡がつかないんですが、だいじょうぶなんでしょうか」

『問題ないですよ。その件は、直接会って話したほうがいいかもですが、とりあえず簡単に状況を説明しますよ』

よくよく気をつけて聞いていると、声質が若いことに気づいた。そして、敬語もところどころあやしい。やたらのっぺりとしたイントネーションで穏やかに話しているのは、実際の年齢以上に思わせるためだろうか。

『――というわけで、相手がたはいまの時点でもらうものさえもらえば、警察沙汰にしないと言ってるわけです』

「その相手っていうのは、どういう方たちなんですか？」

『あー、それはちょっとー、守秘義務があるので、いまは言えませんねえ』

さりげなくいろいろ質問してみたところ、事故の場所、相手の名前すらものらくらとはぐらかされる。ときには言葉につまりさえして、お粗末すぎると相馬はあきれた。

この程度の嘘に引っかかる人間がどれだけいると思っているのだろう。あさはかすぎてあきれながら話を聞き流し、とにかく会って話したいの一点張りで通した。

「じゃ、明日の夕方五時、池袋の西口公園、噴水の近く、そこで待ってます」

『わかりました。わたしは眼鏡をかけてスーツです、大きな茶封筒を持っておりますので』

むかむかする気分をこらえつつ、相馬は電話を切った。

なんとなく、だましあいに勝ったような気分だった。すこしの興奮状態で、うまくやってやった――と笑いを浮かべた相馬は、しかしすぐに表情をなくした。

自分がひどくばかな真似《まね》をしているのはわかっていた。こんなに好戦的な性格でも、無茶をするタイプでもないはずなのに、わざわざ、きなくさい詐欺師を引っかけるようなことをしたのは、昨日のことで情緒不安定になっているせいもあるのだろう。

――いまはとにかくコンペのことだけ考えて、俺のことは忘れておけ。

あんなふうに突き放されてから、完全に相馬は混乱している。たぶんまともな精神状態ではないし、くすぶった気持ちを怒りに転化させているだけだということも、うっすらわかっている。

「遅すぎる反抗期かなあ」

つぶやいて、いまさらだと自嘲した。栢野には反抗してばっかりだった。そもそもあんなタイミングで、唐突に「好きになるかもしれない」などと言ったところで、なにがどうなると思っていたのだろうか。

（どうにもなるわけない）

見つめられたし、抱きしめられた。なにかが通じた気もして、誰より心を開いてしまった。だがそもそも、栢野が同じような気持ちを返してくれるなどと、なにをうぬぼれていたのか。

自分を嗤《わら》ってしまう。

恥ずかしかった。認めたくもないが傷ついた。そして調子が狂ったまま、勢いまかせで詐欺師と対決しようとしている。

（でも……どういうつもりなんだろう）

すこし冷静になってくると、相手の対応には疑問を覚えた。

報道番組や伊勢の世間話などで聞きかじった程度の知識しかないが、オレオレ詐欺の連中は、カモが「確認する」などと言い出したらすぐに手を引くはずだ。電話での様子からして、相手は若い。弁護士の名を騙ってみせるのも、姿の見えない状態だからだと察した。なのに今回の相手は、相馬に電話番号を教え、呼び出してもかまわない雰囲気だった。

「ばれてもかまわない、とか？　でも、それってどういう……」

まさか、呼び出しておいて袋だたきにして金をせしめるつもりとか。

想像した内容は、勢いまかせの行動を後悔させるのに充分な怖ろしいもので、相馬はいまさら震える。ぞくりとしたものをこらえるため、「まさかね」と明るくつぶやいてみた。

（相手は俺のこと、いいカモだと思ってるはずだ。だったらぜったい油断してるし）

とにかくこれで呼び出しをかけることには成功したわけだ。現場にあらわれた相手をうまく警察に引き渡してやればいい。

「ぜったい、捕まえてやる」

つぶやく相馬の目は据わり、声はおそろしく低かった。むろん、いくらなんでも自分ひとりでカタがつけられるなどとは思っていない。

（まずは、伊勢さんに相談しよう）

昭生はだめだ。勝手に危ない真似をするなと怒られるに決まっている。そういう意味では伊勢のほうが臨機応変だし、そもそもこの手のことのプロだ。きっといい知恵をくれるに違いないと、相馬は思っていた。

けれど——その思惑は、数時間も経たずにはずれてしまった。

いくら電話をかけても伊勢はまったく捕まらず、それどころか自宅に戻れば、昭生の姿も見あたらない。店には臨時休業の張り紙が出され、いったいなにがあったのかと携帯に電話をかけても、やはり通じない。

「なんだよ、これ……？」

理由もなくぞっとするものを感じ、相馬はこみあげてくる不安に身震いした。


昭生は、ひと晩帰って来なかった。まんじりともしないまま迎えた朝、相馬はうつろな目で周囲を見まわす。

店の二階にある、ふたり暮らしの３ＬＤＫ。そこそこきれいに片づけられ、そこそこ散らかっているリビングルームは、ひとりでいると奇妙にがらんとして見えた。

部屋の主がいない理由は、昨晩の深夜になってかかってきた滋からの電話で聞かされた。

『昨日の朝がた、ひかりの容態がすこし悪かったんだ』

午前中に父が来たというのは、そういう意味だったのだと相馬はそのときはじめて知った。

危なかったのならどうして自分に教えてもらえなかったのかとなじったけれども、滋は沈痛な声で『それがひかりの希望だからだ』と言った。

『本当に危ない状態じゃないなら、できるだけ朗には教えないでくれと言われてた。おまえにショック与えたくないからって』

そのひとことに、気持ちがずんと沈んだ。いままでにも何度か繰り返されたことでもあったが、そのたびに相馬はひどく傷ついた気持ちになった。

(それでもし、間に合わなかったら、どうするんだよ)

言いたくて、けれどけっして口には出せない言葉を呑みこみ、わかったとだけ言って電話を切った。どれだけ長い間、彼女の儚さに向きあってきても、こんなときはやはりつらい。

おそらく、いま話してくれたということは、本当にちょっとした不調だったのだろうと思う。けれど、昭生が行方《ゆくえ》をくらましたくなる程度には悪かった、そういうことだ。

「慣れてるだろ、こんなの」

ひかりが弱虫と評したとおり、昭生がいちばん弱いのだ。姉のすこしの不調にも耐えられず、店を閉めてふらりといなくなるくらいには。そしてその理由は、姉そっくりの甥《おい》がいて、その甥に心配をかけないよう、冷静に振る舞うことができないからだ。

「あーちゃんのへたれ。しーちゃんも独善的だよ。ひかりちゃんは、勝手だ」

朗は彼らにとってはいつまでも『ひかりの子ども』だ。それを否定する気はしないが、ことが起きるたびに蚊帳《かや》の外に置かれるのは、正直いって情けない。

苦しむさまを見せたくないという、ひかりの気持ちはわかる。だからといってそれを丸飲みにして、教えもしない父も、つらさをわかちあうどころか逃げてしまう叔父も、どこかが間違っている気がしてならない。

「もう、そこまでガキじゃないっていうのにさ……」

ママが死んじゃうと泣きわめき、ショックのあまり熱を出した幼いころとは違う。ちゃんと受けとめるから、歪まない事実を教えてほしい。すべていいようにと言いながら、相馬にとって都合の悪い事実から耳をふさぐのは、どう考えても間違いだ。

「俺、ひかりちゃんじゃないんだよ」

つぶやいて、昭生のいない部屋、ソファのまんなかで、相馬はひとり膝《ひざ》を抱えた。

すこしまえくらいから、なにもかもが、おかしくなってきている気がする。それとも、いままで見えていなかったものが見えるようになってきたせいなのだろうか。

いま、ローテーブルのうえに置かれたコンペのエントリーシートは空欄のまま、あと半月ほどで応募期日を終える。そしていまさらになって、栢野がなぜこのコンペをやたらと勧めてきたのか、理解できた気がした。

あとになって調べてみると、あの時期に出ていた公募のなかで、応募告知が出てから、〆切までの日程がもっとも長いのが、このコンペだった。迷って結論を出せない相馬が、期間に言い訳してあっさりあきらめないようにと、たぶん彼は考えたのだろう。

ころりと転がって、エントリーシートをつまみあげた。住所氏名、作品のタイトルとコンセプトを書く欄があるだけの、A4の用紙を埋めるのは、ものの五分でできるだろう。

「……『作品を入れた封筒の表にこれを貼りつけ、郵送または持参してください』、か」

欄外にある説明を、わざと声をあげて読みあげた相馬は、のそりと起きあがる。

自分の部屋に入り、作業机のうえにあるイラストボードを手に取った。

本当は、テーマにあったイラストはとっくに完成していた。最初にこのコンペの話を聞かされたとき、興味がわいたそれをこらえきれず、誰も知りはしないというのに、「描くだけ、応募しない」と内心で何度も言い訳をして、こそこそと作業を進めていた。あとは応募のためにトレーシングペーパーを被《かぶ》せて保護し、規定どおりの梱包《こんぽう》をすればいいだけだ。

ことあるごとに栢野は「エントリーシートを書け」と繰り返し言っていた。だがなぜか、そのための『作品を描け』とは、いちども言わなかった。

(栢野、わかってたのかな)

コンペによっては、さきに登録しておいて、あとから作品を送るタイプのものもある。だが栢野が勧めたこれは、作品とエントリーが同時だという規定を、相馬はとっくに知っていた。興味ない、知らない、と言いながら、こっそり調べていたからだ。

ボードを机に戻し、椅子に腰かけてペンを取りあげる。空欄の部分に、名前、住所、と書き込んで、タイトルを書く段になり、手を止めた。

すでに朝の支度をする時間はすぎている。昨日帰ってきてから、着の身着のままだった相馬は、ぼんやりした顔で壁掛け時計を眺めたあと、ペンを放り出してベッドに入った。

(今日は、サボろう)

栢野の講義がある日だったけれど、もうどうでもいい。なんだかいろいろ面倒くさくなってしまって、相馬は布団のなかにもぐりこみ、小さく手足をまるめた。

たぶんいろんなことがいっぺんにありすぎたのだ。もういっぱいいっぱいで、頭のなかがパンクしてしまっている。

夕方には、例の詐欺師との約束がある。待ち合わせ場所に出向き、ケータイカメラで相手の顔だけ撮影して、警察に言おう。

(相手にされるかわかんないけど、それで終わりにしよう)

昨日、どうしてあんなにムキになり、許さない、懲《こ》らしめてやる、などと強気に思えたのか、相馬にはまったくわからなかった。

ただ、こんなふうにぐずぐずまるまっている自分は、ひかりから逃げる昭生と同じくらい弱虫なんじゃないかと、そう思えた。

＊　＊　＊

結局、誰に相談することもできないまま、相馬は待ち合わせ場所へと訪れていた。

ドラマになった小説でも有名な、池袋駅西口公園。ロータリーのなかには雑多なひとがたくさんいる。見慣れた光景ではあるけれど、わざわざ詐欺師との待ち合わせにこんな場所を指定するなんて、自分はどれだけヒーロー気取りだろうかと妙にしらけた。

夕暮れに染まる公園の端、なるべく見晴らしはよく、けれど自分は注目されないよう、木陰のあたりに身をひそめる。

朝から寝たせいで、なんとなく身体が重い。ヒップホップのスタイルよろしく、キャップのうえからさらにパーカのフードを目深《まぶか》にかぶり、上目遣いで周囲を観察する。

(眼鏡をかけてスーツ、大きな茶封筒を持ってる……か)

電話ではそう言われたけれど、こうしてマンウォッチングをしながら考えてみると、スーツに眼鏡、茶封筒を脇に抱えた男など、なんの特徴にもなりはせず、ほんの数分の間に十人は通りすぎる。しょぼつく目をしばたたかせ、なんとかがんばって怪しい人間を見つけようとしている自分が滑稽に思えてきて、ため息が漏れた。

(ガッコまでサボって、なにやってんだろ)

一コマ、二コマ程度ならともかく、まるいちにち学校をサボったのなんて専門学校に入ってからもしたことがない。そしてこういうときに、親しい友人が同じ科にいないというのは便利なようで不便だな、と思った。誰も相馬が学校に来ていないことさえ、気づかないのだ。

つまり、相馬になにがあっても、誰もわからずじまいになる、ということだ。

（ま、それでももう、かまわないけどさ）

なんとなく投げやりな気分で、相馬はスポーツシューズを履いた足先をぶらぶらさせる。今日は栢野の授業がある日だった。この間の今日でサボったとなれば、あの口うるさい講師はなにか言ってくるに違いないと思っていた。

けれど自宅のほうにも、携帯にも、なんの連絡も入らなかった。昨今の専門学校で、就学する生徒らについてのケアは、十年前と比べるべくもないほどマメになってはいるものの、ちょっとサボって登校しない程度の生徒をさすがに追いかけ回したりはしない。

ましてや栢野はつい先日、相馬をふったばかりだ。落ちこんで避けたのだと思われるのはしゃくだが、今日の行動にあの日のできごとがまったく影響していないかと言われると、答えられないだろう。

（……俺、疲れてんな）

ここ数日、どうも物事の見方が斜めに歪んでいる気がする。汚れちゃったのかな、などと自嘲してみるけれど、気分は晴れなかった。

――おまえって、アイロニーとか他人の悪意とかだめそうだから。

あんなふうに栢野に言ってもらってから、なんだかずいぶん時間が経ってしまった気がする。その間に起きたことといえば、はじめて他人に底の底まで心を開いて、やんわり拒絶され、母親の急変を教えてもらえずにいるうちに、オレオレ詐欺にあった。

そんなイベントは、もうおなかいっぱいだ。そしてここにいることこそが、さらなる面倒を自分で引きこんでいるような証拠だと思えたが、もう引っこみはつかない。

植え込みの段差に尻をひっかけるように座っていた相馬は、携帯を取りだして時間を確認した。すでに五時をまわっている。そして、公園には無個性な眼鏡スーツが現れては通りすぎるけれど、噴水の近くにはそれらしい人影は見あたらない。

なんだか疲れて、膝に肘《ひじ》を突いて両手の平で顎を支えた。

「……ひょっとして俺、逆に、かまされてたのか？　もう、バレてたの、わかってた？」

なにしろ相手は詐欺師だ。妙に自信満々だったのは、もともと呼び出しに応じる気などなく、適当なことを言われただけだったのだろうか。拍子抜けすると同時に安堵《あんど》も覚え、相馬はもう一度携帯の時計表示を確認した。

十七時十七分。ぞろ目のそれを見つけたとき、もういいか、と思えた。

「本物だったら、遅刻なんかするわけないよな……っと」

返り討ちにしてやろう、などと考えたのがばかだったのだ。探偵ごっこはおしまいにしようと立ちあがり、尻の埃《ほこり》を払ったとき、頭上から声が降ってきた。

「なんだよ、もう帰るのか？」

重たくひずんだそれに、ざわりと首筋が粟立《あわだ》った。聞き覚えのあるその声は、二度と耳にしたくないたぐいのものだ。

「無視すんなよ、朗」

「い……っ！」

振り向きもせず立ち去ろうとした肩を、きしむほどの強さで摑まれる。顔を歪めた相馬が振り向くと、浅黒い肌に逆立てた短い金髪の男がいた。

（まさか）

サングラスをかけているし、髪の色も以前と違う。それでも、すこしめくれたような厚めの唇のラインや、均整の取れた逞《たくま》しい身体つき、目元を隠しても崩れた色香が漂う顔は、見間違えようもない。

そこにいたのは、史鶴の昔の男で相馬の大嫌いな、喜屋武《きゃん》だった。

「なんで、あんたが……」

よりによってこんな日に、と睨みつけると、相馬が思ってもみなかったことを彼は言った。

「待ち合わせの相手、ほっといていいのか？」

今度こそ相馬は全身を総毛立たせる。なぜ知っている、と見開いた目だけで問いかけると、にやにや笑った喜屋武はあざけるように言った。

「無謀だよな、おまえ。あんな連中と正面から向きあったら、ボコられるだけだ。知りあいだから勘弁してくれって、俺が口きいてやったんだ」

一瞬、なにを言われているのかわからなかった。喜屋武はにやにやと笑いながら、呆然とする相馬の耳に、ひそめた声を吹きこんだ。

「相馬朗んちのハハオヤは寝たきりで外にも出らんねえ死にかけだ。だから事故なんか起こすわけねえっつって教えてやったら、ガキにからかわれたって火ぃ噴いてたぜ？」

なまあたたかい煙草《たばこ》臭い呼気と、信じられないほど悪意的な言葉に相馬は呆然とした。

（ひとの親、笑いながら、死にかけ……って）

憤るよりなにより、こんなことを言う人間がいることが、信じられなかった。

「……あんた、ほんとに人間か？」

「どこにでもいる人間だけど？」

なぜそんなひどいことを言えるのだろう。真っ青な顔で、化け物を見る目で見あげた喜屋武は、いっそ楽しげに笑っている。ショックのあまり足から力が抜けそうになったが、必死でこらえた。こんな男のまえで、弱さなど見せたくなかった。

「昭生と同じだよな、おまえは。生意気で強気ぶってるくせに、ちょっとつつかれりゃすぐ崩れる。なあ、ぼくちゃん。ママのことで嫌味言われて泣くか？　泣いちゃうか？」

「んなわけ……ねえだろ。誰が泣くか」

向けられた、苛烈《かれつ》なまでの悪意にめまいがする。それでも簡単に臆したなどと思われたくはなく、相馬は精一杯の虚勢を張った。

「だいたい、オレオレ詐欺なんかするやつが知りあいってどういうことだよ？　あんたカメラマンじゃなかったのか」

「誰かさんのおかげで、仕事なくしたもんでね」

吐き捨てるような言葉の意味はわからなかったが、かつては雑誌でモデルを撮影し、派手な生活を送っていた喜屋武が、悪質な詐欺をする連中とつきあうまでに落ちぶれたことだけは理解できた。

「日銭稼ぎにパパラッチでもなんでもやった。あいつらはそのころ貼りついてた記者連中の顔見知りだったんだ」

取材をとおしてつながりができたということか。たとえばポリシーを持った報道ジャーナリストであったなら、その種の世界になじむのもハードな取材をこなすためだと言えるだろうが、もともと軽薄ファッションカメラマンだった喜屋武だ。

「ろくでもねえこと、いっしょにやってたり、すんのか？」

「さあな？　とりあえず秘密の保持には努めてるぜ。そうするためには、なにが必要か、ちゃんとわきまえた相手に対してだけだけどな」

含みの多い言葉に、おそらく撮った写真で脅迫まがい――いや恐喝行為をしているのだとほのめかされる。血の気が引き、そのあとかあっと頭が熱くなり、とっさに摑みかかる。

「あんた、なにやってんだよ。そんな真似までして、史鶴が聞いたらどう思うか考えろ！」

数年まえにも、だらしない男だとは思ったけれど、ここまですさんだ空気をまとってはいなかった。この変貌ぶりはなんなのだ、喜屋武はここまで劣悪な人間だったのだろうか。こんな男と史鶴は同棲までしたというのだろうか。

「史鶴？　あいつがどう思うってんだよ」

「傷つくに決まってる！　あんたが捨ててったことだけでも最低だったけど」

あのあとの史鶴がどれほど落ちこみ、ひとを寄せつけなくなったのか。自信をなくして、まるで自分を隠すみたいに変わってしまったのかを、喜屋武は知らない。知ったところで、まったく心を痛めもしないのだろう。

「それがよりによって、犯罪にまで手ぇ染めてるなんて……！」

「ただの取引だろ？　うかつに弱み握らせるほうが悪い」

罵《ののし》ってもどこ吹く風の男は平然とした顔でポケットから煙草を取りだした。

「灰皿のないところでタバコ吸うなよ」

「ははっ、おまえばっかじゃねえの!?　ひとのこと、たったいま犯罪者呼ばわりしといて、脅迫と詐欺やらかす男にマナー違反語るんかよ」

条例など知ったことかと、喜屋武は薄笑いを浮かべて居直りを披露した。

「……やったことってのは、いつまでだってついてまわるんだよ。史鶴にしたって同じだ」

「どういう意味だよ」

相馬は、いまさらながらなぜこの場に喜屋武が現れたのかをいぶかった。警戒し、襟首を摑んで揺さぶっていた腕をほどいてあとじさろうとするが、遅かった。

「なにすんだよ、離せよ、痛い！」

容赦なく手首を摑まれ、骨がきしむほど締めあげられる。サングラスに隠されていても、喜屋武の目がどんな凶悪な視線を相馬に向けているのかは肌で感じられる。あげくの果てには、とんでもないことを提案して相馬を絶望させた。

「ハメ撮り写真、あいつの代わりに買い取るか？」

「な……ハメ……？」

どこまで最低なことを言い出すのかと絶句していると、喜屋武はわざとらしいまでにゆったりした口調で、わざわざ説明した。

「ハメ撮りっつったら、史鶴と俺がずっぽりハメてる写真だよ。おまえ、何枚ほしい？」

「じょ……冗談もほどほどにしろよ！　そんなもん史鶴が撮らせるわけないだろ！」

「これ見ても、まだ言うか？　お子さまには、比較的ソフトなのがいいかな」

相馬のまえで、喜屋武は携帯のフラップを開いてみせた。表示された液晶画面のなか、裸の史鶴がいる。疲れた顔で、しどけない姿で眠っている。下半身こそ映ってはいないがこれはただのヌードではない。

（史鶴……）

あきらかにセックスのにおいがこもった写真を目にしたとたん、相馬は凍りついた。ついで、頭が割れるように痛くなった。指先も唇も震え、目は見開いたまままばたきを忘れる。

「う……嘘だ、こんなの、史鶴のわけない」

「まあ、そう思いたいなら、思っていいけどさ」

ひくっと、神経質な笑いに似た音が喉から漏れた。動揺をあらわにする相馬へ、喜屋武はさらにたたみかけてくる。

「あいつさ、彼氏できたんだってな？　こんなの見せられたらどうすんだろな」

「——……っ!!」

声も出ないまま、すさまじい形相《ぎょうそう》で相馬は喜屋武に飛びついた。真っ青になって取りあげた携帯は、フラップを真逆にたたんで折り、そのあと地面に叩きつけて粉砕してやる。

「見せんな、そんなもん。誰にも！」

「コピーはいくらでもある。こんなもん壊れてもなんともねえよ」

肩で息をして睨みつけたけれど、喜屋武はせせら笑うばかりだ。相馬は目をつりあげた。

「史鶴は、やっといま幸せになったんだよ。なんでおまえそんなマネすんだ！　そんなことしたって史鶴は取り返せないからなっ！」

一向にこたえた様子のない男は、ふたたび摑みかかろうとする相馬をにやにやしながら振り払う。そして相馬のキャップのつばを思いきり押しさげ、視界がくらんだところで襟首を摑み、もがく顎を片手で摑んだ。

「いっ……ぐっ！」

「誰が史鶴とヨリ戻すっつったよ。俺の目当ては、ほかにある」

ぞっとするような目で相馬を見る喜屋武に、足がすくんだ。容赦のない手で掴まれた顎、あまった指が相馬の頬をねっとりと這《は》う。

（気持ち悪い）

栢野に頬を撫でられたときとはまるで違う、嫌悪をともなう不快感に全身に鳥肌がたった。

「……俺に、どうしろって言うんだよ」

うめいた相馬に、喜屋武がサングラスの奥で目を細めたのがわかった。なにか罠《わな》にかけられたような気分で答えを待つと、案の定の脅しだ。

「一枚一万円で買い取るってのはどうだ？　全部で何十枚あるかわからないけどな」

できるわけがない。即時に言おうとした相馬の唇を、喜屋武はわざとらしいほどやさしく、指先で撫で、つまんだ。

「そうじゃなきゃ、俺の相手しろよ」

「相手……？」

「これと似たような写真、おまえが撮らせりゃ、交換してやる」

いやらしく頬を撫でながら、煙草臭い息でささやく喜屋武に、ぞっとした。

「な……んで俺だよ、あんた俺になんかまったく興味なかっただろ！」

わめくと、「ああ、ガキなんかごめんだ」と喜屋武も吐き捨てる。

かつて相馬はこの男に、なぜかしつこく声をかけられ、それを史鶴に助けられたことはあった。だがあれは到底本気には思えなかったし、その後史鶴とつきあうようになってからは、相馬に見向きもしなかったはずだ。

「けど、おまえはこの三年で、いい具合に育ったよな。あのむかつく昭生に似なくて幸いだ」

「な、なんであーちゃんが、……っ、いたっ！」

昭生の名を口にしたとたん、喜屋武は相馬の頬に爪を食いこませた。血が出るのではないかというくらいに強く指を押しこまれ、小さな顔が歪む。

「昔からスカしてやがったけどな。あいつだけは気にくわないんだよ。だいたい、昭生がおとなしくやらせてくれりゃ、こんなことにはならなかったってのに」

「……なんだよ。あーちゃんにふられたのかよ。未練たらしい」

痛みに顔をひきつらせながら相馬が嘲笑《あざわら》うと、喜屋武はその小さな顔を揺さぶった。

「うるせえよ、あいつに未練なんかねえよ。あるのは恨みだけだ。そもそも最初は、おまえで憂さ晴らししようとも考えたんだ。代わりに史鶴が引っかかってくれたけどな」

にたりと笑われ、相馬は顔をしかめる。

「あんた、俺のことしつこくナンパしたのは、そもそもあーちゃんのせいか」

「大事な甥っ子たぶらかして、鼻を明かしてやろうと思ったんだよ。だから史鶴でもどっちでもよかった」

道理で、声をかけられるたびに悪意しか感じなかったわけだと相馬は納得した。

「でも、史鶴とはそのあと、ちゃんとつきあったじゃないか。一年以上同棲だってした」

つきあっていた当時、少なくとも喜屋武は史鶴をかわいがっていると思っていた。いろいろ小ずるい真似もしたし、自分が仕事さきで買い取った服を、さらに高値で史鶴に売りつけるような最低の男でもあったが、それだけに表面上だけはやさしくしてみせていた。

だというのに、別れ際にはまるで豹変《ひょうへん》したかのように、同棲していた史鶴が帰宅するのを見計らってべつの人間とセックスし、見せつけた。

「なんで史鶴のこと、あんなひどい捨てかたしたんだ」

長いこと疑問だったそれを、ついでとばかりに相馬はぶつけた。

「あんたみたいな男なら、カモにしたまま適当にごまかすことだってできただろ。なんで史鶴のこと痛めつけたんだよ。あんたのこと、本気で好きだったのに！」

「……それがむかつくからだよ。表面のいいとこばっか見てるふりして、史鶴は本当は俺の本質には気づいてたんだ」

しつこく史鶴の名前を出してやると、喜屋武はほんの少しだけ相馬を締めあげる手をゆるめた。必死で腕を振り払い、相手を突き飛ばす。できるだけ距離を取ったつもりだったけれども、冷ややかに笑う喜屋武が怖くてたまらなかった。

「ほんの一瞬、まともにつきあってやろうかと思ったこともあったさ。けど、あいつは俺がなにをしたって見てみぬふりだ。おとなしいばっかりで、いらいらさせられるだけだった」

鬱屈《うっくつ》した感情を、史鶴が忘れさせてくれるならと思ったけれど、無理だった。従順すぎる史鶴といると、自分がいかにいやなやつか思い知らされるようで不愉快だったと喜屋武は吐き捨てる。

「そんなの、勝手すぎんだろ！」

「勝手はお互いさまだ。俺が昭生の逆恨みであいつを引っかけたみたいに、史鶴だって俺を誰かの代わりに崇《あが》めてただけだ」

鋭く指摘され、相馬は口をつぐんだ。たしかに史鶴は、喜屋武のまえにつきあった野島《のじま》という男にプライドをずたずたにされ、真反対なタイプに変わろうと、好んで喜屋武に振りまわされていた。

「そこまでわかってんなら、なんでいまさら出てくるんだよ」

純粋に疑問で問いかけると、ぎろりとサングラス越しに睨みつけられた。怖じ気づくものかと相馬は睨み返し、鼻で笑ってやった。

「わかった、あんたまた誰かにふられて、昔がなつかしくなったんだろ。あーちゃんと史鶴が惜しくなったんだ。恋愛沙汰の逆恨みは、みっともね、……っ」

今度は顔ではなく、喉を締めあげられた。そのまま、背後の植木に背中を叩きつけられ、相馬は咳《せ》きこむ。

「わかったようなこと言うなよ、クソガキ。俺は昭生に、仕事もなにもめちゃくちゃにされたんだ。その恋愛沙汰のおかげでな」

「……どういう、意味だよ」

苛立《いらだ》ちもあらわに突き飛ばされ、相馬は喉を押さえてまた咳きこんだ。

「おまえのオトモダチの史鶴を、浮気して捨てたってそれだけの理由で、昭生は俺の仕事さきに悪評判撒《ま》いてくれやがったんだよ。おかげでいまじゃこのありさまだ！」

突きつけられた言葉に唖然とする。まさか、と目を瞠った相馬に、喜屋武は唇を歪めた。

「ど……どうして、あーちゃんが？　あんたに、なにしたんだよ」

大事にかわいがっていた史鶴を傷つけたことで、昭生は喜屋武にかなり怒っていたが、相馬はいったい叔父がなにをしたかなど知らなかった。

喜屋武は当時の恨みを思いだしたのか、歯ぎしりをしながら地を這うような声を発した。

「具体的になにって言えることじゃない。けど、昭生は顔が広かった。そのコミュニティから、俺を閉め出しただけだ」

昭生の『コントラスト』には、それなりの業界人や企業人も顔を出すことがあるのは知っていた。喜屋武いわく、伊勢もまたそのひとりであるらしい。

「たしかに駆け出しのころ、あいつの伝手で仕事を紹介してもらったりもしたさ。けどその後のキャリアは、俺がちゃんと作りあげたのに、あの野郎が邪魔したんだ」

ほんの少し、あれは信用できないとささやいただけ。けれど喜屋武にとっては充分すぎる痛手になった。不定期に頼まれていた、グラフィック系書籍の写真撮りや、ファッション誌などの仕事が消えた。

「おまけに、それ以外の仕事でも、ろくなことはなかった。グラビアも低年齢化したうえに、着エロ系はどんどんやばくなってってたしな」

不況のあおりもあったが、当時の仕事のメインだったグラビアアイドル雑誌が『着エロ』でも相当過激なもの――ヒモのような水着や、透けてこそいないが乳首や陰部の陰影をくっきりさせた、ほとんどヌードの卑猥《ひわい》なグラビア――にシフトチェンジした。

あげく条例に反し、小学生モデルの過激すぎる写真を掲載した会社は、厳しくなった取り締まりのおかげで昨年つぶれ、定期的な収入がなくなったのだと喜屋武は苦々しげに語った。

「待てよ、グラドルの話はあーちゃんには関係ないだろ！」

「違うね、あいつがアヤつけてから、俺の運気が狂ったんだ。とにかく、全部のはじまりは昭生の妨害だ」

いくらなんでも逆恨みがすぎる。そんなばかな、と相馬は声を張りあげたが、喜屋武はまるで聞く耳を持たなかった。

「ガキひとりふっただけで、なんでここまで落ちぶれなきゃならない？　なあ、そうだろ？」

身勝手な理屈で復讐すると言い張る男に、相馬は腹を立てつつも怖くなる。

「おまえの大好きな『あーちゃん』と史鶴のために、一肌脱いでくれたっていいよなあ、家族思いの相馬朗くん？」

ずいと身体を近づけ、喜屋武は着ていた上着の内ポケットから、もうひとつ携帯を取りだした。とっさに腕を伸ばすが「おっと」と高く持ちあげられる。喜屋武も、冲村や栢野に張るほど背が高く、そうされてしまうと相馬にはまったく届かない。

「そんなに欲しがらなくても、いまやるから待ってろよ」

言うなり、喜屋武は高く掲げた携帯のボタンを押す。数秒後、相馬の携帯にメールの着信音が鳴り響いた。はっとして喜屋武を見ると、にやにやと笑い続けている。

「確認しなくていいのか？」

すこしでも喜屋武から目を離すのは怖くて、睨めつけたまま携帯を取り出す。ぞっとするが、なぜ相馬のメールアドレスを知っているのかと、ここで問いただしても無意味だ。

（どっかから漏れた情報でも、手に入れたのか）

着信したばかりのメールを開くと、添付されていたのはさきほどの写真よりもう少しきわどい、史鶴の寝姿だ。腰骨から下はかろうじてバスタオルのようなもので覆われているが、ひねった身体のそこここに、愛咬のあとが散らばっている。

沖村とつきあうようになって、いわゆる色づかれした顔は何度も見かけたけれど、こんなにぐったりした姿は見たことがなかった。携帯の小さな画面で見ているだけなのに、この史鶴は少しも幸せそうに見えない。

「あんた、どんだけ史鶴に無茶させたんだ」

日に日に表情が翳っていく親友に、なにもできなくてもどかしかった過去を思いだし、相馬は悔しくて涙ぐみそうになる。だがすこしのつけいる隙《すき》も与えたくはなく、精一杯の虚勢を張って喜屋武を睨んだ。

視線でひとが殺せるならば、瞬時に喜屋武の命が奪われるくらい、強く。

「……あんたがやってること、本当に犯罪だぞ。わかっててんのかよ」

喜屋武は「なにをいまさら」と笑った。

「ヘンタイ野郎向けに、小学生だの中学生だののエロ写真撮ってた時点で、すでに犯罪者だ。ま、そのころのおかげでいまのつきあいができて、おまえにたどりついたってわけだがな」

三年の月日で、どうしてここまでというほどすさみきった姿に、恐怖がこみあげてくる。

彼がいまさらになって現れたのは、仕事と生活に困窮した逆恨みであるのは理解した。だが同時に、喜屋武の話のなかで、ことの全容の見えないもどかしさも感じていた。

「……なんであーちゃんは、あんたにそこまでしたんだ」

たしかに喜屋武については相馬も許せないと思った。けれど叔父の怒りかたはすこし尋常ではない。史鶴を気に入っていたからといっても、そこまでしつこく報復したというのが、相馬の知る昭生にはあまりに似つかわしくなかった。

なにもかもわからないまま、混乱しきった相馬が問いかけると、喜屋武は皮肉に笑った。

「それこそ、逆恨みだ。あいつは誰がやるにつけ、『浮気』ってのが大嫌いなんだよ」

「だからあんたがふられたわけ？　それとも、ほんとはあんたとつきあってでもいたのか？」

「さあな。伊勢にでも訊いてみたらどうなんだ」

「え……？」

なぜここで伊勢の名前が出るのだ。眉をひそめた相馬の疑問に、喜屋武は答えない。

「とにかく、金か、身体か、どっちか選べ。俺はどっちでもいいぜ？　気持ちが決まったら、その写真送ったアドレスにメールよこせよ」

無理やり抱きしめられ、ざらりと頬を舐《な》められる。ぞっとしてすくみあがると、考えておけとささやかれた。

「俺の目的は、昭生の大事なものを苦しめること、だからな」

つまりは現時点で、なかば目的は達成されているわけだ。

言いたい放題言い置いて去る喜屋武に、相馬は呆然と立ちすくむしかなかった。

だが、悪夢はそれだけでは終わらなかった。

相馬が身も心もぐらぐらしながら帰宅すると、昭生はまだ戻っていなかった。

そして――ひとりの部屋でうろたえていた相馬のもとに、『ひかりの容態がまた急変した』という、滋からの連絡が入った。

『とにかく、みんな病院にいるから、なるべく急いで来るように』

「うん……わかった。いまから用意して、出るから」

相馬は機械的にうなずいた。ずっと、この手のことで蚊帳の外にされているのがいやだった。けれど、連絡が来たら来たで、比較にはならないほど、最悪な気分になった。

――本当に危ない状態じゃないなら、できるだけ朗には教えないでくれと。

滋はひかりに、そう言われたのだと言った。けれどいま、相馬にはひかりの容態が教えられた。その現実の導き出す答えなど、いまは考えたくもなかった。

周囲を青ざめさせたひかりの容態は、相馬がちょうど病院にたどり着いたあたりで安定したようだった。

――風邪の菌が心臓に入ったようですね。これで肺炎でも併発したらことでしたが。

いまは薬でなんとか安定した状態になったと教えられ、腰が抜けそうになった。

「だいじょうぶか？　朗」

「ん？　俺はへいきだけどさ」

滋の気遣わしげな声も、どこか遠くうつろに響いた。

容態の変化を教えられて二日後、ようやくもとの個室に戻れたひかりのベッドには、昭生が突っ伏したまま眠っている。

病院で見つけた昭生は、真っ青な顔でひかりの病室から離れようとしなかった。集中治療室だろうがなんだろうが、とにかくひかりといちばん近い距離を、誰にも譲ろうとしない。世界にひかり以外の人間は誰もいないのではないかという悲嘆ぶりを見て、相馬はため息をつくしかなかった。

このぶんだと相馬がそこにいると気づくどころか、なんの連絡も入れずひと晩甥を放っておいたことすら、わかっていないかもしれない。ひさしぶりに思い知った昭生の強烈なシスコンぶりには、いささか引いた。

滋もひどく疲れた顔をしていた。仕事に関しては、すべて携帯から亜由美へと指示を出していた状態だったらしい。

「もう持ち直したし、朗は学校に行っていいぞ。……いつものことだ、心配するな」

「そうだね。そうしたほうがいいかな」

薬を投与するためのチューブがひかりの身体にまだ絡まっている。見慣れた光景ではあったけれど、感情が麻痺《まひ》してしまったかのようで、不思議なくらい、なにも感じない。

「いつものこと、か」

小さくつぶやいた相馬に、滋は痛ましいと言いたげな目を向けた。それに対して、相馬は慣れた笑顔で応える。

「じゃあ、俺、今日からガッコいくね。あーちゃんにも適当に店に戻れって言っておいて」

「……ああ」

条件反射のような笑顔を見た父は、なにかを言おうとしてやめた、そんな顔をしていた。

＊　＊　＊

数日ぶりに顔を出した学校は、拍子抜けするほどなにも変わらなかった。

休むことについては、滋から連絡がいっていたため、出欠についても多少の配慮がされるらしいと相馬に説明したのは、当然ながら担任の栢野だった。

「だいじょうぶか？」

「えー、平気、平気。ひかりちゃんがこうなるの、いつものことだし」

あれほど栢野に会うのがつらいと考えていたはずなのに、いざ顔を見るとどうということもなかった。それどころか、あの夕暮れの駐車場での告白めいたできごとは、もう十年も昔に起きたことのような気がした。

「ただ、さあ、うちの家族のこと、内緒にしといてくれると助かるんだけど。あんまり心配かけたくないしさ」

「……それは、いいけど」

頼むよ、と拝んでみせると、栢野はひどく奇妙なものを見る目で相馬を見た。けれど、これといった言葉はなく「わかった」とうなずいてくれた。

じっと見据えてくる視線はひどく強かったけれど、相馬を素通りしていった。ここ数日の現実感のなさのおかげで、栢野がそこにいても、なんとも思えなかった。

「本当にだいじょうぶか、相馬？」

「なにが？」

笑ってみせながら、相馬はさりげなく片方の手首をもう片方の手で覆った。リストバンドで隠してはいるけれど、そこには喜屋武の指痕《ゆびあと》が赤黒い痣《あざ》になって、いまもじくじくと痛い。

「手、どうかしたのか」

「んん？　ただのファッションだよ、なに言ってんの」

平気だよ、と笑うことがなにもむずかしくはなく、手を振って栢野のまえから去っても、なんの感情も覚えはしない。

（平気だ、なにもない）

呪文のように繰り返し胸の裡つぶやいている言葉が、相馬をがんじがらめにしていた。

相馬の抱えた問題などには関係なく、日々はすぎていく。気づけばひかりが意識不明になった日、つまり喜屋武に不意打ちを食らわされた日から、一週間がすぎていた。

喜屋武からは毎日、携帯へとメールが入ってくる。どれもこれも、史鶴のセミヌード写真が添付され、わいせつな言葉で相馬をいたぶるものばかりだったけれど、昨日はついにメモリに残しておくのもいやになるような、とんでもないものが送られてきた。

(悪趣味)

セックスの最中の、結合部が大写しになったそれを見て、相馬はこっそり吐いた。写真そのもののなまなましさが耐えられなかったというよりも、友人のこんなプライベートな写真が卑劣な男の手にあり、そんなもので自分の身が脅かされているのが信じられなかった。

すぐに削除してしまいたかったけれど、保存だけはかけておいた。かつて、史鶴が巻きこまれ、沖村を脅かしたストーカー事件の際に、この手のものは刑事事件になったとき、裁判などで証拠になるのだと学んだからだ。

【いいかげん、早く決めろよ。これでもう十万円以上になった。あとはおまえのケツで払うかどうかだ。簡単な話だろ?】

昨日のメールでは、いよいよ痺《しび》れを切らしはじめたことが伝わってくる文章が綴《つづ》られていて、喜屋武は本当にそんなことで満足するのだろうか、と相馬はぼんやり考えた。

表面的には、相馬の生活は以前となにも変わらなかった。ひかりも無事に意識を取り戻し、もうしばらくの様子見をしたら、またふつうに見舞いにも行けると言われ、心底ほっとした。

昭生はひかりの容態が落ちついたあと、ようやく店を開けた。ただこちらは不自然なくらいに神経を張りつめていて、ひかりのひの字も口にしようとはしない。

思いがけず、叔父がどれだけあの母に依存しているのか知ってしまって、相馬はすこし居心地の悪いものを感じていたが、それでもやりすごせないものではなかった。

むしろつらいのは、学校にいて史鶴に会ったときだ。

史鶴について、相馬は現在、意図的に避けている。喜屋武の件が片づかない以上、どんなに隠したところで、相馬のなかにある問題にぜったい気づくだろう。

なにより、毎日送られてくるポルノまがいの写真の主役が史鶴だということも、彼の顔をまっすぐ見られない理由のひとつだ。たまり場だったPCルームにも、ほとんど足を運んでいなかった。寂しかったし、ひとりで秘密を抱えているのは苦しかったが、しかたないと我慢していた。

だが、そんな相馬をあの聡《さと》い友人が気づかないわけもない。ある日の講義が終わるなり教室のまえで待ち伏せされ、腕を摑まれたと思ったら唐突に問われた。

「相馬、なにか、あった？」

同じ科の連中にはまったくなにも言われなかったのに、史鶴はさすがに顔を見るなり見破った。いささか強引に相馬を捕まえてきたくらいだ、話をせずにはすまないだろうと悟り、相馬はこの数日ですっかり慣れた、作り笑いを顔に貼りつけた。

「なにかって、なにが？」

「ごまかすなよ。ここんとこ、俺たちのこと避けてないか？　それに、顔色悪すぎる。ムラジくんも沖村も、心配してるんだ」

心の準備ができていないままだったし、そもそも鋭い史鶴には、へたなごまかしは通用しない。脳裏には、喜屋武の送ってきた胸の悪くなるような写真がよぎり、まっすぐに史鶴の目を見られないまま、相馬は黙りこんだ。

「相馬、言ってくれよ。いつも、俺がつらいとき、俺は相馬にちゃんと話しただろ」

ぎゅっと腕を握りしめる史鶴の言葉が痛い。こんなにやさしい友人を、あの悪魔みたいな喜屋武からどうやって護ってやればいいのだろう。そして、それをどうやったら、史鶴に知らせずにすむだろう。

「……避けてるわけじゃ、ないよ。ただ、いま、ひとと会う気分じゃなくて」

「どういうこと？」

しばし悩み、相馬は頭を悩ませているできごとのうち、史鶴に関わりのないひとつだけを打ち明けることにした。

「いま、うちの母さん、調子悪いんだ」

史鶴ははっと息を呑む。詳しいことは知らせていないが、ひかりが病弱だということだけは、昭生との話のなかでも彼は知っていた。

「ひかりさん、まずいの？」

「ん、いまは持ち直したけど、この間じゅうはちょっと意識不明になって……」

目を伏せたままでも、この話題ならば勘ぐられまいと思った読みは当たっていた。腕を離した史鶴は、沈痛な面持ちで「心配だな」と言った。

「でも、それならそれで、早く言ってくれよ。相馬までなにかあったかと思った」

どうして早く言わなかったのだとかなり叱られたけれど、笑ってさえいる自分が、不思議だった。

「ごめん、心配かけたくなくてさ。でもだいじょうぶだよ、持ち直したから」

「……本当に平気？」

探るような史鶴の言葉に、うなずいた。そして、そんな事情だから、しばらくはみんなと遊べないと告げると、史鶴はわかったと言った。

「でも相馬、心配かけたくないとか、水くさいことは言うなよ。俺たちになにかできることがあったら、ぜったいに力になるから」

懸命に言う史鶴に、ありがとうと力なく答えて、相馬はその場を逃げた。

史鶴が見えなくなって、長く重たいため息がこぼれた。会話の間中、ずっと緊張して、ポケットに突っこんだままの携帯をきしむほど握りしめていた。話す間ずっと、この携帯のメモリに眠っている写真が、史鶴に見透かされそうで怖くて、冷や汗が止まらなかったのだ。

(ばれなくて、よかった)

油の切れた機械のように、ぎしぎしとしか動かない指を携帯から引き剥がし、相馬はよろめきながら歩き出す。自分がどこに向かっているのか、はっきりとわかっていなかった。ただ慣れた道順をたどり、下校しようとしているのだろうと、他人事のように考えた。

すべてにおいて現実感がなく、ただ淡々と決められたカリキュラムどおりに自分が動いているかのような状態は、相馬の顔に判で押したような笑顔を貼りつけていた。

(なにが、どうなってんだろう)

平気だ、平気だと栢野や史鶴には言い張っていながら、本当は、たたみかけるようにして起きたトラブルに、まだ神経がついてこないでいるのは自覚していた。

喜屋武が接近してきたことについては、いまだに誰にも打ち明けられていない。ひかりの一件でそれどころではなかった、というのも事実だが、相馬自身、どう処理していいのかもまるでわからなかったからだ。

昭生はひかりの件が尾を引いているのか、覇気がないままだ。そしてひかりの具合が悪くなったとき、いつもする反応をしていた。姉に酷似した甥の顔を見るのがつらくて、目をあわせなくなるのだ。すこし寂しいが、そういう昭生を恨む気にはなれない。

おかげで、相馬自身が抱えた問題を叔父に悟られることはなかった。

そして史鶴も、ひかりの話だけでどうにかごまかせたと思う。いささか疑問は感じていたようだが、話が話だけに追及はしてこないだろう。

(俺とあーちゃんって、変なところ似てるな)

大事に思う相手の問題や痛み、立ち向かえる場合にはどれだけでも手を貸すし、ときには強気に振る舞うけれど――それらが深刻で手のほどこしようがないと知ると、直視するのがつらすぎて避けてしまう。相馬は叔父のそんな弱さに、奇妙な慕わしさを感じていた。

このところ、店を覗きこむと毎晩伊勢の姿がある。彼が昭生を支えてくれているのならいい、とすこしほっとした。そしてますます、伊勢の手を借りるのは得策ではないと感じた。たぶん喜屋武の件を伊勢に相談すれば、昭生に筒抜けになる。いまの昭生にはとてもではないが、相馬の持ちこんだ問題を抱える力はないだろう。

(でも、じゃあ、俺はどうすればいいのかな)

考えすぎて、疲れていて、だんだん面倒になってくる。日に日に精彩を欠いていく小さな顔、その理由を知るものは誰もいない。

相馬の精神状態は限界にきていた。無自覚のまま追いつめられ、平気へいきと繰り返す呪文も、もはやなんの効力もない。あるのはただ、連日の卑猥な写真と悪辣な脅迫だけだ。

【写真撮るだけだ、それで脅したりはしねえよ。史鶴は彼氏がいるからまずいけど、おまえはフリーだろ？　昭生にも内緒にしてやる。ちょっと撮らせてくれりゃ、むしろ金払ったってかまわない】

（そうなのかな？　俺とか、べつに誰も気にするひといないし、ちょっと痛いのと気持ち悪いの我慢すれば、それでいいのかな？）

冷静に考えれば、喜屋武が昭生に黙っているわけなどないとすぐにわかっただろう。だがひとりで思い悩むうちに、それがいちばんの解決方法だ、という気がしてきた。

（だって、そうしたら誰も傷ついたりしないで、終わるよな）

相馬は自分を孤独にすることで、取り巻く世界の全部を護ろうと必死だった。

たしかに完全に秘密を守れば傷つかないだろう。誰も――肝心の相馬自身以外は。

毎日舞いこんでくるメールに、だんだん洗脳されていきそうになるほど、相馬は追いつめられていた。

だから、うつろに表情を曇らせる自分を見つめる目があることや、案じる心が存在することも、まったく気づくことができなくなっていた。

＊　＊　＊

史鶴が声をかけてきた翌日、相馬は栢野に呼び止められた。

「相馬、ちょっと来て」

週末のその日最後の授業は、栢野の担当だった。来週の同じコマで、いま出されている課題を仕上げるようにと告げて授業を終えた栢野は、目をあわせようとしない相馬をちょいちょいと手招いた。なんとなく言われることを察した相馬は、笑って近づいていく。

「なに？　もう帰りたいんだけど」

「……例のコンペ、あさってが期日だぞ」

奇妙なほど明るい顔の相馬が「あれ、そうだっけ？」ととぼけてみせる。栢野の穏やかな笑みはいつもと変わらないけれど、じっと見つめる視線はひどく強い。

「エントリーシート、どうした？」

もう何十回聞かされたかわからない問いかけに、相馬はへらへらと「書いてるわけないじゃん」と答えた。

「やる気ないって言ってたのにさあ、先生もしつこかったね。まあでも、これで終わるし。俺も追いかけられなくて、さっぱりするな」

「嘘をつくときは目を見られないのか？　意外に小心者だな」

弾《はじ》かれたように相馬は顔をあげ、栢野を睨んだ。しかし臆することなくまっすぐ見つめられ、すぐに目を逸らしてしまう。栢野は、あえて揶揄するような声を発した。

「なんだよ、おとなしいな。よけいなお世話だとか、言わないのか」

「……よけいな、お世話ですよ。もういい？　俺、帰ります。そんじゃばいばーい」

ぷいっと顔を背け、肩にかけた鞄のひもを強く握りしめて歩き出した相馬は、突然肘を掴んだ腕にぎょっとした。

「なっ……」

「話はまだ終わってない。ちょっとついておいで」

やさ男に見えて、栢野がときおり驚くほど強引なのは知っていた。けれどいままでいちばん、相馬の腕を掴んだ指の力は強く、有無を言わせないものがある。

「は、離せよ。俺ほんとに帰るんだって。用事あるんだってば」

「そんなもん、キャンセルしなさい」

口答えしながら抗っても、栢野はまったく聞き入れない。引きずるようにして足早にまえを歩き、相馬を連れていってしまう。

「なあ、ちょっと、どこいくの……」

てっきりまたあの相談室にいくのだと思っていたのに、栢野は教員室へ向かう廊下を素通りした。そしてどんどん歩みを進めて裏口に向かっていく。

職員通用口を通ったのははじめてで、途中幾人《いくにん》かとすれ違った。そしてついには校舎からも出てしまい、駐車場へと栢野が歩を進めるのを知って、相馬はたじろいだ。

「……車、持ってたんだ」

「ああ。早く乗って」

そっけないほどの声で言われ、「はあ⁉」と相馬は声を裏返した。

「マジでなんなんだよ、手ぇ離せよ、どこ連れてく気だよ！」

けっして離さないというように相馬の肘を摑んだまま、キーレスエントリーで解錠した栢野は、無言のまま助手席に相馬を押しこみ、シートベルトまでつけさせた。

「なに考えてんだよ、なんだよこれ！」

「なにって、シートベルト」

じたばたと手足を暴れさせた相馬にため息をついた栢野は、彼らしからぬ低く平坦な声で、ぼそりと言った。

「あんまりうるさくすると、ひとが来るよ」

「来たら困るのあんたじゃないのかっ」

栢野は、相馬のわめきちらす声に、ぴくりと眉を動かす。

「それは、どうかな？」

なぜかその声に気圧されて、相馬は口を開いたまま固まった。相馬を押さえつけてシートベルトをはめたため、覆い被さる状態になっていた栢野の顔が、目の前にある。

（顔、近……っ）

いまさらながら、睫毛《まつげ》の長さすらわかるほどの栢野との距離に気づき、大あわてで顔を背ける。栢野はなにも言わないままドアを閉め、自分も運転席に座った。

「ちなみにドアもチャイルドロックしたから、俺が解除するまでドアは開かないよ」

「チャイルド……って、ふざっけんな！　はずせ、いますぐ！」

どんなにわめき散らしても、栢野は無言だった。ただまっすぐまえを向いたまま、エンジンをかけて車を発進させた。

「どこに、いくの」

小さな声で問いかけても、やはり栢野は返事もしない。ふだんの彼とは違う、硬い表情の横顔に、不安を覚えた。

（なんだよ。怖い）

心臓がどきどきしている。興奮や喜びのためではなく、理由のわからない恐怖と不安のせいだ。顔色は真っ青で、貧血を起こしそうなくらい血の気が引いているのは自分でもわかっている。どうしていいのかわからず黙りこんでいると、栢野は唐突に訊いてきた。

「相馬、腹減ってる？」

「え、あ、べつに……」

「じゃあ眠くない？」

かぶりを振ると、栢野は不機嫌そうに眉をひそめた。唐突にたたみかけられた問いの意味もわからないし、いまのこの状況自体が理解できない。

それくらいのことで、栢野がどうしてこうまで機嫌が悪いのか、怖いくらい真剣な顔をしているのか、相馬にはまったくわからない。

「なあ、この状況って講師規定破ってない？　プライベートの接触ってやつに抵触しない？」

「厳密に言えば、明文化された規定があるわけじゃない。やんわりとお達しがされるだけだ。だからなんにも規定違反じゃない。横浜でももう、プライベートに話しただろ」

言葉を切った栢野は、苛立ちをこめた視線で相馬をちらりと見た。険のあるそれに相馬はびくっと薄い肩を震わせる。ふだんの柔和さをかなぐりすてた口調で、栢野は吐き捨てた。

「どうせ掟《おきて》破りははじめてじゃないんだから、気にするな」

「ちょっと待てよ、だめだよ、そんなっ。お、俺べつに掟破りさせる気とかないし！」

相馬は叫んだ。いまいちばん怖いのは、自分のことに誰かを巻きこみ、そのせいでその誰かが迷惑を被ることだ。

「バレても、怒られるのは俺であって相馬じゃない。それに——」

「っていうか、迷惑だから、こんなの！」

必死に言葉を遮り、形相を変えて「やめてくれ」と訴える相馬を見ないまま、栢野は口の端だけですこし笑う。

「文句はいくらでもあとで聞くから、『それに』の続きを言わせろよ」

真剣な表情で、眉間《みけん》のあたりにはきつく皺《しわ》が寄っているのに、不思議と栢野の顔がやさしく見えた。思わず見惚《みと》れていると、彼はあの明朗な声できっぱりと言った。

「それに——もし違反してたって、知るか、そんなもん」

「え……ちょ、ちょっと、なに」

「俺にわかるのは、相馬が食ってなくて寝てなくて、おまけに自分でそれにろくに気づかないほど、ボロボロになってるってことだけだ」

誰にも悟られないようがんばっていたことを一発で言い当てられ、相馬は凍りついた。指先が震え、意味もなく唇が笑みを形どる。

寝てないのも、ろくに食べてないのも事実だ。いままで食事を作ってくれていた昭生はひかりの一件以来、相馬の顔を見られないまま、食費だといって金だけをテーブルに置いていく。店だけは営業しているが、寝泊まり自体、家でしているのかも怪しいくらいだ。

だが、二十歳にもなってその程度のことを自分でまかなえないのはおかしい。いままでだって昭生が忙しければ、自分でちゃんと料理もした。だから食べられないのは精神的な理由によるものでしかない。相馬が——弱いせいでしか、ない。

「お、俺、ふつうだよ。なにも、ボロボロじゃないよ」

「ああ、ふつうだな。ふつうすぎておかしいくらいだ」

相馬の抗弁に皮肉に嗤い、いらいらしたように栢野はまくし立てた。

「俺のことをなじりもしない、文句も言わない、反抗もしない。話を聞き出そうとしても、かたくなに口を閉じる。あれだけ噛みついてきた強気さが嘘みたいに、おどおどして逃げ腰。怪訝に思うなっていうほうが、どうかしてる」

これではいつもと逆だ。栢野のほうが機嫌が悪く、口調も荒くなっている。どうしていいのかわからないまま、相馬はうろたえた。

ぐん、と車が加速する。法定速度は守られているのかと、怖くなった。

「北のことはうまく避けられても、俺は担任で担当講師だから逃げきれないよな、相馬」

「なん、なんで、避けるとか」

まるで挑むような口調に、目が泳いだ。崩れた防御に、栢野は遠慮なく攻撃をしかける。

「見てりゃわかる。おまえ一年のころからいっつもPCルームで北たちと遊んでたのに、ここ一週間、いちども足を運びやしないだろう」

「バ、バイト忙しくっ……そ、それにひかりちゃん、入院してて」

「――って、北には言い訳したんだってな」

なぜ知っている、と目を瞠ると「相談された」と栢野は言った。

「なにか悩んでるらしいけど、自分には言わない。ひかりさんが入院しただけにしては、様子がおかしい。俺にならしゃべるんじゃないかと思うと、北から言われたよ」

「史鶴、なによけいなこと……」

昨日の今日で栢野が動いたのはそういうことか。歯がみしてうめいた相馬に、栢野は言う。

「それに、そんなこと言われるまでもなかった。悪いけど俺は見てるから。あいつらよりたぶん、相馬についてはずっと集中して、気を配って見てる」

真剣な声に、どきりとした。けれどうろたえたことが自分でも不思議で、なぜかうしろめたい気がした。

(気を配ってって、なんだそれ)

それもトラウマ救済というやつか——雑ぜ返してやろうとしたところで、車が停まった。

「ここ、どこ」

答えず、栢野はすばやく車を降りると、また相馬へのしかかるようにしてチャイルドロックを解除した。そのまま腕を摑み、肩を抱いて車から降りるよううながす。

「おいで。ひとまず飯食わせてやるから」

「……レストランには、見えないデスけど？」

むすっとしながらも、ここが栢野の住まいだということは想像がついた。ごく普通の賃貸マンションだけれど、そこそこ広さもあるし、きれいそうだ。

「中古だけど改装されたばっかりだから、イイ感じのマンションだろ」

自慢かよ、とひねた言葉を発しても意味はない。相馬は学校で拉致《らち》されたときと同じく引きずられていく。暴れても、指が食いこむほどの力はおいそれとは振りほどけない。

「ちょっと、ほんとにどういうつもりなんだよ！」

「ゆっくり話せるところっていうと、ここしか思い浮かばなかった。いいから座って、ほんとになんか食わないと、おまえ倒れるよ」

鍵《かぎ》を開けつつ、栢野は相馬の腕を離さない。無駄なあがきと知りつつ、相馬はわめいた。

「いらないし！　俺、ひとりでかまわないし、ほんと、ほっとけって！」

「はいはい、近所迷惑だから黙って」

抵抗むなしくエレベーターに押しこまれ、栢野の部屋のまえまで連れてこられてしまった。背中を押されるようにして部屋に入らされる。バタンと音を立ててドアが閉まり、施錠の音がやけに響いた。

「ほら、なかにおいで」

手を差し伸べられ、もはやここまで来ると抵抗する気も失せた。だが靴を脱ぐこともなく、うつむいて微動だにしないまま、無言の拒絶を向ける。立ちすくんだ相馬を栢野はじっと待っていたけれど、しびれを切らしたように腕を伸ばし、いきなり抱えあげた。

「ひっ、なにすんだ！」

「ひとりでお靴も脱げないほど子どもですか、相馬くんは」

小柄な身体を肩に抱えあげるようにして、相馬のスニーカーを無理やり脱がした栢野は、そのまま居間まで相馬を連れこみ、ソファのうえへと放り投げた。

「いいか。動くな、しゃべるな、逃げるな、俺が出した飯を全部食え」

あまりの所行にあっけにとられていると、命令をくだした栢野はすぐに台所へ立つ。部屋の間取りは2DKで、残念ながら台所は玄関に隣接しているし、部屋は五階で、ベランダからも逃げられない。

奥にあるもうひとつの部屋のドアも開いていて、隙間からはベッドとパソコンが見えた。そこに逃げこんで籠城しようかとも思ったが、意味はないだろう。

なんだか脱力して、相馬は布張りのソファに身体を埋めた。品のいい、栢野らしい家具で埋まった部屋には、あのイベントで見かけたデザインパネルがいくつか飾ってある。ぼんやりと見るともなしに眺めていると、そのうちのひとつに相馬は目を瞠った。

「……なんで？」

「なにが？」

つぶやいた声には、すぐに返事があった。呆けている間にあっという間に料理を終えた栢野は、鶏肉とかいわれ大根、明太子とザーサイの乗った雑炊を盛りつけた器をテーブルに置いた。

「なんで、あれがあそこにあんの？」

指さしたさきにあったのは、相馬がはじめての課題で提出した、ボッサがテーマのあのイラストだ。わざわざパネルに入れて飾ってあるけれど、現物はちゃんと返却されている。

「スキャンして、データ出力して、パネルに入れたから」

「じゃなくて！　なんで飾ってんだよ！」

「気に入ってるから。……冷めるまえに食べなさい」

手を摑んでれんげまで持たされ、「食わないなら口に突っこむ」と脅されて、渋々相馬は雑炊を口にした。ここ数日、外食かカップラーメン、それもおざなりに腹を満たす程度だったせいか、さっぱりした雑炊はするすると胃におさまっていく。

「お味は？」

「……うまいデス」

テーブルの向かい、こちらは床に座った栢野がやさしい目で見ている。まんまと餌《え》づけされた気がしてむくれるが、それも長くは続かなかった。

「食えるなら心配ないな。顔色もすこしよくなった。……よかった」

ほっとしたように言われて、なぜだか胸が痛かった。相馬は雑炊といっしょに出された、あまいアイスティを飲むことで言葉を封じた。変な取り合わせにも感じたけれど、熱々の雑炊のあと、冷たくてあまいお茶は不思議においしかった。

ごちそうさま、と言って器を片づけようとすると、手のひらで制される。居心地悪くまたソファに埋まっていると、栢野がアイスティのおかわりを運んできて、今度は隣に座った。

（なんで、黙ってんだろ）

問いつめられるかと思ったのに、栢野はしばらくなにも言わなかった。相馬も黙りこんだまま、ただ時間だけがすぎていく。

永遠に思えるほど長かった、耳が痛くなるような沈黙ののち、ようやく栢野が口を開いた。

「相馬は、なにがあった？　なにがそんなに怖い？」

答えずに唇を噛んでいると、さきほど強引にしたのが嘘のように、栢野はそっと手を伸ばし、相馬の手首をやさしく握った。

「先生がしつこいのが、怖い」

こぼれた声が弱くて、自分でも驚いた。「嘘つけ」と小さく笑った栢野は、包むように手首を摑み、あまった指で相馬の肌をそっと撫でている。数日前まで、喜屋武が摑んだそこには痣があった。いまはもう、見た目にはなにも残ってはいないけれど、かすかに鈍い痛みがある。それを知っているかのように、栢野は薄い皮膚をやんわりと撫で、相馬を震わせた。

「もう閉じこもるのやめろよ。ここなら誰も聞いてない。俺しかいないんだ」

センシュアルな含みは感じられない、ただやさしい手つきなのに、ちりちりと肌が痺れた。

食べさせられた雑炊のせいか、腹のなかがぽかぽかとあたたかかった。張りつめていた神経が急にゆるみ出すのを知って、相馬は怖くなる。

「なんで、あんたに話さないといけないんだよ。べつに話したくもないのに」

はっとあざけるような嗤いを浮かべて吐き捨てる。けれどすぐに唇は震え、顔は泣き出す寸前までくしゃくしゃに歪んだ。

「だ、だいたい、なんの関係があんの。俺のことだし」

栢野はその顔を痛ましげに見つめ、どこまでもやさしい声で促してくる。

「なあ、相馬。他人や俺がどう思うかじゃなくて、ただ自分がしてほしいことと、したいこと、言ってみな」

「……むり、だよ」

そんなことを言っても、どうにもなりはしない。あいまいにかぶりを振っても栢野はあきらめなかった。

「無理じゃないから。いいから。なんにも考えないで、言え。ためこんだもの全部見せろ」

手首を撫でていた指が、強くなる。だが強引さはなく、振りほどこうとすれば、たぶんあっさり払える程度の拘束でしかないのに、相馬はどうしてもそれができない。

「いまここにいるのは、講師でもなんでもない、ただの栢野志宏《ゆきひろ》だ。伊勢さんと、ちょっと縁があるだけの、知りあいの男になら、言ったっていいだろ」

「ただの知りあいなら、よけいに関係ないよ！　ガッコの先生に言える話じゃないんだ！」

頼むから巻きこませるなと声を荒らげると、ぐっと手首を摑んだ手が強くなった。そして、その数倍はきつい口調が返ってきたことで、相馬は目をまるくした。

「——じゃあおまえに惚れて、心配してる、ただの男に言え！」

怒鳴りつけるような勢いの言葉に、なにを言われたのかまるでわからない。

「惚れ……？」

「くそ、こんな状況じゃなきゃ、言うつもりもなかったってのに」

ばつが悪そうに頭を掻く栢野のうめくような声は、相馬の耳には入っていなかった。

(惚れた？　なにそれ？)

場違いな告白は、誰も——本人さえ気づかないままに殻にこもろうとしている相馬の心を、強引に開かせた。けれど、唇からこぼれていく言葉は、ひねくれた疑心にまみれていた。

「なんだそれ、いきなり。こんなときに、そういうタチ悪い嘘つくな」

「嘘なんかつかない」

じんわりと、乾ききっていた目が潤い、硬化してくだけそうだった心がゆるむ。

「じゃあ、適当こいてごまかすんだ。あのとき、生徒は好きにならないって、言ったじゃん」

「ならないんじゃなくって、なりたくない、って言ったんだ」

ニュアンスが違うと、複雑なそれを説明するのはつらそうに、栢野は相馬の手首を握りしめる。これ以上強引に触れるのはまだ危ういかと、距離を測っているような手つきだった。

「若いからすぐ気が変わるみたいに言った！　信じてなかった！」

「そういう不安については、正直俺にも、どうしようもない。可能性は否定できないし」

ため息をついて、栢野は相馬の目を見つめた。誤解しないでくれと、必死になっているようなその目に囚《とら》われて、相馬はなにも言えなくなる。

「俺のこと、前のコイビトとおんなじふうに見てんじゃんか」

相馬が上目に睨みつけると、栢野はため息をついた。

「逆だ。違いすぎるからまずいんだ。同じところなんて、俺が先生でそっちが生徒だってとこくらいだ。あいつはもっと弱かった」

もう話しただろうと言われ、相馬は黙ってうつむく。

「あいつはなんでもかんでも、俺に頼った。親のことも、学校のことも……自分のセクシャリティについても。泣いて縋られて、いっしょにいてくれなきゃ死ぬとも言われた。じっさい、去年の夏には、それらしいこともやってのけた」

苦痛に満ちた栢野の声に、相馬ははっと顔をあげる。ふだんは明るい笑顔の絶えない、端整な顔には、後悔と苦悩しかない。

「だから、なんとかしてやりたかったけど、頼られすぎてときどき、重かった。たぶん、逃げたのはお互いさまだ。もう、終わったことだけど」

つぶやいた栢野に、相馬はあいまいにかぶりを振った。そんなふうに、他人の重たさに苦しんだ相手に対して、なにも背負わせたくないと思った。

「でも、先生はあのとき、俺のこと置いてった。もう考えるなって言っただろ。それ、そういうことだろ？　俺のことも、重たくなるよ」

だから放っておいていいんだと告げる相馬に目を細め、栢野はソファを降りた。相馬の目の前にひざまずき、ぎゅっと相馬の両腕を握りしめてくる。

「置いてったんじゃない。ゆっくり考えてほしかった。本当に一年、待っててくれるなら」

「え……」

自分が想像していたのとまるで違うニュアンスに、どきりと心臓が跳ねる。

「おまえが卒業して、それでも俺を好きでいてくれるなら嬉しかった。けど、あの場でそんなこと言えない。俺との恋愛沙汰なんかより、俺は、相馬の将来のほうが大事だ」

「そん、そんなの、言われなきゃわかんな……だって俺、ふられたって」

「ふるもふらないも、おまえそもそも告白してくれてないだろうが」

指摘され、あっと相馬は口を開けた。あのとき自分は、そして栢野はなんと言っただろう。

——先生のこと好きになるかもしれない。

——かもしれないとか、そんな程度で振りまわしてくれるなよ。頼むから。

「思いだしたか？　あのファジーな言葉で、俺はどうすればよかった？」

苦しそうな声の抱擁は、たしかに栢野の立場を思えば、精一杯の行動だろう。真っ赤になってうなずいた相馬の手を、栢野は軽く咎《とが》めるように叩く。

「で、でも、なんで？　あのときは保留にして、いま、どうして」

「状況が変わりすぎただろ。いくら待つって言ったって、そのまえに相馬が自滅しちゃ、どうしようもないだろ」

ためこんだものを打ち明けろと目顔で訴えられ、相馬はそれでもためらった。

問題を抱えた生徒と恋愛し、振りまわされて疲れた栢野を、またそんな目に遭わせていいのだろうか。おまけに今回の件は、以前彼がつきあった生徒のそれより、ある意味では面倒すぎるし、タチも悪い。

「俺……あんたに疲れてほしくない。頼られすぎて重いとか、思われたくない」

震える声で告げると、栢野は「思わないから」と苦しげに言う。

「言っただろ。あいつと相馬はぜんぜん違う。真逆って言ってもいい。あいつは全部をまわりのせいにして振りまわしたけど、おまえはひとりで抱えこんで踏ん張ってる。いつも誰か護ろうとしてる。そこに、俺は惚れたんだよ」

わかってくれよと、栢野は手に力をこめた。手首をさする指は、相馬が痩せてしまったことを嘆いているのだと教えてくる。許しが出るならいますぐにも抱きしめたいと、強いまなざしが訴えている。

「おまえみたいに、自分だけでほんとになんとかするって、必死になられると、たまんないよ。……たまんないんだよ、本当に。俺になんとかさせろ。ほっときたくないからって、言いたくなるんだ」

もし個人としてがいやなら、先生としてでもかまわないから、と重ねて栢野は言った。

「もう、頼むから。なんでもいいから、言ってくれ。見てられない。助けがいるなら、できるぜんぶをしてやるから、ぜったいにおまえのために動くから、言ってくれ」

うめくように告げられ、だめだと拒んでいた全部が、栢野の言葉で溶け出していく。

がたがたと、身体が震えだした。ぞっとするような寒気が全身を包みこみ、それは喜屋武と再会したあの日から相馬が押さえこんでいた恐怖のせいだった。

栢野が握っていた手首をほどいて、両手を差し伸べてくる。迷ったのは一瞬で、涙の滲んだ目をきつくつぶり、相馬は飛びこんだ。すぐに、ぎゅうっと強い力で抱きしめられ、震えはいっそうひどくなっていく。

「俺、もお、わかんね……どうすりゃいいか……」

力ない指で栢野のシャツの胸元を握りしめる。その手を握り、栢野は腕の力を強めた。

「助けてほしければ、ちゃんとそう言えばいい」

それだけでいい、俺の言葉を繰り返せばいい。力強く抱きしめて、栢野は言う。

「訊くから、答えなさい。俺にどうしてほしい？」

ささやいて頬を撫で、額をあわせる栢野に、考えるより早く言葉が溢れる。

「……たすけて」

同時に潤んだ目からも、熱いなにかが溢れた。相馬の涙声に、なぜかほっとしたように栢野は肩の力をぬいた。

「わかった。助ける」

なにも知らないくせに、栢野は断言した。そんなにあっさり言えることではないし、問題はなにも解決していないのに、どうしようもなくほっとした。

「な、なんも、しらね、で、言うなよ……っ」

「うん、だから話してみてくれ。方法考えるから」

気楽な言葉にがくりと膝の力が抜ける。腋《わき》の下にはいった逞しい腕に支えられる。抱きしめなおされ、ぽんぽんと背中を叩かれて、肺から空気が抜けていく。

（あったかい）

包みこまれて感じる体温に、緊張のあまり冷えきっていた身体をやっと自覚する。あたためようとするように、栢野は何度も相馬の身体をさすった。

「俺、もう、疲れた。ひかりちゃん意識なくなるし、あーちゃん壊れるし、喜屋武は意味わっかんねえし」

ぶるぶると唇が震え、溢れだした声は悲痛なものだった。

「喜屋武？　誰だ？」

「し……俺の、ともだちの、モトカレ。それで、オレオレ詐欺が……俺……」

たどたどしく、相馬は事情を説明した。喜屋武に脅されていたことの子細を語る間中、怯えを感じとった栢野がぎゅうぎゅうに抱きしめていてくれたので、パニックにならずにすんでいた。

「だから、金か、俺か、どっちかにしろって言われて。そんで、頭こんがらがってたら、ひかりちゃん、意識なくなって……誰にも言えなくなった」

胸に顔を埋めたままでいたから栢野の顔は見られなかったけれど、ひとつひとつがつまびらかになるたび、彼の長い腕は強ばり、相馬の身体を抱く腕は強まった。すべてを語り終え、見あげた栢野の顔は青ざめていた。

「おまえ、そこまで追いつめられてて、ぜんぶひとりで抱えてたのか」

歯を食いしばり、栢野はうめくように言った。そしてなにごとかためらったあと、相馬の首筋に顔を埋めるようにしてつぶやく。

「腹が立つよ。喜屋武って男もそうだけど……おまえの親御さんや、叔父さんのこと、悪く言いたくないけど、なんで気づいてやれないんだ」

「ちが、みんな、いっぱいいっぱいで」

「それは相馬だって同じだろう。おまえわかってるか？　おまえはまだ子どもだって」

必死になって、相馬はかぶりを振った。そうじゃない、違う、と唇をわななかせる。

「し、しーちゃんもあーちゃんも、大変なんだ。いまはひかりちゃんのことが……ひかりちゃんだけ大事で、だから……」

「俺は悪いけどひかりさんには会ったこともない。いまの俺はおまえしか大事じゃない。ともだちのせいでおまえが脅されて？　ひかりさんのせいでほっとかれて？　相馬は、そんなふうにされていい子じゃないだろ。もっと大事にされていいんだ」

怒ったような目できっぱりと言われると、最後に残った砦が粉々に壊れた。

息ができなかった。ずっと長いこと、誰かにそう言ってほしかったのだと、いまこの瞬間はじめて気づかされる。

「……そんなこと、無理だよ」

「無理じゃない」

「だ……だっておれ、そんなん、なかったし。大事とか、されたよ、あまやかされて、好きにさせてもらって」

「でも、おまえと誰かを天秤にかけたら、ぜんぶその『誰か』に持っていかれただろ。今回の問題だって、なにひとつおまえの問題じゃないのに、なんで相馬がかぶるんだ」

栢野の言葉は、考えまいとしていた事実と本音を相馬に突きつけた。

「……そうだよ。俺じゃないよ」

ひかりの代わりに元気でいなくてはいけなくて、史鶴の写真と交換するため身代わりになり、昭生の代わりに痛めつけると言われ――けれど、それはすべて相馬自身に向けられたものではない。相馬である必要など、どこにもない。

「俺、ぜんぶ関係ないよ。ていうか、もともと、いてもいなくっても関係ないし、ぜんぶ、誰かの代わりでしかないし！」

口にしたとたん、相馬は身体のなかで、なにかが爆発するのを知った。長い間、自身でも気づかぬうちに張り詰めていたそれは、混沌として淀んだ感情だった。

「なんで俺、こんな目にあってんの？　なんでお母さん死にそうなのに内緒にされんの？　なんで喜屋武が俺のこといじめんの!?」

全部、本当にすべて、腹のなかにたまりにたまったものをぶちまけた。つらくて、つらくて、まともに考えたりしたら壊れてしまうからずっと考えずにいたことだった。

「もうやだ、疲れた、みんな勝手だ、みんな嫌いだ……っ」

元気で明るい、ほがらかな『相馬朗』は、こんなネガティブなことを考えてはいけないんだと、自分で自分を縛ってきた。吐き出しながら、こんなことを言う自分をいやになった。

なのに栢野は、支離滅裂に感情のまま言い放っても、言葉のひとつひとつに「うん」とうなずいて相馬を離さない。

「ん。がんばったよな、相馬。がんばってた」

やさしく頭を撫でられ、子どもじみた爆発がひどく恥ずかしくなった。

「いっぱい、まわりのひとのこと思いやって、えらかったな」

「……違うよ、俺ができないから……俺……っ」

むろん、誰も強制はしなかった。相馬が勝手にぜんぶ背負って、勝手にくたびれ果てているだけのことだ。けれど、ほかにどうすればいいのかなどわからなかったし、そうせざるを得ないことだけが相馬のなかではたしかなことだったのだ。

それでも、誰にも言えないことが多すぎて、パンクしそうになっていたのだとやっとわかった。キャパシティなどないくせに、できるつもりで無茶をしていた、自分はただの子どもだったのだ。

「俺は、俺で、ただふつうにしてたいのに。ぜんぜん、なんもできなくていいから、ほっといてほしいだけだし、なのに……」

「ふつうの相馬のこと、特別に思ってほしかったんだろ？」

言い当てられて、声も出ないくらいに胸がふさがった。言葉の代わりに涙が溢れて、えずくようにして相馬は泣き出した。

「だってみんな、みんなが大変で……俺のこととか、かまってらんないし……」

あまったれた言葉を、栢野はからかったりしなかった。ただ、「みんななんかどうでもいい」と相馬の頰を両手で挟んで、言いきった。

「誰もそうしないなら、俺がするよ。俺がおまえを特別にして、ぜんぶ、おまえの責任とるよ。面倒見いいのは知ってるだろ。そうさせろ」

やわらかい声と抱擁が、疲れきった心に染み渡る。泣きながら、相馬は産まれてはじめての解放感を味わっていた。


気づくと、栢野のシャツは絞れるぐらいに濡れていた。

嗚咽《おえつ》が少しおさまるころになって、相馬の後頭部を何度も撫でた栢野は静かにささやく。

「なんか飲むか？　喉渇いたろ」

こっくりとうなずくと、さきほどのアイスティを新しくいれなおしてくれる。赤くなった目には濡らして冷たくしたタオルを差し出しながら、市販のパック品で、気に入っている銘柄なのだと、どうでもいいことを栢野は言った。

「……ありがと、なんか、すっきりした」

照れくさくなって苦笑いをすると、真っ赤になった目をじっと見つめた栢野は、すこし意地悪く笑い、「それから？」と言った。

「それから、ってなに」

「ほかに、言い忘れたことないのか。このシチュエーションで」

この、と肩を抱かれ、覗きこまれて息がつまる。

「あのね相馬、べつに自分でも拒否したいわけじゃないなら、ぐずるのやめろ。時間もったいないから」

「……なにを？」

「好きなら好きって言いなさいよ、それがおまえが二十年で作ったキャラクターでしょ」

挑発は、素直になれない相馬をそそのかすためのものだ。言葉だけなら傲慢に響くけれど、声はどこまでもあまく穏やかで、やさしい。それでも乗せられるのが悔しく、どうせなら精一杯生意気に言ってやろうと思ったのに、実際にはごく小さな声しか出なかった。

「俺、先生が、すき」

ぐちゃぐちゃの心のなかでも、それだけははっきりしている。はじめて会ってからずっと、発露のしかたや種類は違えど、栢野に対して持っていたのは一貫して好意だけだった。

「なるかもしれない、じゃなくて？」

こうしてからかってくるから、反発したくなるのに。すこし唇を尖《とが》らせつつも、さきほどもらったぜったいの安心感のほうが強くて、素直に相馬は告白していた。

「ちゃんと、すき。なので、すきになって、く、ださい」

口にしたとたん、涙が溢れそうになった。座ったままなのに足が萎《な》えて、がくがく震えだした相馬の身体を栢野がしっかりと捕まえる。

「よし、言ったな」

どこかほっとしたように、何度も栢野はうなずいた。うなずくたび、彼の顔は喜びと安堵《あんど》と、それから決意のようなもので漲《みなぎ》っていく。それが照れくさくて、相馬は口を尖らせた。

「なんだよ、そっちのほうが、はぐらかしてばっかだったくせに」

「相馬だって、好きに『なるかもしれない』とか、おっそろしくあいまいなこと言って、男の繊細な心をもてあそんでくれただろ」

きついぞあれは、と笑われて、張りつめていた神経がゆるんでいく。おかげでいつもの憎まれ口が飛び出した。

「好かれて当然って思ってるモテのくせになに言ってんだっ」

「ばか言うな、表面上の人気で誰にどうモテようが、深くつきあった相手にふられりゃ、自信なんかなくなるんだよ。……俺の中身を知って、いやになったってことなんだろうから」

言って、さらにぎゅっと抱きしめてくる。軽い言いざまを装っているけれど、かつて彼の教え子に残された疵はまだ深いのだと、腕の強さが語っていた。

「こういうふうになるのがいやで、ばかみたいに逃げ回ったけど、もうどうでもいい」

「……やっぱ逃げ腰だったんじゃないか」

「大人は慎重なんです。だいたい俺から迫るとセクハラのパワハラになるんだぞ、言えるかよ、おいそれと」

「言い訳すんなよな」

すました顔で言われて、思わず笑いがこぼれた。そのことにほっとしたように、栢野も表情をやわらげる。代わりに、腕の力はますます強くなる。

「……俺はおまえがかわいいし、ちゃんと護ってやるから」

誓うように言われて、頬を赤くしながらうなずいた。護ってやるなんて言葉を言われても、いままでの相馬ならぜったいに受けつけなかった。

むしろ相馬は、自分こそが誰かを護る立場だと思っていたし、ずっとそう振る舞ってきた。母、ひかりは身体が弱いひとで、冷静に見えて繊細な史鶴は思いがけずもろい部分を持っている。父や昭生は庇護《ひご》しようとしてくれてはいたが、安心して寄りかかるには、彼ら自身、抱えたものが多すぎた。むしろ、『身内』のために精一杯に細い腕を広げて、なにも問題がないと教えるのが、相馬の役割だった。そうしなければいけなかった。

けれど、栢野は違う。彼は他人で、だからこそ相馬になんのしがらみもない。相馬が折れても栢野に迷惑をかけることもない。講師としての責任以上のものなど、なにもない。

腕を差し伸べてくれる理由が、彼の気持ちひとつ、それしかない。

「俺は、今度こそ、大事なものはちゃんと護ってやりたいと思うんだ。そのためになにか捨てるんだったら、なにも惜しくなんかない」

相馬を逃がさないとぎゅっと抱きしめて、決意するようにつぶやく栢野に、相馬もしがみつく。気持ちよすぎて、一生この腕のなかから出たくなくなりそうだと思った。

だが、どうもくせになっているのか、つい栢野の言葉には刃向かいたくなってしまう。

「生徒に愛情傾けるのはやめるって、言ってたくせに」

「……それも伊勢さんに聞いたの？」

前はたしなめなかったくせに、「勝手にひとの話をするなよ」と、栢野は苦笑した。相馬はすこし気まずくなりながら栢野の胸を押し返し、伊勢の名誉のために「違う」とあわててつけくわえる。

「前に偶然、聞いちゃった。盗み聞きするつもり、なかったけど」

夏ごろ、たまたま入った店で席が近かったのだと打ち明けると、栢野はまったく気づいていなかったと驚き「今後はもうちょっと注意しないとな」と眉をひそめて笑った。

その表情があまりに屈託なくて、相馬はすこし戸惑う。

「なんだ、変な顔して」

気づいた栢野が怪訝な顔をして、あれからずっとわだかまっていたことを問いかけていいのかどうかしばし迷ったあと、結局は口に出すことに決めた。

「あの、あれって……じ、自殺未遂の話、あったせいじゃないのか？　しんどくない？」

問いかけると、栢野はきょとんとした顔をした。相馬も反応に戸惑いながら、「だから、まえのカレシの……」ともそもそ言うと、栢野はますます目をまるくした。

「え？　その話とくっつけちゃったのか？　あれはそういう意味じゃないんだけど……」

「いいよ、言い訳いらないよ。あのころ、大変だったんだろ？」

あわてながら、言いたくない話はしなくていいと口早に告げると、栢野はおかしそうに目を細めた。

「まあそりゃ、大変っちゃ大変だったけど、それとあの発言は関係ないよ」

喉を鳴らして笑う姿は、嘘をついているようには思えない。だが、だったらいったい――と首をかしげた相馬を捕まえ直し、栢野はぎゅっと抱きしめてきた。

「あー、おまえかわいいな、ほんとに」

「ちょっ、そ、そういう話じゃないだろ」

もがくと、機嫌のいい顔で笑いながら栢野は言った。

「アレはね、広義な意味での愛情の話。ひとりひとり、親身になって、ちゃんと育っていってくれって、そういう先生としての気持ちのこと」

本当かと疑わしくなっていると「じつはあの日、学校長に叱られたんだよ」と、栢野は眉をさげた。

「主任は理解してくれてるけどさ。結局、時間外で口きかないようにしたって、時間内にあんなにくだけてちゃ無意味なんだって、釘刺されたんだよ。で、鬱々としてたわけ」

「俺、てっきり……だってなんか、すげえ疲れてたし……」

勘違いだったのかと、頬が赤くなる。けれどずいぶん栢野が疲れていたのは事実だし、彼も「その時期、あいつのせいで疲れてたのは否定しない」と言った。

「けど、俺にとってはあいつはもう、ただ昔つきあってたやつってだけ。とっくに生徒じゃないしね。むしろ、二十四にもなって、まだアホやってんのかってあきれたけど」

すこし毒の滲んだ声に、相馬は眉をさげた。あんまり栢野には機嫌の悪い顔をしてほしくない。むろん、四六時中能天気でいろなどと言うつもりはないが、別人のように見えていやだし、なにより彼自身がとても苦しそうだからだ。

「ま、さすがに親御さんも今回、俺に難癖つけるってより、説得してくれって泣きついてきたんでね。俺には関係ないだろっつったけど聞いてくれないんで、伊勢さんとこに相談にいったってわけでした」

「……大変、だったね」

なにを言っていいのかわからずにつぶやくと、頭をこつんとこすりつけられる。そしてすこし不安で「より戻す、とか言われなかった？」と問いかけると、栢野はにやっと笑った。

「まあね、言われたよ。しょうがない。俺、もてるから」

「むかつく！」

どんと殴って、腕のなかから逃げようとするけれど、かなわない。じたばた暴れながら「セクハラ講師！」とわめいても、栢野はからからと笑って相馬を離さない。

「またそういう素直じゃないことを。妬いてるなら、かわいく好きって言えばいいのに」

「それはもう言っただろ、さっきっ。そっちが言え！」

怒鳴り返して、妬いていることを否定しなかったことに気づいたけれど遅かった。恥ずかしいやら悔しいやらで、涙目になっている相馬を覗きこみ、栢野は幸せそうに笑う。

「好きだよ。だから俺とつきあって」

とろりと溶けた声が忍びこんできた耳が、痺れた。なにも言えず、抱きしめる腕のニュアンスが変わっても、相馬は身じろぎひとつできず、声も出せない。

「はい、は？　相馬」

こっちがこんなに動揺しているのに、まるで平然とした栢野が憎らしく、相馬は答えないまま目を逸らした。

「相馬、はいって言わないとちゅーする」

だったらもっと黙ってやると、相馬は唇をぐっと結んだ。夕暮れの駐車場ではぐらかされてしまったけれど、あのとき、たしかにお互い、触れないままの唇を強く意識していた。からかったら逃げると思っていたのだろう。無言でじっと見つめると、栢野はすぐに笑みをほどき、すこし困った顔をした。

「言っておくけど、恋人になったら、俺に大人の分別求めるなよ？」

そんなことを言ったくせに、はじめてのキスはあまくてやさしい、初心者向けのものだった。壁にかかった相馬のイラストそのままに、ふわりと触れてすぐ離れる。

心臓は壊れそうなほどどきどきしたけれど、あっけなさすぎてつまらなかった。

「……これ、分別ある行動の一環？」

口を尖らせ、栢野の首に腕をまわす。上目遣いに見つめると、さらに困った顔で顎を引く。

「こら、煽るな」

「今日、泊まってっていいですか」

表情だけは平静を装いながら、思いきって言う。むろん、意味もわかったうえで言っているると目で訴えると、栢野は苦りきった声を出した。

「おい……とりあえずこういうのも徐々に、だな」

いつものように頭を撫で、たしなめようとする栢野に、相馬はしがみついた。

大人の分別はいらない。ただこのまま、気持ちひとつで行けるところまでいってしまいたいと、火照《ほて》る身体を押しつける。

「だって怖いよ。家帰ったら、あーちゃんいるよ。もう俺、嘘つけないから、そしたら喜屋武のこととかもばれる。……でも、あーちゃんにはまだ言いたくないんだ。それに」

さらにぎゅうぎゅうとしがみついて、相馬は震える声で言った。

「俺、あんなやつになんかされるくらいなら、先生にされたかったって思った」

「そ……」

絶句した栢野が硬直する。抵抗がなくなったのをいいことに、広い胸にもぐりこんで、相

馬はさらにあまえた。

「ひかりちゃんに、言われたからじゃなくて、俺、先生がいいよ……」

脅されたときのことを思いだし、ぶるりと震える。喜屋武がどこまで本気だったのかなどわからない。たぶん、相馬自身に対して欲を持っているというより、脅迫のほうが主目的だったのだと、そう思いたい。けれど喜屋武に示された『身体を差し出せ』という言葉は、恐怖以外のなにものでもなかった。

護ってやると言ったからには、この気持ちをいま、包んでほしい。身体ごとでかまわないし、むしろ、そうしたいと思う。

混乱に混乱を重ねた状況で、疲れきった身体ごと一晩中抱きしめていてほしい。ちゃんとつながって、安心したい。そう思うのはいけないことなのだろうか？

じっと答えを待つ相馬に、栢野は深々とため息をついた。

「ここで流されるのって、俺、最低じゃない？　つけこんじゃってない？」

そんなことを言うくせに、抱きしめた腕をほどくことはない。迷いが透けて見えて、相馬は少しだけ笑う。

「してほしいことあったら、なんでもしてやるって言っただろ」

「あれは、そういう意味じゃ……」

ためらっている栢野に、自分からキスをする。やりかたもなにもわからないけれど、とにかくしがみついて吸いついていると、観念したように応えてくれた。

「ん……？」

闇雲に吸いついた相馬とは違い、栢野は何度も角度を変えて、唇をついばんでくる。薄い皮膚をこすりあわせるようにされると、くすぐったくて震え、ゆるんだ隙間に舌を這わされてさらに呼吸が乱れた。

（舌とか、入れられるの、かな）

すこし怖くて、かなり期待しながら待っていたのに、やんわりと相馬の唇を湿らせただけでキスを終わらせた栢野は、長々と息をついた。

あきらめとも、あきれともつかないそれに相馬が身がまえていると、栢野が笑った。

「……おまえ、これがバレて講師クビになったらどうしてくれるんだ」

「そのときはうちのパパに就職頼んでやる」

啖呵を切って、相馬は立ちあがり、栢野に手を差し出した。自分から動きたかったのは、彼に、講師だから、年上だからというらいらぬ罪悪感や、責任を負ってほしくないからだ。

「でもそうすると、入り婿決定だよ」

「あー、そうか。おまえんち、恋人できたらなんでもOKだっけか」

「ひかりちゃんとのご対面つき。どうする？」

本当は心臓が破裂しそうだったけれど、相馬はあえて挑発する。指先の震えをごまかすために手のひらをひらひらさせて誘うと、栢野はようやく相馬の手を取った。

ソファから立ちあがらせた栢野とふたり、数歩の距離で隣室に行く。ドアが開閉する音だけでもひどく緊張したけれど、完全に閉ざされた瞬間、相馬は見てわかるほどに肩を跳ねあがらせ、栢野にため息をつかせた。

ベッドまでの距離は、一歩もない。どちらかが軽く身体を押せば、長身の栢野にあわせた広いベッドに倒れこむ羽目になるのだろう。

「あのなあ、けっこうえぐい真似もするけど、わかってんの？」

その言葉に、どこまでいく気なのかを知らされて、怯みつつも喜んだ。赤くなる頬と泳ぐ視線でもの慣れなさを暴露しながらも、言葉だけは強気に返す。

「おかげさまで耳年増だから、知識はあるよ」

「知識だけだから忠告してんだろ……」

いいんだか悪いんだか、とぼやいた栢野にふたたびため息をつかれ、相馬はだんだんいらいらしてきた。精一杯がんばってはいるけれど、そろそろ強気に出るのも限界なのだ。

「うるさいな、すんの、しねえの!?　なんなら俺がやっちゃってもいいんだから！」

広い肩をどつくと、栢野は素直にベッドに倒れこむ。だがついでのように腕を摑まれて、声をあげる間もなく相馬もベッドに転がされた。

「やられるのは勘弁してくれ。一応これでもタチなんで、童貞の教え子に食われるのはちょっと……っ」

言っている途中で噴きだし、大笑いした栢野は相馬を抱きしめる。

「なんだよ、なに笑ってんだよ！」

「いや、予測不可能でおもしろいよ相馬」

これからいけないことをするという状況で、げらげら笑うほどにおもしろがられているのは果たしてどうなのだろうか。

（やっぱ、色気なさすぎてその気になんねえのかな）

だんだん、あらゆる意味で自信がなくなってきていると、相馬の耳を引っぱった栢野が「じゃ、俺から妥協案」と言った。

「なに？」

「ちょっとでも、相馬がいやだっつったら、そこで終了。いいな？ 我慢しないこと。ごまかさないこと。俺に遠慮しないこと」

わかったか、と髪をくしゃくしゃにされて、赤くなりつつうなずく。

「……いい子」

思いきり子ども扱いの言葉で誉めたあと、ちゅっと音を立ててキスをされる。不満げに顔を歪めた相馬が憎まれ口でも叩いてやろうと口を開いたとたん、栢野がにやりと笑った。

「というわけで、こっから大人タイムで」

宣言するなり、いきなり舌を突っこまれた。心の準備もなにもなかった相馬は「むぐ！」と色気のない声をあげ、口づけたままの栢野が笑う。

いきなりすぎると抗議することはできなかった。相馬の舌は栢野のそれに、まるでおもちゃにされるようにいたぶられてしまったからだ。

（う、うわ、うわ）

角度を変えて吸いつかれ、舌の裏に栢野の舌が絡み、掬《すく》いあげるようにしてしばらく遊ばれる。先端を幾度も弾かれ、慣れない感触と感覚に、相馬は目をまわすしかできない。そのうち酸欠でぐらぐらしてくると、栢野がぬるりと舌を抜き取って笑う。

「おい、鼻で息しろ、鼻で」

唾液《だえき》にぬめった唇を舐める仕種に、相馬は茹《ゆ》であがってた。長いキスの間せき止められていた酸素を必死にむさぼりながら、どうにか言い返す。

「だっ、だって、鼻息、あたっちゃ」

「安心しろ、お互いさまだ。興奮すりゃ誰だってそうなる」

必死で赤い顔のこちらにくらべ、涼しい顔で息も少しもあがっていない。「うそだあ」とうわずった声を出すと、栢野は、いっそさわやかに明るく笑った。

「嘘じゃない、嘘じゃない。興奮してる」

「ど、どこが、どのへん」

「ここが」

　ほら、と手を握られ、いきなり股間を触らされる。「ぎゃっ」と叫んで手を振り払うと、栢野は困ったように眉をさげた。

「ぎゃって、ちょっと傷つくぞ、それは」

「だっ、びっ、びっくりし、した」

「同じのついてるくせに」

「同じじゃない！　なんか、なんか、違う！」

　一瞬だけだから確信はないけれども、なんだかすごかった。

（熱いし、か、硬かった。なんか、でかそう、だし）

　栢野はさすがに失笑する。とても口には出せなかったが、茹であがったまま必死にぶんぶんかぶりを振り続ける相馬の態度で、わかってしまったのだろう。

「あのな、服のうえからだし、おまえびびってるから、でかく感じるだけだって」

　そして、小さくため息をつくと、やさしい目で「やめとくか？」と問いかけた。

「いまなら、とりあえずおとなしく就眠するのも可能」

「それはやだっ」

　思わず言ってしまったあと、相馬は固まってしまう。

「あ、でも、ちょっと、ちょっと待ってくれれば覚悟決めるし、あの」

「そんな調子で覚悟もくそもあるか。ていうか誘ったのおまえで、いまさら覚悟って……」

栢野は脱力したようにベッドに転がり、突っ伏したまましばらくして、いきなり笑いだした。くっくっと笑う彼から、さきほどまで感じていた熱量のようなものがすうっと抜けていくのを感じ、相馬は自分ががっかりしているのか、ほっとしているのかわからなくなる。

「あー、まいった。予想以上にお子様だ。……反射で言い返すくせ、ちょっとどうにかしたほうがいいと思うぞ、相馬」

「えっ、だって、ほんとにやじゃないし」

「いやじゃなくても、怖いんだろ」

ふだんならそんな物言いをされたら、頭から湯気を噴いたと思う。けれどまったくの未経験で、おまけにびびったのは事実である以上、さすがに相馬も黙りこんだ。

しゅん、と小さくなっていると、長い腕が伸ばされる。

「いいからほら、こっちおいで」

隣をぱたぱたと叩かれ、おずおずと近寄ると抱きこんで転がされる。まるで寝かしつけるときのような体勢に、相馬はやはりどうしていいかわからなかった。

「ん、いまはなにもしないから、落ちついて」

「えと、じゃあ、しない……のか？」

不安半分、安堵が半分でじっと栢野のきれいな顔を見つめていると、「自分でわかってるだろ」と苦笑いされた。

「とりあえずなりゆきにまかせる。こういうのは気負ってやると失敗するから」

こっくりとうなずいたのは、栢野のアレに驚いたせいばかりではない。むしろ、相手の反応に驚いてしまうくらい、相馬の身体がついていっていなかった――要するに、気持ちだけはひどく高ぶっていたけれど、まったく兆していなかったからだ。

「俺、したくないわけじゃないよ……」

なんだか自分にがっかりしながら言い訳じみたことを口にすると、栢野はわかっていると髪を撫でてくれた。

「気持ちが追いついてないとは思ってないよ。緊張したりするとな、役に立たないし」

そういえばそんな話を聞いた気がする。けれども、こうも気まずいというか気恥ずかしいというか、情けない気分になるとは思わなかった。

まだことに及んだわけではないけれども、妙に心許ない。これが、いざという場で起きたとしたら、さぞかし落ちこむだろうと思った。

「相馬、焦らなくていいから。俺は待ってられるよ」

言われて、焦っていた自分にも、わかって挑発に乗ってくれた栢野にも気づかされた。

髪を梳いていた手が頬を撫で、耳朶《みみたぶ》をつまんでやさしく揉《も》む。触れる手つきはもう『先生』のものではない。

横向きに転がっているせいで、栢野のそれはまだ腿《もも》に触れているし、体温も高い。なのに声がどこまでも穏やかで、大人なんだなあ、とあらためて思った。

申し訳なくて「ごめん……」とつぶやくと、栢野は微笑んで耳朶を引っぱる。

「むしろ、もう少し待つと思ってたんだから、気にすんな」

「だってさ……きつくないの、それ」

「やせ我慢くらいさせなさい」

意識させるなと額をつつかれる。けっこう痛かったけれど、文句も言わず、じいっと見つめていると、栢野はさすがにごまかす笑いを引っこめた。

「うん、まあ、そんじゃ、ちょっとだけ手ぇ出していい？」

「出してっつってんじゃん……」

及び腰のくせに強がりを言って、抱きしめてくる腕に身を委ねる。おずおずと背中に手をまわし、今度はゆっくりと唇を吸ってもらった。

（手、あったかい）

深く舌を入れることはないまま唇をあわせ、後頭部を撫でられ、首を揉まれる。落ちつけと言われているようで安心するのに、こすりあわせたり吸われたりと忙しい唇を、やけに意識した。

（ちょっと、くらいなら）

うっすら唇を開いて、やさしいキスに舌を返す。先端だけちょっぴり覗かせると、栢野が嬉しそうに笑ったのがわかった。それでも強引に吸われたりせず、相馬が許したぶんだけをやわらかくやわらかく舐め、いとおしむように耳朶をいじる。

「……ン」

ぴく、と震えたのは、耳をいじるのとべつの手が腰から尻にまわったせいだった。一瞬驚いたけれど、相馬は逃げないまま弾力をたしかめるような手を許す。腿の裏側から尻までをゆったりさすっている手が、内腿の狭間《はざま》に指を這わせ、くすぐるように動く。

「ン、ン、ン」

ひく、ひく、と相馬の喉が震える。気づいたら、ほんの少しだけ預けていたはずの舌がもうすっかり栢野の口のなかにあってもてあそばれている。相馬も朦朧《もうろう》とするまま、彼の肩にしがみつき、誘導されるとおりに舌を動かしていた。

「……乳首」

「ふ……？」

「たってる」

キスの合間にぼそりと吹きこまれた言葉の意味を察するより早く、きゅうっと胸をつままれ、仰《の》け反った。肌が信じられないくらい敏感になっていて、尖ったそれを指の背でかするように何度も弾かれ、相馬は腰をよじる。

「うわ、やだ、や……」

「ん、やめとくか？」

「ち、ち、ちがっ」

驚くくらい一瞬で——勃起した。腰を引き、栢野に触れないようにするけれども、その動き自体で身体の変化は知られただろう。

「気持ちよくなった？」

笑ったまま目を覗きこまれて、なんだかまんまとはめられた気がした。けれど自分が望んだことでもあるし、文句を言うわけにもいかない。

「……もっと気持ちよくする？」

鼻先をすり寄せられ、あまく問われながら胸に悪戯《いたずら》されると、意識がぼうっとかすんでいく。こくこく、とうなずくと、「じゃ、脱ごうか」と口調も表情もあっさりとした栢野に言われ、おかげで照れる暇もなく「うん」と言ってしまった。

「ほら、ばんざいしてみ」

完全に子ども扱いのままだったが、それが逆に怖くなかった。

あんまり濃い気配を出して、ムード満点で迫られると、却って怖いのかもしれない。いずれもうちょっと機微がわかるようになれば、それはそれで楽しめるのかもしれないが。

(俺、これくらいでちょうどいいのかも)

お子さま仕様で、もしかしたら栢野には物足りないかもしれないけれど、ゆっくり慣れるまで待ってほしいと思った。

もぞもぞと脱がされながら、相馬は思わず笑う。

「なあ、あのさ、栢野せんせ」

「ん？」

「俺、慣れるまで、お色気方面は足りないと思うけど、それでもしてもらえるかなあ？」

頭抜きで脱いだシャツのおかげで、髪がくしゃくしゃになっている。ぷるぷると振るいながら問いかけると、栢野がなぜか固まっていた。

「……どしたの」

「おまえは、さっきからの俺の忍耐をなんだと思っているのかとね……」

手のひらで顔を覆って地の底までめりこむような息を吐いたと思うと、栢野は眉を寄せたまま、見たことのない笑い方をした。

「まあ、まったくね、色気ゼロのお子さまに血迷った段階で、そこの心配はいらないよ」

「なんかちょっと、嬉しくないん……うわっ」

栢野はがばりと自分の服を脱ぎ、ちょっと悪い顔でのしかかってきた。勢い、下までつるんと剝《む》かれ、相馬は目をまるくする。

「うん。やっぱりちょっとばっかね、教えこんでおかないとね、相馬には」

「なにを……デスカ……」

満面の笑みを浮かべているのに、眉間にだけ不機嫌を漂わせる栢野が妙に怖い。一瞬、さきほどおおげさにびびってしまった栢野のアレが目に入り、ますます身体が強ばった。

「俺がどのような忍耐でさきほどからがんばってたのかを、かな？」

がぶりと頬に噛みつかれたのと同時に勃《た》ちあがったものをきゅっと握りしめられ、相馬はひっと息を呑んだ。

すくんだ首筋にも唇が触れ、そっとついばんだあとに舐められたとき、は、と小さく栢野が息をつく。湿り気のある熱がふわっと肌をかすめて、耳が熱くなった。

いじられるそれと同時に相馬の全身も硬くなり、まるで『気をつけ』の状態で、ぎゅうっと拳を握りしめた。横になっているのにめまいがして、きつく閉じた瞼が熱い。

(手、とか、どこ置いてればいいんだろ。こ、声とか出したほうがいいの？　出さないほうがいいのかな？)

とにかくなんにもわからないまま、やさしくさすられる。腰が浮きそうなのを必死にこらえると、破裂しそうな鼓動が耳の裏を叩いているのがよくわかった。そこを鼻先でするりとこすられ、「ひぐ」と変な音を立ててうめく。

こんな不器用な反応しかできなくて、いいんだろうか。そう考えていると、栢野がぽつりと言った。

「ほんとかわいいなあ。こんななんだ」

握りしめたものの先端を撫でながらの熱っぽい声に、かっと頬が染まった。相馬のそれは、ある意味まだ完全に大人になりきっていなくて、自分でもすこし気にしていた。

「それ、び、微妙に失礼、な、気が」

「そういう意味じゃないんだけどさ。まあ、でも――」

あはは、とやっぱりさわやかに笑った栢野は、ふっと真顔になって唇を額に押し当てる。

「――この子、俺が剝いちゃっていいの？」

目を見てささやく、その声がいままでと違いすぎた。言葉のいやらしさにも、がんと頭を殴られた気がした。そのくせに、催眠術にでもかかったように相馬はうなずき、強くなる指とゆったりと吸うキスを受け入れた。

（うわ、うわっ）

すっぽり包みこみ、やさしく揉み撫でる手は大きい。頰や鼻先にキスを落とされながら、ゆっくり高めようとする愛撫に、不安と快感がまじりあってわけがわからなくなってくる。

「痛い？　もうちょい」

自分でもあまりいじらないところを強引に引っぱられ、たしかに痛みがある。それ以上に恥ずかしく、なにも言えないままぶんぶんと首を振っていると、栢野がふっと息をついた。

「相馬、口あけて」

「いいから、あーんしてみ、あーん」

混乱しつつ、反射的に言われたとおりに口を開くと、栢野がねろりと耳を舐めた。

「ひう、あっ！」

誰の声だ、というくらい、声がひっくりかえった。全身がびくんと反応し、うえに乗っかった身体にぶつかっても、栢野はそれをやめない。耳殻のふちを硬くした先端でなぞり、裏を舐めるときはやわらかく広げてねっとり動かす。舌というのがずいぶん繊細に動くことを教えられ、相馬は震えあがった。

肩を掴んで押し戻そうとしたのに、耳朶をぱくりと食《は》み、唾液が粘る音を聞かされる。

「あ、やだ、それ……やっやっ」

「んーん？」

笑み含んだ不明瞭《ふめいりょう》な声は、イントネーションから察するに、「なにが？」だろう。

「あっ、あっ、あっ……やだ、音、や……」

「音？　どっち？」

くちゅくちゅいうそれと、脚の間をいじる指の動きが連動し、しかも似たような音を立てていると気づくのに、そう長くはかからなかった。

（やばい、ぬれてる）

親指を先端に押しつけ、滲み出る体液をこすり取ったあと、周囲になするような動きが何度も繰り返された。

「あ、あ、でる、でちゃ、うから」

「いいよ。……ついでにいけそうだな、これも」

「なに、なに、や……あっ、ああ、あ！」

意味不明なことをつぶやいた栢野に、ぐいっと強引に指を動かされ、ひりついた痛みとともに強烈な刺激が訪れた。なにがなんだかわからないまま疼痛の混じる射精を迎えた相馬は、はじめて他人に促された絶頂にがくがくと脚を震わせる。

「痛くない？　平気か？」

「わかんない……ぜんぶ、痛い……」

全身がびりびり痺れるほどの快感は、まだ相馬には受けとめきれない。解放感がすさまじい下肢は栢野の手に大事に握られたままだけれど、見てたしかめるのがひどく怖い。

「相馬、拭くからちょっと我慢な」

立てさせられた膝までがかくかくと震えていて、この余波はいつになったらおさまるのかわからない。なすがままに脚を開くと、ひんやりしたものが性器に触れてまた身体が跳ねた。

「ウエットティッシュ。ノンアルコールのだから、しみないだろ？」

「じ、自分でするよ……」

たったいま、栢野の手で大人にされたそこをきれいに拭われ、まるで乳幼児にでもなったような恥ずかしさにもがくけれど、手足に力が入らなかった。

「いいの。これも俺のお楽しみだから」

「おた……っ、先生、ヘンタイっぽいよ！」

「やかましい。おまえが見た目幼いから、もうとっくにヘンタイな気分だよ」

真っ赤になって噛みつくと、もう知るかと栢野は開き直った。そして拭い取ったティッシュをまるめて捨てたのち、無意識に身体をまるめようとする相馬の膝を摑んだ。

「ここも、欲しい」

まだわななく腿を開かされ、奥の奥を探られる。予想していたとはいえ、ひんやりした指が触れたとたんに相馬はびくっと震えた。

「ちゃんとゆっくりするし、傷もつけない。おまえがいやだって言ったらすぐやめる」

「で、でも……」

「ちょっとだけ教えておきたいんだよ。なにをしろって言ったのか。それだけだから」

いいか、と頰をついばみながらせがまれて、拒めなかった。怖くないと告げるようにキスをされるうち、身体の力が抜けていき、ぬめるものを垂らされても反応さえできなかった。

「ひ、は……」

大きな手のなかで、いちばん長い指。その関節ひとつがもぐりこんだだけなのに、相馬は全身が震えるほど過敏に反応した。がちがちと歯が音を立て、栢野はゆっくり肩をさする。

「これ、痛い？」

「い、いた、いたい……」

「ん、じゃ……もちょっと細いの。な？」

驚かせないよう、そうっと抜けた指の代わりに、言葉どおりもっと細いものが押し当てられる。たっぷり濡らされていたぶん、どうにか入りこんだけれど、いちど知った痛みに身体は緊張したままだった。

「小指でも痛い？　それとも、怖い？」

声も出なくて、ただがくがくとうなずく。もうちょっと我慢できるかと問われ、それにもうなずくと、差しいれた小指がゆっくりと動き出した。

「あ、うわ、わっ、やだ、やだあ」

「んー、まだ痛いか？」

違う、変な感じ、とまともに言葉にならない状態で訴える。呼吸がひきつり、しゃくりあげるような音を立てた。

（無理、指で、こんな、痛くて）

あんなにすごかった栢野が入るわけがない。裂けるかもしれない。壊れるかも。どうなってしまうのかわからない恐怖が、好奇心と拙い恋心より勝って、相馬はぶるりと震えた。

「――い、いや、痛い、怖い、こわい、ごめんなさい、こわいっ」

思わず両手の拳《こぶし》を握り、ぎゅっと両目に押し当ててしまう。自分で煽《あお》っておいて、とんだ醜態だと思うけれど、相馬は結局そう叫んでいた。栢野の手が一瞬強ばり、その後しかたなさそうな苦笑いが聞こえた。

「……やっぱりなあ。だと思った」

怒っている口調ではないけれど、がっかりしたのは声でわかる。そっと手を離され、ちいさくまるまった相馬は震えながら涙ぐんだ。

「ご、ごめ……ごめんなさい……」

「怒ってないから謝るなよ。そっちのほうがきつい」

怖がるなと抱きしめられ、何度もうなずく。ごめんと言うなと重ねて告げられ、相馬は唇を嚙んだ。

「無理して入れなくていいから。言っただろ、待つって。これも予測済み、気にするな」

相馬がおずおずと目を開けると、微笑んだ栢野が額をあわせてくる。もう一度だけ「ごめん」とつぶやいて広い胸に抱きつくと、まだ兆したままのそれが腹に当たった。

「これ、どうすんの……」

「んー、触るの許してくれるなら、入れないで、気持ちいいことだけしようか」

挿入以外でもどうにかする方法はあると栢野は誘ってくれた。失敗にへこんだ相馬への気遣いなのはわかっていたから、涙目のまま「どうすればいい？」と問いかける。

「……どうって、まあ、そのまんまでいてくれれば充分」

潤みきった目で見あげた栢野は、意味のわからないことを言って相馬の脚をもう一度開かせる。一瞬怯えた身体をなだめるように撫でながら、お互いの脚を絡ませ、下肢にローションらしきものを垂らして、ぴったりと身体を押しつけあった。

「これ、なに？　ぬるぬる……」

「マッサージ用のローション。怖くないか？」

「ン……」

ゆるゆると腰を動かされ、卑猥な音にも動きにも真っ赤になりながら、相馬はうなずく。怖いどころか、触れあわさった栢野の性器があまりに熱くて、なにも考えられなくなる。

無言のまま、互いに腰を押しつけあう。はじめのうち、動きはどうしても栢野にリードされていたけれど、尻を摑んで「こうして」とささやかれ、次第に大胆に腰を振っていた。

「いきたかったら、いつでもいっていいから」

好きに感じていいと教えられ、気づくと夢中になっていた。キスを求め、広い胸や背中に手のひらを這わせ、しがみついて声をあげる。いけないところを大きなそれでこすってほしい。もっと撫でたり揉まれたり、されたい。

「気持ちい？　相馬」

ぴったりあわさった腰は小さな音を立てながら卑猥に揺らめき、空いた左手は相馬の乳首を押しつぶす。どこも、ここも、栢野が触るところは、ぜんぶいい。

「あ、ああ、いい……いい……」

奔放にはじける快楽を追う相馬に目を細め、栢野はするりと手をすべらせて、小さな尻を両手に包む。お互いの身体を濡らしたローションを指にまとい、さきほど相馬が痛がって怯えた場所へと、そっと触れた。

「っ……！」

「だいじょうぶ。入れないから、感触に慣れて」

ぬるつく中指と人差し指を揃えてごく小さな孔《あな》に添え、マッサージをするかのように二本のそれで刺激される。あんなに痛くて怖かったのに、いまはなぜか痺れるような感覚しかない。足先が疼《うず》き、腰がもっとくねる。栢野の腕を摑んで、相馬はあえいだ。

「へ、ん、それ、へん」

「……ゆっくりにするから。怖くないから。ここは気持ちいい、って覚えな」

ゆったりした声で繰り返し、怖くない、気持ちいいよ、と教えこまれ、忙しなくこすれあう性器の快感も相まって、相馬は汗だくのまま腰を震わせる。

「次は、もうちょっと入れる。ゆっくり拡げて、俺の大きさ覚えさせるから」

「う、うん……うん、うん」

大事に開発してやるから、と低くあまくささやかれて、言葉の意味のあやうさに気づかないまま「覚えるから」とうなずいた。そうしていると、あれほど怖かったことがまるで嘘のように感じられ、なんだか身体の奥、知らない場所がずきずきと疼きだす。

「あ、やわらかくなった……ちょっと、しまってる。これなら、次は指、はいるかな」

「や、や……んん、ふあ、あああっ！」

楽しみだ、と含み笑う声が聞こえたとき、相馬は声をあげて二度目の射精をしていた。熱っぽい粘液を浴びせた恋人は、その一瞬だけ獰猛《どうもう》に目を光らせ、ぐったりした相馬の脚を抱えて自分のそれを挟ませる。

「ごめん、もうちょい、つきあって……おまえの脚、貸して？」

言うなり、とても言葉にできないくらい淫猥に腰を振ってみせる栢野の姿にのぼせあがった相馬は、結局彼が達すると同時に、三度目の絶頂を味わわされていた。

「……あんた、びっくりするくらい、スケベだ」

ぐったりとした相馬がつぶやいたのは、栢野とともにシャワーを浴びて身繕いを終え、シーツを取り替えたベッドに寝かされたときのことだった。

「スケベですよ、男ですから」

「開き直るなよ！」

真っ赤になってわめいた声はかすれきって、とたんに咳が出る。相馬の不機嫌も意に介さず、にこにこしたままの栢野に食事のときと同じアイスティを差し出され、ひったくるようにして飲み干したあと、ぎろりと栢野を睨んだ。

（こんな、さわやかなツラしておいて、あんな、あんな……）

シャワーに連れこまれ、どろどろになった身体を洗われた相馬はすでにぐったりしていたが、三対一のうえにあきらかに体力でも勝る栢野が満足していないのは、見なくてもわかっていた。だから、ごめんねと小さな声で謝ったのは、自分の幼さへの悔しさでしかなかった。

だが、思った以上にひとの悪い栢野は「ごめんと言うなと言っただろう」とすこし怖い顔で睨んでみせ、身も心も解放された相馬は涙目でまた詫びる羽目になり。

――んー、悪いと思うなら、もうちょっと借りていい？

あげくには、なにもしないでいいから手を貸せと言われ、その間、ずっと乳首をいじられて、洗うついでに指の使いかたまで教えこまれてしまったのだ。

「しょうがないだろ。俺は最初に、やめとこうって提案したけど、誘ったのおまえのほう。ついでにびびったのもおまえのほう」

「うっ……」

こちらはビールを飲みながら、濡れた髪を拭く栢野は、ずけずけと容赦なく指摘する。だが、やはり見た目にはまったく、あんないやらしいことをする男には見えない。

「……あんなんするなら、やっちゃえばよかったじゃん」

「痛がらせるのは趣味じゃないし、そういうのは俺は、ぜったい、いや」

「でも……あ、あんな、あんなの」

「悪いけど序の口だから。好きな子に誘われたあげく、寸止め食らわされてまで先生やってらんないし。……それに、相馬だって、気持ちいいの、きらいじゃないだろ？」

いいように言いくるめられている気はしたが、相馬から誘ったのも、相馬が痛がるので中途半端になってしまったのも、かなり気持ちよくなってしまったのも、ぜんぶ事実なのでなにも言えない。

「そもそもいきなりで準備不足だし、だいたいおまえの体調も悪すぎるから。続きは後日。気がかり全部片づいたらな」

今日の俺は充分満足したから、と笑って頬に口づけられ、これ以上ごねることはできなかった。そして栢野の『気がかり』という言葉に現実を思い出し、どっと身体が重くなった。

「……俺、これからどうすればいいんだろ」

つぶやくと、まだ裸の身体に栢野のTシャツを着せられる。脱がされるときもそう思ったが、手つきはまるで保護者のようで、また「ばんざい」と言われてしまった。

「とりあえず相馬は、俺がこれからなんか作るから、食って、寝て、体力回復させなさい」

さっき運動したから腹減っただろ。揶揄に目を細めるのは、シャワーの最中小さく鳴った腹に気づかれていたせいだ。

「あのな、そういう意味じゃ……っ」

はぐらかすなと睨むより早く、尖った唇が盗まれる。あわてて手のひらで口を押さえると、乱れた髪を長い指で梳いた。

「いま考えたって、そんなグダグダじゃどうしようもない。とにかく食って寝ろ。さっきごはんものだったから、サンドイッチとフレンチトースト、どっちがいい？　疲れてるだろうから、あまいのにするか？」

なにを言おうと完全に栢野のペースで、結局はベッドに座ったまま、ハチミツがけのあまいフレンチトーストを食べさせられた。夜食にしては重いかと思ったが、栢野の言うとおり疲れていたせいか、ぺろりと平らげてしまった。

いっしょに出されたホットミルクにもハチミツが垂らされていて、ほんの少しブランデーも入っていたらしい。食べ終えると急激に眠気が襲ってきて、相馬は目をしょぼつかせた。

「おまえ、ほんと子どもと一緒だな……飲みながら寝るなよ」

マグカップを持ったまうとうとしていると、あきれ笑いが聞こえた。カップをとりあげられ、上掛けをかぶせられるまでの記憶はとぎれとぎれになっていたが、落ちそうな意識を必死にこらえ、栢野の手を握った。

「せんせー、料理、うまいね……」

「ひとり暮らし長いからね。いいから寝ろ」

うなずいて、「ごちそうさま」とつぶやいた相馬は閉じそうな瞼に抵抗するのをやめた。

「……おやすみじゃねえのかよ！」

ベッドに突っ伏した栢野が爆笑していた気がしたけれども、それも夢うつつのなかで――

喜屋武に脅されて以来はじめての深い眠りに落ちていた。


翌朝、早い時間に相馬はぱっちりと目を開けた。もともと夜型で寝起きの悪い相馬は、こんなにすっきり目覚めたのは何年ぶりだろうと自分で驚いた。

見慣れない部屋に戸惑い、きょろきょろとあたりを見まわしていると、栢野がひょこりと顔を出す。

「おう、起きたか」

とたん、昨晩の記憶がよみがえり、相馬はぼっと赤くなった。おもしろそうににやにやしている栢野は相変わらずのさわやかな顔で、すでに身支度も終わっている。

「……おはようございます」

照れくさいのと中途半端な結果に不愉快なのとで、おそろしく不機嫌な声になった。だがなぜか栢野はぶはっと噴きだし、「お粗末さまでした」と喉奥で笑いながら意味不明なことを言う。

「お粗末……なにそれ？」

「いや、なんでも。ところで朝飯、食うか？　ハムエッグとみそ汁とサラダくらいだけど」

「なんだよ、気分悪いなあ……」

はぐらかされたことに文句を言いつつも食べると答えると、また笑われた。なにか寝ぼけて変なことでも言ったのだろうかと首をかしげていると、顔を洗ってこいとうながされる。

洗面所の鏡で自分の姿を見つけ、相馬は顔をしかめた。寝間着代わりに借りたTシャツの裾は長く、肩がずるずると落ちる。まるっきり子どものような姿にうんざりしながら顔を洗い、いつの間にかきちんとたたまれていた昨日の服を身につけ、台所に向かう。

「なんか、手伝う？」

声をかけると、栢野は微笑ましげに目を細めた。

「じゃ、これ運んで。卵もうすぐ焼けるから、あとはそこ座ってなさい」

お盆に乗せたみそ汁とごはんを渡され、お手伝いの子どもよろしく言いつけに従う。セッティングのまえに台ふきでテーブルを拭いていると「えらいな」と誉められ口を尖らせた。

「あのね、小学生じゃないんだから、これくらいふつう、やるだろ」

「それがなかなかね。いいおうちで、いい躾《しつけ》されてるな、相馬」

しみじみと言う栢野に、ひと晩経って冷静になった相馬はふと気がついた。

（ゆうべのあれって、狙って言ったのかな）

いまの口ぶりでも、そして以前、ややこしい家庭環境の話をしたときも、栢野はけっして相馬の家や周囲について否定的なことを言わなかった。

けれど限界まで来た感情を爆発させるために、昨夜はわざと相馬の周囲のひとを責めるかのような言いかたをしたのではないか。

――いまの俺はおまえしか大事じゃない。

栢野が言う『護る』というのは、相馬の抱えたものすべて、という意味だと、本当に包みこむような抱擁が物語っていたし、そうして批判された身内のすべてを、結局は相馬が庇うことくらい、栢野にはお見通しだともうわかっていた。

食事をしながらじっと見つめていると、みそ汁をすすっていた栢野が目をしばたたかせる。

「……なに？」

「や、なんでもない。先生、料理うまいね」

ごまかすように言うと、なぜか栢野はまた「ふはっ」と噴きだした。さっきからなんなのだと睨みつけるけれど、彼はけっして口を割らなかった。

「もう、なんなんだよ。ごちそうさま！」

食べ終え、箸《はし》を置いたとたんにまたげらげらと笑われ、完全に臍《へそ》をまげた相馬は洗い物をはじめる。まだ喉奥で笑う栢野が「ありがと」と言いながら、自分の洗い物を運んできた。

「ところで相馬、今日の予定は？」

問いかけつつ、栢野は背後でコーヒーメーカーをセットする。ほどなく、ふわりとしたコーヒーの香りが部屋に漂いだした。

「え？　休みだしべつに、なんも……」

言いさして、はっと気づいた。そういえば無断外泊になったのではないだろうか。

「や、やばい。俺、泊まるってあーちゃんに連絡、してなくて」

焦りながらの危惧は、あっさりとした栢野の言葉に解消されてしまった。

「それなら俺が電話しといた。おまえは昨日、栢野講師監督のもと、北とか田中といっしょに合宿して、制作してたことになってる。で、週末いっぱいお泊まりするって言っておいた」

相馬はほっとしつつ、よくもまあそんな嘘をつけたものだとあきれたけれど「週末？」と首をかしげた。

「そう、週末。まあ、土日いっぱいでなにができるかなと思うけど、いまごろはかなりデータも集まってるんじゃないのかなあ」

「データって、なにが？」

洗い物を終えた相馬が問いかけるが、淹れ終えたコーヒーを注ぐ栢野には逆に「ミルクと砂糖は？」と問われてしまう。

「えと、砂糖はふたつ、ミルクじゃなくて牛乳がいい、カフェオレっぽいの……」

「ああ、コーヒー牛乳な。お子さま仕様で」

「うっさい。それより、週末って？　データってなに？」

答えよりさきにマグカップを手渡され、もごもごと礼を言いながら口をつける。栢野の淹れたコーヒー牛乳は不思議なことに、昭生のカフェオレに近い味がした。

「それ飲み終わったら情報収集にいくから、支度して」

「へ？　どこに？」

「北のアジト。ゆうべから、田中といっしょに詰めてる」

栢野の言っている意味がわからず、相馬はぽかんとなった。

「まずは敵を知らないとね。情報戦となったら、おまえのともだちが、いちばん得意でしょう、こういうの。去年の一件では、田中はあざやかだったよね」

ネットの騒動をどう収拾させたのかは知っていると告げられ、ようやく言葉の意味を悟った相馬は、すっと青ざめる。

「……史鶴に、言ったのか？」

「言わないですませるほうがどうかしてる。冷静に考えてみなさい。今回の件で相馬が言いなりになったとして、その男が北にも揺さぶりをかけないって保証はどこにある？」

厳しい表情になる栢野の言葉はもっともだ。けれどそれでは、なんのために相馬が耐えていたのか、まったくわからなくなってしまう。

「でも、あんな写真、史鶴が知ったら傷つく！　なんで言うんだよ、ひでえよ！」

「ゆうべも言っただろ。俺は北よりおまえが大事。おまえが傷つくほうが、俺はやだね」

尊大に言いきられ、腹が立つのに怒りきれない。苦しんだこの十日あまりを無駄にされたというむなしさはあったが、誰より優先だと言われる嬉しさのほうが勝った。しかし、続いた言葉にはさすがに目をつりあげた。

「それと、悪いけど、携帯のなかも見させてもらった。北の写真ってやつも」

「なっ……ひとの、勝手にっ……」

「怒るまえに、パスワードくらいかけときなさい。……あれは合成の可能性があるよ、相馬」

またもや怒るまえに意外なことを言われ、今度こそ絶句する。うそ、と声にならない声でつぶやいた相馬の手を取り、寝室へ向かった栢野はパソコンを立ちあげた。

「ケータイの画面だと小さくてよくわからないだろう。けど、こっちで見てごらん」

いつの間にデータを移したのか、フォトショップの画面には、次々と史鶴の寝顔が開かれていく。思わず顔を背けたくなったけれど、「よく見て」と冷静に言われて渋々目を向けた。

「カメラマンって言ってたね。たぶん画質のこだわりはあったんだろうけど、解像度大きすぎたのがアダになったな。ここ、ほら」

ズームされたのは、史鶴の寝顔と首筋の部分だ。いったいなにが、と目をこらしていると、かすかに違和感がある。

「なにこれ……継ぎ目？　首と顎のとこ、ドットが崩れて……」

「アイコラの技術はいまいちだったみたいだね。もっとよく見ると、影の方向も違う。顔の光源は左からなのに、身体の光源は正面だ」

指摘され、相馬はまたもやぽかんと口を開けてしまった。そして、へなへなと膝から力が抜けて、床にへたりこんでしまう。

「おい、だいじょうぶか？」

「だ……だまされた……は、ははは」

力なく笑いながら、どうしてかぼろっと涙が出た。椅子に座ったまま長い腕を伸ばした栢野は、相馬を床から掬いあげるように抱きしめる。

「よか……よかった、史鶴、変な写真残ってなくて、よか……っ」

ひい、と情けない声が漏れた。膝のうえに抱えあげられ、昨日から泣いてばかりだと思いながら、あまやかしてくれる栢野の腕にぜんぶを預けた。

「いくら俺でもね、コレ本物だったら北に言わないよ。まあそれに確信もあったしな」

苦笑する栢野にこくこくとうなずきつつも、「確信って？」と鼻声で問いかけた。

「北についてはそれほどよく知ってるわけじゃない。けど彼は相当用心深いし、警戒心も強いだろう。性格上、ここまで無防備な写真を撮らせるとは思えない」

「でも、寝てるのばっかりだから、意識ないときに撮られたのかなって……」

とたん、相馬は赤くなった鼻をつままれた。

「あのね相馬、気を失うくらいのハードプレイだったとしたら、こんな穏やかに眠ってられないよ。もっとぐったりしてる」

「え……」

言われて、まじまじと写真を見つめた。偽物だと知ったせいか、落ちついて眺めた史鶴の顔はたしかに『ただの寝顔』に見える。

「ついでに言えば、あのえげつない写真に関しては、そもそも顔も映ってないだろ。局部アップだけだし、それになあ……」

「な、なんだよ」

ため息をついた栢野にまた鼻をつままれた。

「ハメ撮りってのはね、文字通りハメながら撮るわけでさ。なんでその状態で、突っこんでる男のケツが映る角度の写真が撮れるわけ？　これ、間違いなく第三者が撮影してるか、カメラセットして撮ったかだろ。盗撮にしたって、鮮明すぎる。北はそういうプレイ許すやつなのか？」

しごく淡々と指摘され、相馬は無言のまま今度こそ怒りと羞恥に赤くなった。これほど簡単に喜屋武に踊らされて、どれだけあの男を高笑いさせたのだろう。

「……だからおまえはあくまで耳年増だっつうの」

「ハイ、そのとおり、デス……」

「自分ひとりで抱えこんでも限界あるんだよ。頼れるさきがあるなら、頼りなさい」

それはかつて、意固地になっていた史鶴に自分が言い続けた言葉と同じだった。当事者となれば、なかなか理屈では動けないものだなと深く反省しながらうなずく。

「というわけで、俺はエキスパートに頼ることにしたわけだ。じゃ、そろそろ行こうか」

相手が生徒だろうがなんだろうが、借りられるところは借りればいいしね。

にこやかに微笑む栢野は、ある意味では相馬の周囲にいる人間のなかで、相当ちゃっかりしているのではないだろうかと、ふと思った。

＊　　＊　　＊

史鶴と沖村の暮らすのアパートにたどり着くと、そこには毎度の面子が揃っていた。この部屋の住人ふたりに、ムラジ、そしてなぜだかミヤまでがいる。

以前、史鶴がひとり暮らしをしていたころよりひとつ部屋が増え、けれど史鶴の自室が、ほとんどの壁を埋め尽くす資料とパソコンの山、という状況には変わりがない。狭苦しく殺風景な部屋なのに、いつも居心地がよかった。それは史鶴が相馬を受け入れてくれていたからなのだと痛感するのは――仁王立ちになった史鶴の形相が、あまりに険しかったからだ。

「俺のネタで脅されてたってどういうこと」

ほっそりした友人の目の前に正座しながら、相馬は「えと……」と目を泳がせる。

このたびの事情は、昨晩相馬が眠ってしまったあと、栢野によってすべて史鶴たちに伝えられてしまっており、なにをどう言い訳することすらできなかった。

（史鶴、怖い……）

玄関を開けたときから史鶴の形相はこのとおりで、めったに怒らないひとが怒ると本当に怖くてたまらないのだなあ、と相馬は他人事のような感慨に耽《ふけ》り、目の前の恐怖から意識を逸らした。

「相馬、聞いてる!?　どういうことだって俺は言ってるんだけど！」

「ハイ、聞いてます……」

ミヤは触らぬ神に祟りなしとばかり、相馬が来るなり隣室へ退散し、栢野と話しこんでいる。ムラジは背後にいることはいるが、いまだ喜屋武についての検索作業を行っていた。

「しかもそれ俺に隠してたってなんのつもりだよ！　俺がひきこもってるだなんだ、いろいろ言ってくれて、自分のときは黙りこむのか。そういうの違うんじゃないのか！」

「おっしゃるとおりで……」

容赦のない叱責に相馬は「ごめんなさい」となだれるしかない。

がみがみくどくどと説教する史鶴の横で、べつの意味で剣呑《けんのん》な冲村は、いますぐひとを殺しかねない顔で問題のアイコラ写真を確認していた。

「ていうか、喜屋武だっけか？　俺がどうにかしていいなら、すんぞ」

ぼそりと吐き捨てた冲村の声があまりに低くて、史鶴はそちらにも怒りの表情を向けた。

「言っておくけど、暴力に訴えるのやめてね。もう冲村も少年Aじゃきかないから。それと俺、ハメ撮りなんてさせたことないからね」

「んなもん、見りゃわかる。ふつーの寝顔だからな、これ」

それすら腹立たしいと歯がみする冲村は、合成うんぬんの証拠より、史鶴の表情で偽物だとすぐに悟ったらしかった。

「ついでに言えば、史鶴の身体じゃねえよ、どれもこれも。特徴違いすぎ。だまされるか、ふつうこんなんで」

「……すみませんね、俺は史鶴のヌードなんか見たことないもんで」

怒りなのかノロケなのかわからない冲村の発言には、ぼそりと言い捨てる以外ない。

「俺も、見たくもないけど一応確認したよ。もちろん顔以外は俺じゃないし、この……局部アップの写真、これ、喜屋武でもないよ」

ため息をついた史鶴が言いにくそうにそれだけをつぶやいた。確認できた理由は、冲村が史鶴の写真を『本人じゃない』と断定できたのと同じだ。とたん冲村の目がつりあがり、ものすごく不機嫌なオーラをまき散らすのには、部屋中の全員が閉口した。

「あのな冲村、過去は過去だから、そこんとこ寛容になっとけよ」

ひょいを顔を出し、笑いながら言ったのは栢野だ。相馬や史鶴ですら口を開けなくなる冲村の剣幕も、栢野にとってはおかしくてたまらないらしい。

「心の狭い男はふられるぞ」

「うっせえな、わかってるよ！」

がっと吠えた冲村を喉奥で笑い、部屋に入ってきた栢野はムラジへと声をかける。

「田中、なにか出た？」

「だいたいデータ集め終わりました。表も裏も活動的ですね、このひと」

喜屋武の名前で検索をかけ、片っ端から情報収集をしていたというムラジは、プリントアウトした分厚い紙束を栢野へと渡した。

「表のほう、思った以上に出てきました。案外、名がとおってたひとなんですね」

ひところの喜屋武はファッション雑誌のカメラマンでもあり、アパレル系にも名前が知れている。またアンダーグラウンドなそれではなく、メジャーなタレントのグラビア写真を撮っていたこともあった。

「で、たぶん先生が欲しそうなあたりのデータが、このへんです」

「お、ありがとう」

クリップで留められたべつの紙束を渡され、栢野は手早くめくっていく。ときどき唇を親指でいじりながら、なにかを考えるような顔をする彼を、相馬はじっと見つめていた。

「お茶どうぞ」

「あ、ありがと、ミヤちゃん」

ミヤ持参の薫り高い紅茶をすすりつつ、なぜ彼女がここにいるのかと、相馬は奇妙に思っていた。それはこの場にいる誰もが、栢野が相馬を助けようとしていることになんの疑問も持っていないこともおなじくだ。

（どういう説明したんだろ……）

気になりつつ、いまは聞き出せる雰囲気ではない。そして皆それぞれが、それぞれの作業に入ってしまい、またもや相馬は『おみそ』な気分を味わっていた。

「……みんな、ごめんね」

しゅんと肩をさげてつぶやくと、全員の視線が集まる。とりわけ強いのが栢野のもので、じっと相馬を見つめた彼は、分厚い紙束を膝に置くと、小さく笑った。

「それ言うなら、ありがとう、じゃないの？」

含み笑いで言ったのは史鶴で、本当に彼に向かって言い続けたことをぜんぶ突き返されているなと痛感した。ますます小さくなった相馬に近づき、親友はぎゅっと頭を抱えこむ。

「さっきは怒ってごめんね相馬。……俺のせいで、いっぱい悩ませてごめんね」

「しづ……」

「喜屋武のことから立ち直れたの、相馬がずっといっしょにいてくれたからだ。今回も、ずっと護っててくれて、ほんとにありがとう」

思わずじんわり来て、相馬は唇を噛んだままかぶりを振る。

「俺、史鶴に、なんもしてやれてない……ばかみたいに、だまされて……」

「なに言ってんだか。あのとき相馬が、同じ学校に行こうって誘ってくれたから、いまの俺があるんだよ」

「……泣きそうになるからやめてくれよ」

頭を抱えこまれたまま、ぐすんと鼻をすする。やさしい親友の身体を抱き返そうかと腕を伸ばしたところで、なぜか双方向から引っぱられ、友情の抱擁は強引にほどかれた。

「おまえ、なつきすぎ。触るなっつっただろうが」

史鶴をうしろから羽交《はが》い締《じ》めにした冲村については理解できるが、自分の腹に絡まった長い腕が理解できない。相馬が涙目のままきょとんと目を瞠っていると、頭上からのため息がくせのある髪を揺らした。

「あのね、泣くのは俺のまえでだけにしてくんない？　それってけっこう優越感なんで」

苦笑を含んだあまったるい声に、相馬は完全にフリーズした。

「……もしかして、先生も冲村と同じ人種ですか」

うんざりしたようにつぶやいたのは、おんぶおばけを剝がそうと躍起になる史鶴だ。そしてからりと笑ったのは、いま相馬を抱えこんでいる男だった。

「うん、俺も気づいたの昨日なんだけど、どうもそうみたい。ごめんね、これ触らないでくれるかな？　俺、恋愛するのひさしぶりなんで、加減きかないんだよね」

照れもせずに言ってのけた栢野に、史鶴は深々とため息をついた。

「相馬、まえになんとか言ってくれたけどさ。……これ、慣れられると思う？」

抵抗むなしく冲村の腕に拉致された親友の、なかばあきらめを含んだ疲れた声に、相馬はただ無言でぶんぶんと首を振るしかできない。

「ついでに言うと、たぶん冲村より栢野先生のほうが、上手《うわて》だよ。がんばってね。まあでも、念願の初恋成就だし、よかったね」

ひさびさに史鶴らしい、乾いた投げやりな発言が出た。相馬はそれを指摘することすらできず、ただただ茹であがっている。

「ば、ばれてるの……？」

わななく声での問いかけには、全員がうなずく。

「ばればれというか、相馬って顔が正直だから、語るに落ちてるというか……」

「ていうか相馬くん、栢野先生のまえだと意識して挙動不審もいいとこだったじゃないか」

「パシフィコで、ふたりしていなくなってたし、朝も雰囲気出しまくりだったしねえ」

「つーかゆうべ、栢野が言ったじゃんかよ、俺の大事な子助けてっつって。えれえかわいい子みたいな話すっから、誰のことかと思った」

それぞれの証言に、相馬は頭のてっぺんから湯気が噴いた気がした。わなわなと握った拳を震わせ、さきほどとはまったく違う意味で涙目になりながら、背後の男を振り仰ぐ。

「ばらし、た？」

「うん、ていうか、ばれてた。おまえだけみたい、俺が好きって自覚してなかったの」

あはは、と笑われて、もう文句も出ない。羞恥と憤怒に泣き出しそうに顔を歪めた相馬の身体がくるりと反転させられ、広い胸に押しつけられた。もがくより早くぎゅうっと抱きしめられ、頭のうえに顎を乗せた栢野は、いつものやわらかい声を発する。

「ごめんね家主さん、ちょっとお部屋貸して。落ちつかせるから」

「はーい、よろしくお願いします。あ、機材あるんで暴れさせないでくださいね」

あっさりと答えた史鶴のうながしで、全員が部屋を出て行く。ドアの閉まる音がしたとたん、相馬は猛烈にもがいたけれど、脚は長い脚に挟まれ、腕を戒めるように抱きしめられて、抵抗のしようがなかった。

「よしよし、恥ずかしかったな」

「うー……っ！」

「みんな見守ってくれてただけでしょうが。怒らない怒らない」

「うーっ、うーっ！」

頭が煮えるように熱い。地団駄を踏むこともできなくて、押しつけられた胸に向かってうめいた。くすくすと笑いながら、寛大なともだちに応援されて、栢野はむなしい抵抗を抑え続ける。

「なにがいやなんだよ、栢野」

「お、冲村にぜったいからかわれる……」

「さんざんやったお返しだろ。あまんじて受けなさい」

「あっ、あんたが、俺のことかわいいとか、あいつに言うから」

「事実だからしょうがないだろ。冲村に言うのがいやなら、いま言ってやろうか？」

うわん、と耳まで赤くなって身をよじりながら、耳が溶けそうなあまったるい言葉でいじめられ、相馬は完全に抵抗する気を失わされた。


二十分後、相馬と栢野が別室に顔を出したとき、その場の全員は賢明にも、なんのからかいも口にはしなかった。真っ赤な顔をした相馬がすでに限界なのは見て取れたし、栢野のおかげで気持ちは立て直されてはいたけれど、ここ十日あまりの心労からは、回復しきってはいないのを察したからだと、後日になって史鶴が語った。

「データ、さらに詰めました。とりあえず、これが最近の喜屋武の動向です」

「ん。……やっぱりか」

皆でまとめてみたというデータを相馬が覗きこむと、喜屋武の言ったとおりろくでもない雑誌のカメラマンとして働いていたのがわかった。

「ウェブのゴシップサイトとかにも寄稿してたみたいですね。全部本名なのは、やけくそなのか、自意識強いのか……」

「どっちもじゃないかな。そういう性格だったから」

ムラジのつぶやきに、さらりと史鶴が答える。冲村は一瞬眉を動かしたが、こちらも言い含められたのか、なにも口にはしなかった。

「それと、こっち。表のほうの足跡です」

「え……仕事してたの？」

「しようとしてたの」

ずらりと並んだそれは、写真公募のデータだった。エントリーされた作品や撮影者名は、ネットで公表されているらしい。かなりの数のコンペが並んだそれを見て、未練がましくエントリーしていたんだなと相馬は顔をしかめた。

「俺はもう犯罪者になったんだ、とか言ってたくせに……」

「そう簡単にあきらめるタイプじゃなかったんだろ。そういうもんだよ、いちど創作に取りつかれた人種ってのは」

静かな声で言った栢野を見あげると、彼もまた相馬を見つめていた。なにかを語るようなまなざしに首をかしげると、彼はふっと微笑み、ふたたびリストに目を落とす。

「まあ、おかげでつけこみどころもあるけどね」

「どう、するの？」

「ん、まあ、双方向から責める感じでいこうかなと思って」

ね、と栢野が微笑んでみせたのは、なぜかミヤだ。彼女もまたにっこり微笑み「ね」と小首をかしげてみせる。

「なんか、俺、ぜんぜんわかんないんだけど」

どうして当事者なのに蚊帳の外なのだとむくれた頬を、栢野の長い指がつついた。

「いいから、任せておきなさい。助けてやるって、言っただろ」

ひとまえでするにはあまったるいことこのうえないそれに、冲村はうんざりと顔をしかめ、ムラジは見ないふりをした。史鶴とミヤはくすくすと笑う。

「だから、具体的になにすんだって訊いてんだろ、もう！」

また頬をつつかれて、相馬はさらに茹であがり、栢野の指をはたき落とした。

「ひどいなあ……。まあ具体的に言うと」

大げさに指を振ってみせた栢野は、いつもの笑顔であっさりと、物騒なことを言った。

「脅して、買収するつもりなんだけどね」

＊　＊　＊

翌日、相馬は喜屋武へとメールを送った。

【この間の写真の件で、話がある。時間はこの間と同じ、場所も同じで、今日会いたい】

呼び出しには応じるかどうか半信半疑だったけれども、あっさりと彼は【わかった】という返事をよこした。

「……これでいいのか？」

「いいよ、上等」

送る文面も返信も栢野へと確認してもらい、不安な顔で見あげた男はいつものように微笑んでいる。昨晩はミヤを除いた全員が史鶴と冲村の家に泊まった。相馬は気抜けしたせいもあって、早々に眠ってしまったけれど、栢野を筆頭にした四人は遅くまで話しあっていたらしい。おおまかな段取りは聞いたけれども、本当にだいじょうぶなのだろうかと、いまだに心臓がばくばくしている。

「じゃ、あとは喜屋武と会うまでの間に、もうひとつの用事すませようか」

「そうだね、相馬、いっておいで。服も着替えたほうがいいだろ」

なんのことかわからないまま、栢野とともに史鶴の部屋を送り出される。二日も着の身着のままなのはさすがにまずいと、着替えは史鶴のものを一式借りたおかげで多少袖がだぶついていた。

「どこいくの？」

栢野の車に乗せられ、いまだ状況が呑みこめないまま問いかけると、彼はさらりと言った。

「まずはおまえんち。大事なもの、取ってこないといけないだろ」

「え……？」

「エントリーシート。……ほんとはもう、しあげてるんだろ？」

お見通しの言葉に、相馬はぐっと詰まった。いつものように反抗しようかとも思ったが、ため息ひとつで無駄な感情を押し流し、こくりとうなずく。

「なんで、わかるの？」

「わかるよ。相馬が描かないわけがない」

確信しきった声で言われて、いっそおかしくなった。ふにゃりと力の抜けた顔で笑い、助手席のシートに身体を埋める。

二日ぶりの自宅で、昭生に出くわすかと思ったけれど、彼はまた不在だった。車のなかで待っているという栢野のために急いで着替え、タイトルだけが空欄のエントリーシートを記入して、イラストボードを封筒に突っこむ。

「郵送じゃ間に合わないから、このまま出版社に持ちこみに行くよ」

「うん。お願いします」

相馬が素直に頭をさげると、「いい子」と頭を撫でられ、その手はさすがにはたき落としてやった。

出版社のある渋谷までの道は、さすがに日曜ということでかなり空いていた。栢野がなめらかに走らせる車は、三十分ほどで無事に目的地にたどり着いた。

「ひとりで平気か？」

「付き添いがいるほうが恥ずかしいよ」

心配顔の栢野に笑いかけ、相馬はひとりで、はじめての出版社を訪ねた。緊張しながら受付で手続きをすませると、すぐに編集部の女性が現れる。

「ぎりぎりで、すみません。これ、あの、コンペの応募作品なんですけど」

「相馬さんですね。お待ちしておりました。こちらにどうぞ」

言われて面くらい、どういうことだろうと首をかしげていると、栢野が電話で予告してくれていたことを知った。

「『エスシティコス』さん、うちの下請けもやってくれてるんですよ。で、うちの生徒が応募するから、ぎりぎりまで待ってやってもらえないかって、栢野さんに言われてたの」

毎度ながら、栢野の根回しのよさには舌を巻く。その場で簡単にエントリー内容を確認され、手続きは無事に終了した。

「いい先生に恵まれて、よかったわね。作品、お預かりします」

「……はい。いい先生です」

相馬がうなずくと、彼女は微笑んだ。「結果を待っていてくださいね」と告げた編集部員にお辞儀をして、相馬は小走りに栢野のもとへと戻った。

駐車場の車のなかで目を閉じていた栢野は、すこし疲れた顔をしている。窓をノックするとすぐにドアが開かれ、助手席に飛びこむなり相馬は言った。

「──根回し先生、お疲れさまです。つか、顔広すぎだろあんた」

「あー、木田《きだ》さんやっぱりばらしたか」

隠す気もなかったくせにと笑いながら睨んで、相馬は時計を確認する。時刻は、待ち合わせの四十分ほどまえ。いまから向かえば、ちょうどいいだろうと判断した。

「……さて、んじゃ、本命とご対面しますか」

言いざま、ハンドルを切って、栢野は車を発進させる。ごくりと喉を鳴らした相馬は、真剣な顔でうなずいた。

この間のことを考えて、遅刻してくるだろうと予想していたけれど、案の定喜屋武は十五分ほど遅れて現れた。相馬を見つけるなり、下卑た笑いを浮かべていたが、隣に立つ栢野に気づいて顔を引き締める。

「……なんだよてめぇ」

「相馬朗くんの担任で、栢野と言います」

見るからに柄の悪い喜屋武と対峙しても、栢野はいつもの穏やかな微笑を浮かべたままだった。事態が飲み込めず、喜屋武が眉間を険しくする。

「どういうことだ、朗？　なんで担任のセンセーがいっしょなわけだよ」

ずいと喜屋武が足を踏み出す。栢野がついてきてくれたおかげで、先日ほどには動揺しなかったけれど、それでも思わずあとじさった相馬のまえに、栢野がすっと立ちふさがった。

「とりあえず、俺の話聞いてもらえます？」

喜屋武がなにか言うより早く、にこやかに栢野は切りだした。

こんな場面で笑っていられる栢野の神経は、想像以上に相当太いらしいと相馬は感心ともあきれともつかないものを感じる。だが、その態度が喜屋武の怒りを誘ったらしい。

「だからなんなんだよてめぇは！　どういうことだ朗、あぁ!?」

「なんなんだって、先生だっつってんだろ、頭悪いなあんた」

凄む喜屋武に対して、栢野もがらりと口調を変えた。表情も一変し、喜屋武に劣らず剣呑なものを浮かべている。

「先生がなんだっつんだよ、てめえにどういう関係あるんだよ！」

「関係ならあるんだよ、俺の教え子ふたりの将来かかってんだから。あんたみたいなくだらない人間に関わらせたくもない」

きっぱりと告げると、舌打ちした喜屋武はいまいましげに地面に唾を吐いた。

「熱血教師かよ、ダッセえ……」

「二十歳そこそこの子を、逆恨みで脅迫する人間に、なに言われてもなあ」

しらけた声で冷笑する栢野を、喜屋武は睨みつけた。だがその視線すらあっさり受け流し、栢野は肩をすくめてみせる。

「すこし冷静に聞いてくれ。まず、質の悪いアイコラ写真。あれはすぐに破棄することをお勧めする。それと、妙なオトモダチ連中ともさっさと手を切ってほしい」

冷静に告げる栢野に、喜屋武はますます苛立ったようだった。

「ああ？　てめえになんでそんな指図受けなきゃなんねえんだよ。朗！　おまえもいったいどういう――」

「相馬に怒鳴るなって言ってるだろう」

歯を剝いた喜屋武の肩を摑んで制し、栢野はすぎるほど冷静に告げる。

「それから、きみのオトモダチさん。あんまりいたずらがすぎると、まずいと思うよ。本当に早めに手を切ったほうが賢明だ」

「……どういうこったよ」

「知りあったのはおそらく、『ウェブラッチ』あたりの仕事だろう。ああいうところは、他人については本当に口が軽いからね。すぐに名前が割れた」

ウェブのパパラッチを略した『ウェブラッチ』というインターネットゴシップ雑誌は、悪質な記事で有名だ。そこに寄稿している連中もそれなりのモラルしか持ちあわせていない。

――アングラな掲示板見てまわったら、すぐに漏れたよ。いいのかなあ、こんなおおっぴらにオレオレ詐欺の成功談、語っちゃって……。

持ち込み投稿者にいたっては、インターネットのあちらこちらで手にした情報をばらまいている始末だと、ムラジはあきれまじりに言っていた。そしてそのなかに、喜屋武のつるんでいるとおぼしき連中が、事細かに手口を綴り、おまけに『今後の突撃リスト』として目当てにした店の連絡先一覧まで、ご丁寧に掲載していたのだ。

とはいえ、さすがに自分自身の情報を書き記すほど愚かではない。しかし栢野は、その犯人たちの住所氏名までを完全に突き止め、証拠を握っている。

なにより相馬が驚いたのは、それらの素性を探り当てたのがすべて、ミヤだったということだ。ARToolKit のほか、さまざまなプログラムの研究をしている彼女は、全世界的にそのデータを公開し、また同じような研究をしている人間とコンタクトを取っている。そのなかには、凄腕だがあまり世間に出るわけにはいかないハッカーなども含まれているという。

(どうりで史鶴の件も、あっさり突き止めたわけだよねー……)

彼女は今回、まだ公表していないプログラムについての情報を提供する代わりに、彼らについての情報をもらったのだそうだ。情報交換の約束を交わしてから、おおよそ三十分でそれらのデータは吐き出されてきたらしい。

――そんなこと、していいの？　ミヤちゃん、だいじょうぶなの？

すべてを知らされた相馬が青くなりながら問いかけると、彼女は「蛇の道は蛇だから」とあっさり言った。

――どうせあいつら、要りもしない情報山のように握ってるんだもん。わたしもこのデータ、あいつらに解析してもらえれば、なんか新しいことできるかもしれないし。相馬くんはこの間手伝ってくれたから、お礼。

そして昨晩、栢野から相談を受けた史鶴とムラジに、今回の解決方法を示したのもまた、ミヤだと聞かされ、彼女については足を向けて寝られないと相馬はうなった。

(ほんと、ミヤちゃんてすげえ……)

むろん、それらは警察に通報ずみだ。そのこともしっかり言い含めたうえで、栢野は言葉を続けた。

「いまのうちなら、あんたはただの知りあいでいられる。相馬を脅迫した事実も、北史鶴の写真データの破棄と引き替えに、黙っていてあげてもいい。でないと、いろいろまずいことになると思うけど？」

ぎりぎりと喜屋武が奥歯を食いしばる。栢野はあいかわらず微笑んでいる。ふたりが並び立っている姿を、まるで傍観するしかない相馬は、不思議な感慨で見比べていた。

（なんか、喜屋武、しょぼい……）

先日の夕暮れどき、あんなにも怖ろしく見えた男が、まるで貧相なちんぴらのようだった。身長も栢野と同じくらいだし、むしろ胸板の厚さや凶暴さは喜屋武のほうが勝っていると思うのに、それがただのハッタリでしかないことが透けて見える。

――脅して、買収するつもりなんだけどね。

物騒な言葉のとおり、まずは鞭を繰り出した栢野は、次に飴を差し出した。

「それから、こっちが本題。……東征社《とうせいしゃ》の仕事、ほしくないか？」

栢野の言葉に、喜屋武は目を瞠った。歯ぎしりをして「なんだそりゃ」と必死に悪辣《あくらつ》な顔をつくろうけれども、動揺は泳ぐ視線に現れている。

「カメラマンなら知ってるよな、アート系写真の出版社じゃ、かなりの老舗《しにせ》だ。あんたそこのコンペに、何度となく応募しちゃ、予選落ちしてるだろう」

「調べやがったのかよ！」

がなる喜屋武に、にっこりと栢野は微笑んだ。

「そんなことはどうでもいい。とりあえず俺にはコネがある。それを使うか使わないかは、あんたの返答次第だ」

栢野は講師とあのデザイン展で見たグループワーク以外にも、たまに大学時代の友人の勤める、大手デザイン事務所の契約デザイナーもこなしていた。

そこは出版関係にも幅がきき、喜屋武が売りこもうとしているさきへ圧力をかけることもできる。逆に、素直に引っこむなら口をきいてやらないでもないと持ちかけると、喜屋武は半信半疑を装いつつも、あきらかに興味をひかれていた。

「……コネがどうしたっていうんだ、なにができる？」

うなる喜屋武に、「風評の怖さは、もう知ってるだろ」と栢野はさらりと切りかえした。それが腹立たしいように、喜屋武は険悪な面持ちで栢野を睨む。

「それが本当かどうかわかったもんじゃねえだろ。史鶴の写真ひとつに、なんでそこまでこだわるんだよ」

「そっくりそのまま返すよ。くだらない脅迫で小遣いせしめて、なにする気だ？　ちんけなプライド護るより、さっさとおいしい条件で手を引くほうが賢くないか？」

そろそろ手を打てよ、と栢野はたたみかけた。

「くだらない逆恨みで、俺の教え子たちの将来をつぶすな。あんたにとっても悪い話じゃないはずだ。交換条件はさっき言ったとおりだ。これが紹介状。……決めるのはあんただ」

栢野は封筒を手に「どうする」とつめよる。喜屋武はうめいた。

「本物なんだろうな、それは」

「なんだったら、いまこの場で電話してやってもいいけど？」

喜屋武の目がせわしなく泳いだ。じっと見ていた相馬に目を止め、「本当だろうな」とふたたび、うめくように問いかけてくる。

「栢野先生は嘘つかないよ。あんたじゃないから」

だまされた悔しさを視線に乗せ、きっぱりと言ってやると、奇妙なことに喜屋武のまとっていた空気が変化した。なにか、満ち満ちていた毒が薄まったような、そんな気がした。

「なんでも本気にしやがって。これだから、ガキは……」

吐き捨てる喜屋武に「だから相馬に絡むな」と栢野は言った。

「変な連中とは手を切れ。二度と、北にも相馬にも、その周辺のひとたちにも近づくな。それがこの紹介状の代価だ」

「……わかったよ」

「あんたも大人の男なら、若い子に絡んでるより、ちゃんともらったチャンスを生かせよ」

「情け深いことだな。先生ってのは。犯罪者を見逃すのか？」

「冗談だろ。その仕事で失敗したからって、また相馬や北に近づいたら、今度こそ、これを警察に持ちこむ」

取りだしたのは、小さな録音機器だった。喜屋武が現れるまえに、近くのベンチにカメラもセットしてある。一連の会話は、記録済みだと栢野は喜屋武に告げた。

「用意周到だな」

「いいブレーンがいるからね」

にこやかに笑っているけれど、栢野の目はひどく冷たかった。その手からひったくるように封筒を奪いとり、舌打ちした喜屋武はものも言わずに去っていく。

怒らせた肩が、暮れなずむ街に消えていく。あっけない幕切れに脱力しつつ、もうほとんど姿が見えなくなったところで、相馬はぽつりとつぶやいた。

「ほんとに、あれで引っこんでくれるのかな」

「まだ仕事はあきらめきってないだろうから、そこは大丈夫だろ。あとは彼の問題だ」

かつて喜屋武は、それなりの賞を取ったりもしていたらしい。野心家で、だからこそプライドも高かった。つけこみどころはそこだった、と栢野は言った。

「紹介状って、本物？　なんでそこまでしてやったんだ？」

「まあ、そこはちょっと汚い計算かな。ああいうタイプは押さえつけたり撃退したら、逆恨みを深くするだけだ。警察に通報しても、刑期はたいしたことない。むしろ出所してから、さらにひどい報復に出る可能性がある」

だったらチャンスを与えて、恩を売るほうが御しやすい。つぶやいた栢野がすこし怖くてたじろぐと、栢野はため息をついて、「……っていうかね」と肩を落とした。

「そういう目で見ないでくれない？　これ全部、ミヤちゃんの仕掛けなんだから。おまえだって、打ち合わせ聞いてたでしょ」

お膳立ては全部あの子だよと息を吐き、栢野は疲れたように肩をまわした。

「まあ、今日のこれは、俺のハッタリ次第だって言われたけどさ」

「や、それは、知ってるけどさ。だから、しゃべるなって言われたんだし」

本当は口を挟みたくてたまらなかったが、血気盛んな相馬が話をかき乱すと、交渉がうまくいかなくなるとミヤにきつく言われていたのだ。

「あの子、大物になるよねえ……でも、俺も、がんばっただろ？　交渉人栢野」

芝居がかった口調で言い、にやっと栢野が笑う。相馬も笑い返した。

「うん。すげえがんばった」

栢野の性格上、こうした駆け引きや、脅しめいたことを口にするのは、あんまり楽ではなかったのだろうと思う。それでも、なにかあっても、ちゃんと護ってやるからと約束したとおり、彼はしっかりと相馬を護ってくれた。

「ほんとにありがとう」

「ん。相馬もお疲れさん」

ぽんと頭に手を乗せられ、くすぐったくて笑った。憂いの消えた表情を見おろし、栢野は「さて」と声色を変える。

「そんなわけで、もろもろぜんぶ、とりあえず片づいたし」

「え？」

「……この間の続き、するか？」

おあずけ解除でよろしくと言われ、真っ赤になりつつうなずいた相馬の頬は、さきほどまで西口公園を満たしていた夕陽よりも、ずっと赤かった。

＊　　＊　　＊

とりあえず、事態がまるくおさまった件は史鶴たちにメールで伝えた。

直接会うか、せめて電話で伝えたほうがいいかと思ったけれど、ムラジとミヤは例の地下室で制作会議に入るため、ＰＣメール以外連絡が取れないと言われていた。

史鶴だけはことが終わったことをねぎらうメールをよこしたが、冲村に至っては【終わったならそれでいい。俺と史鶴の連休をこれ以上邪魔すんな】のひとことだった。

「なんか、みんな、感謝のしがいがないよねー……マイペースにもほどがあるっていうか」

栢野の家に連れていかれる車中、やりとりしたメールのあっけなさを愚痴ると、栢野は

「彼らはそんなもんでしょ。類友なんだろ、結局」と笑う。

「で、相馬は、お泊まりセット持ってきた？」

「……ないよ、そんなの。ただ、あーちゃんには書き置き残してきました」

せっかく栢野が外泊のアリバイ作成をしてくれたところなので、ちゃっかり便乗することにしたけれども、『合宿』が長引くため、もうひと晩留守にするからとメモを書くときにはさすがにうしろめたかった。

そして、平静を装いつつもかなり舞いあがっている。勢いまかせだった前回より、なにをするのか具体的に知ったぶんだけ緊張している。次第に会話も減っていき、栢野のマンションが近づくころには、相馬はすっかり無言になっていた。

ついに目的地についてしまった。ごくんと喉を鳴らした相馬は、しばらくシートベルトを握りしめたまま硬直していた。

「そんな緊張しないでくれないかな」

苦笑まじりに言われて、「無理……」と答えた声は、いまだ切っていない車のエンジン音にまぎれるほど小さい。

「俺も緊張しちゃうんだけどな」

嘘をつくなと睨もうとしたところで、ハンドルに両肘をかけた栢野がじっと見つめているのに気づいた。笑いのない栢野の顔はひどく苦手だ。心臓が早鐘を打ち、気が高ぶる。

「いまなら、もう一回おうちに送ってあげるよ」

栢野がハンドルを握ったまま、車のキーすら抜かないでいるのは、自分を怯えさせないためだろうか。穏やかな目の奥に、ほんのすこしだけ揺れるものがあって、相馬は目をしばたたかせた。

「ほんとに緊張、してんの？」

「うん。してる。俺こんながっついてて、泣かれたらどうすっかなーってね」

ふふっと笑う栢野の眉が、困ったように寄っている。手を出すように言われて素直に差し出すと、押し当てられたのは広い胸の左側だ。振動するほどに激しい鼓動が、自分のそれと大差がないことを教えられ、相馬はすうっと、ためらいと恐怖が消えるのを感じた。

「が……がっついてんの？」

「がっついてるよ。やせ我慢してるから。でも相馬がいやなら、すげえ我慢して待つよ」

二度も我慢とか言うか。思わず笑ってしまった相馬は、栢野の胸から取り返した手でシートベルトをはずした。今日はチャイルドロックはかかっていないらしく、ドアが開く。

「アイドリング長いと、エコのえらいひとに怒られるよ」

「……なんだエコのえらいひとって」

知らないよ、と笑いながら車を降りた。エンジンを切った栢野もそれに続く。心臓は相変わらずどきどきしっぱなしだし、すこし怖いのも変わらなかったけれど、差し伸べた手を栢野が握ってくれるから、不安だけはなくなっていた。

お願いは三つ、さきにお風呂に入らせてほしいこと、相馬が怯えたらなだめてくれること、それから——びびって逃げようとしても、言いくるめて完遂してほしいこと。

わがままにもすぎるそれを栢野に告げると、鷹揚な彼は「相馬が言うなら」のひとことで、子どもじみたお願いを丸飲みしてくれた。

(緊張すんな、ばか)

シャワーを終えた相馬は、洗面所の鏡の向こうを睨んでみる。けれど、目には不安がいっぱいで、こんな顔をこれから栢野の前にさらすのかと思えばいたたまれない。

くるりとクセのある髪が濡れて、小さな頭の形がよくわかる。鏡で見た顔は我ながらどうかというほどに真っ赤だし、髪が跳ねていないせいか、いつもよりおとなしく見えた。

栢野曰くの『お泊まりセット』は下着しか持ってこなかった。栢野のシャツを借りるしかなかったけれど、これもある種の相馬の決意表明だった。

「だ、だって寝るとき、服とか、いらないもんなっ」

あはは、と引きつった笑いを浮かべて、自分の発したひとりごとのあまりの恥ずかしさにまた真っ赤になった。思いのほかダメージは大きく、しばし洗面台にしがみついて耐える。

これからすることと、いままでシャワーの間にしたことに比べたら、この程度の羞恥はなにものぞ、と言い聞かせて、栢野の待つ部屋へと足を踏み出した。

「あ、出た？」

「う、うん」

右手と右足がいっしょに出るほどがちがちに緊張していたけれど、ソファに座った栢野はやはり平然として見えた。この差が悔しいと感じ、しかしどことなく違和感を覚えた。

（なんだろ、なんか……落ちついてるけど、あれ？）

それがなんなのか気づくことはできぬまま、にんまり笑った栢野の表情に顎を引く。

「……心配しなくてもいいいんじゃない？」

「なにが？」

「お色気方面、思ってるより早く育ちそうな気がするけどね。……いいね、鎖骨《さこつ》」

だぶついたそれを着ているのは、やっぱり子どもも子どもして見えてみっともなくも感じたけれど、その恰好は、意外にも栢野を喜ばせたらしい。

「せ、先生って、フェチ？」

「いや、たぶんただのスケベです」

おまえが言ったんだろうと揶揄しながら、近づいてきた栢野にうしろから抱きこまれる。がちがちになりつつうなじを吸われて、びくっと怯えたように相馬は震えた。

「なんだよ。怖いことも痛いこともしないって、もう知ってるだろ」

「そ、そ、そうだけど、あの」

前回のものすごく恥ずかしかった記憶がよみがえって、それで緊張してしまっているのだ。むろん栢野がそれを察していないわけもないけれど、首や耳の裏などあちこちにキスをするのはやめない。

栢野はシャツの裾《すそ》からもぐりこませた手で、ゆっくり腹部を撫でている。相馬を落ちつかせてくれるときの手と同じ動きなのに、場所が変わり、衣服を隔てないだけで、まったく意味合いが変わってしまう。

「せんせー……」

心細くなって、うしろから抱きしめてくれる手にしがみつくと、栢野がくくっと笑った。

「あのさ、相馬はさ、ふだん俺のことろくに名前でも敬称でも呼びやしないのに、なんでこういうときばっか『先生』なんだ？」

「え、あ、あれ？」

言われてみれば、栢野のことをいつも呼ぶときは「なあ」とか「あんた」とか言っていることが多い。皮肉を言うときにだけ「栢野センセイ」とつけることはあるけれど、ごくふつうの呼びかけはと言われれば、ろくなものではない。

「あとさ、なんかこういうときにセンセイはやめてくれよ。ものすごくいかがわしい」

「い、いかがわしいことしてんのは、あんたの手だろっ」

腹にまわった腕を摑んでやっと、さきほどの違和感の理由がわかった。栢野は相馬が風呂に入ってから三十分以上経つというのに、いまだに上着を脱いですらいない。そして触れた手首が、風呂あがりの相馬と大差がないくらいに火照っている。なにより――うしろになんだか、硬いものがあたる。

（し、したいのか。つか、興奮してんだ）

余裕がないと言っていたのは事実だと、表情よりも体温や態度で示されて、ぐびりと息を吞んだ。それを裏づけるように、熱っぽい声が相馬を捕らえる。

「おあずけ解除にOKしただろうが、朗くん？」

「あっ！」

呼び慣れない名前をささやく栢野にいきなり耳を嚙まれ、相馬は高い声をあげてしまった。反応の鋭さに栢野も驚いたようで「お？」などと目をまるくしている。

「どしたの、朗」

わざとひそめた声を吹きこまれ、今度は肩が跳ねるほど反応してしまう。真っ赤になった相馬は腕のなかでもがくけれど、上機嫌の栢野にぎゅうっと抱きしめられた。

「なるほど、こういうのが恥ずかしいのか」

「うわー……やだー、死ぬー……！」

じたばたと足先を暴れさせたけれど、体格差を活かしてそのまま持ちあげられ、ベッドへと運ばれてしまう。荷物を落とすようにぽんと放られ、栢野の体格をなんなく受けとめる低反発マットに相馬は沈みこんだ。

のしかかってくる栢野の影がひどく大きく見えて、ぎくっと相馬は身体を強ばらせた。

「怖くない、怖くない」

よしよし、とだきしめられて背中を叩かれ、こくんとうなずく。緊張で硬く握った手を拳のまま包みこまれ、ぎゅっとされると、やっと力が抜けていく。手のひらと指の隙間に栢野の長い指が入りこみ、くすぐられてびくっと腕を払うと、縮こまっていた身体が開く。

「ちょっとずつ、な？」

「……うん」

鼻先にキスをされて、驚かさないようにやさしく触れられ、長い息を吐く。信じると告げるようなあまいそれを、栢野は唇で吸い取った。

ちょっとずつ、と約束した言葉のとおり、栢野はやさしかった。

胸を、脚を、ゆったり丁寧に愛撫して、怖がらないよう、怯えないようにといつも目を見てくれて、けっして急かさずに全身を溶かしてくれた。

栢野が大人にした部分はまだ過敏すぎて、刺激が強いと痛みを覚える。あんまりしつこくするのもまずいと判断すれば、過度に追いつめることもせず、とにかく全部が相馬のためのセックスなのだと栢野は教えてくれた。

「せんせ、忍耐強い、よね」

「先生やめろって。ついでに、愛情深いと言ってくれよ、どうせなら」

最中の会話もこの調子で、相馬はたびたび、くすくす笑った。おかげで、「……いい？」と訊かれたとき、リラックスしたまま自分で脚を開くことさえできた。

「力むなよ。痛かったらすぐ、やめるから」

指を入れられるのは、もうはじめてではなかった。ものすごく緊張していたし恥ずかしかったけれども、相馬はなんとか必死に呼吸をし、自分なりに覚えた方法で力を抜く。

「……ん？」

触れられたらばれるとは思っていたけれど、案の定栢野は首をかしげた。たしかめるように、ぐにぐにとそこを押し揉んで、ゆっくりと人差し指を差しいれたあと、なんとも複雑な顔をしてみせる。

「相馬、これ」

「言うな……」

すでにぬめりを帯びている場所は、先日よりもずっとやわらいでいるはずだ。このために、どうでも風呂を貸せと言い張ったことも、もうばれただろう。

迷っている栢野を誘った形になったくせに、泣きわめいて勘弁してもらったことが相馬は情けなかったのだ。じつのところ、前回のあれがあんまりにあんまりで、もう面倒になられたらいやだと、そういう気持ちもあった。

「もしかして、このためにお勉強かなんか、した？」

「……知識だけは、もともとあったんだよ」

幼いころから『コントラスト』に入り浸ったおかげで、相馬の耳年増ぶりは半端じゃない。ただ、自分のセクシャリティははっきり決めかねていたし、誰をどういうふうに好きになるのかすらわからないままだったから、実践についてはほど遠かった。

むろん、昭生の監視下で、相馬にいかがわしい真似ができるわけもなかったのだが、自発的に『準備』する方法だけは、残念ながら知っていた。――その詳細については、ぜったいに秘密にしたいけれど、たぶん栢野はとっくに知っているだろう。

「ほんっとに、努力家だよなあ」

「誉められてもうれしくない……」

真っ赤になって枕に顔を押しつけた相馬を、栢野は大事そうに抱きしめる。

「喜べよ。俺、喜んでるよ？」

「うう――……」

「かわいいなあ、朗くんは」

わざと恥ずかしがる呼び方をするから、枕で殴ってやったけれども、栢野のにやけた顔は戻らなかった。涙目で言葉もなく拗《す》ねる相馬を抱きしめて、離そうとしない。

「笑うな！　ばか！　にやけんな！」

「無理。おまえ、俺のこと有頂天にするの得意だわ。かわいいよ、ほんとに。ありがとな」

肩に、頬に、あちこちに口づけられて、相馬もいつまでも怒っていられなくなる。

ふざけたようなキスは本気の愛撫になり、触れかたのくせもなんとなくわかってきた手に性器をいじられながら、ゆっくりと身体の奥をとろけさせられていく。

楽な体勢でしようと言われ、俯《うつぶ》せのまま腰だけあげさせられて、相馬はさすがに緊張した。

「枕に摑まってなさい」

「……う、うん」

尻のまるみに音を立ててキスをされた。そのまま背中を這い、肩胛骨《けんこうこつ》の間をやさしく舐めながら、栢野の指が閉じた肉をぐっと拡げる。

（うわ）

ぎゅっと枕を握って、顔を伏せる。なにか太い、まるいものがそこに当たる。濡れていて、熱くて、ひくついているのは脈打つせいだろうか。

「相馬、だいじょぶ。痛かったらすぐやめる」

信じなさいと頭を撫でられ、こくこくとうなずいた。背中を包むように抱かれて、ほっと息が抜けたとたん、ぐうっとそこが押し拡げられる。

「――っ、ふ、ひ」

「痛い?」

「うー、う、へん、な、かんじ」

さんざんぱら拡げてもらっていたせいで、すでに麻痺しかかったそこは痛みを覚えない。けれど、指ともなにとも違うものが、自分の身体を内側から拡げる独特の感覚は、ほかに比べようもなくて、相馬はふうふうと息を切らすしかない。

「しゃ、しゃべ、れない、から、なんも、訊かないで」

必死になってそれだけを言い、枕に顔を埋めた。栢野はそっと後頭部にキスをして、わかった、とささやいてくれる。

「いいこだな」

ゆっくり腰を押しこまれ、喉で殺した声が漏れた。なんだかものすごいことをしている、ということしかわからなくて、朦朧とする相馬の耳に、ぽつりとつぶやきが聞こえる。

「……うわ、あっつ……」

はあ、と息をついた栢野のそれは、相馬に聞かせるためというより、思わず口走った、という感じだった。それが妙になまなましく、ひくんと息を呑む。そしてひとことが大きく響くくらいに、言葉がないのが不安になって、震える声でせがんだ。

「な、なんか……しゃべ、って」

「さっきしゃべるなつったんじゃないっけ？」

訊くなと言っただけで、しゃべるなとは言っていない。けれど言葉にするほど余裕はなく、どうにか首だけねじって目で訴えると、栢野は汗に濡れた顔で笑った。

「わかった。おなか、力抜いて、相馬」

「ん……」

「ふーって息して……そう、上手じょうず」

背中を撫で、耳にぴったりと唇を寄せたまま、強ばる身体中をやさしくさすられる。枕を握りしめすぎて色が失せた指をほどかれ、絡められ、手の甲に重ねるようにしてぎゅっと握られると安心した。

「やさしくするから、突いたりしないから。それでも痛かったら言って」

言葉のとおり、しっかりつながったまままゆるゆると揺すられる。たぶん数センチ程度しか動いていないのに、過敏な粘膜には刺激が強すぎて、相馬は何度も唇を噛んだ。

大きくあえぐ胸を手のひらでさすられる。乳首をかすめるたび、びくっびくっと反応しては、栢野を呑みこんだ部分が収縮した。

「もうちょっとでいいとこ届くから、もすこしだけ腰あげて、力抜いてみ」

「う、こ、こう……？」

「んん、……そう」

おなかを持ちあげられるようにすると、入っている角度が変わる。ずるりとなかがこすれる動きに、相馬は圧迫感が失せたのを悟った。

「あ、楽になった……」

「力みすぎだったんだって。もっかい深呼吸してみ」

言われたとおりにすると、無駄に力が入っていたところから、緊張が抜けていく。栢野のそれを締めつけ、拒んでいた場所もやわらかくほころんで、またさらに深くへと入ってきたのだけれど――。

「あ、あ、ふあっ⁉」

「おっ、と」

がく、と腰が動いて、自分に驚く。支えられていた手が滑り、ベッドに突っ伏してしまった。はずみで抜けてしまったそれに、体内がぽっかりと口を開け、さみしく疼いているのを感じる。

「な、なに？　いまの……」

動揺と混乱に目をまわしながら栢野を振り仰ぐと、目を細めた彼がぺろりと唇を舐めた。

「もっかい、してみりゃわかるんじゃない？」

「え、なんかやだった……や、やだ、ちょっと！」

ぐい、と腰を持ちあげられ、さっきと同じ体勢にされる。

「ちょっ……ま、まっ……あ、あ！」

待って、という間もなく挿入され、今度は狙《ねら》ったようにあの場所をこすりあげられ、相馬は今度こそ快楽に濡れた声をあげた。

「や、だあ……ああ、ん、んっんっ、ああ！」

「あ、っはは……指で、感じてそうだったからな、いけるとは、思ったけど」

栢野は、この場に似合わないくらい、やたら機嫌がよさそうに笑った。

やわらかくあまいのはいつものとおりなのに、熱と、隠しきれない欲情がまざった栢野の声。快感にうわずった切れ切れのそれが、なまなましく耳を打つ。

「うあっ、やだっ、やだっ……んんっ、や……あ！」

「やじゃないだろ、痛いより気持ちいいのがいいって、言ったろ？」

ちょっとニュアンスが違う。気持ちいいのはきらいじゃないと言ったけれども、これは気持ちがいいとかなんとか、そういう次元を超えている気がした。

栢野の腰の揺らしかたも、指を這わせるそれも、やさしいだけじゃない。どこか意地が悪い。男くさくて、栢野ではないみたいで怖いのに――縋る腕の持ち主は彼なのだ。

（なんだこれ）

視界がぐらつくのがひどく奇妙だった。こんなに長い時間揺さぶられる経験などなくて、セックスというのがどれだけ非日常なのかを相馬に思い知らせる。それが怖くて目を閉じれば今度は、体内でなにかが小刻みに動く、とんでもない感覚に振りまわされる羽目になる。

（やだ、腰、あんな、あんなふうに動かして）

栢野が自分になにをしているのか、考えたくなかった。なのにぐっと脚を持ちあげられて体位を変えられ、思わず下肢に目をやってしまった相馬は、見つけた光景にめまいがする。なまなましく音を立て、濡れてつながる身体。言葉にできないほどショックを受け、そのくせ淫らな光景に感じて――気づいたら、すすり泣きながら小さな声であえいでいた。

「や、やああ、へ、へん、へんになるっ、やあ、もおっ」

「……相馬、かっわいい乱れかたするなあ……ろれつまわらなくなっちゃうんだ？」

拒んだはずなのに、なんだかサドっけまで見せた栢野はすっかり勢いづいてしまっているらしい。ほんとにこのスケベ、と内心罵るけれども、口から出るのは栢野を喜ばせるような切れ切れの声ばかりだ。

「かわいいよ、相馬、ほんと、かわいい……」

頬に、瞼に、額に鼻先にと口づけられ、味わうみたいに唇を貪られる。息苦しくなるまで舌を絡めあい、酸素を求めてあえぎながら額と頬をこすりつけあって、つながった部分をお互いにできる精一杯で深く交わらせ、感じることに夢中になった。

「も、だめ、いく……」

「いいよ、いっちゃって。あわせるとか思わなくていいから、好きなときにいきな」

まだ外気に慣れていない先端を濡れた指でやさしくくすぐられ、相馬は泣き出しながら最後のステップを駆けあがる。腰をひくつかせ、身をよじりながらしがみついて叫んだ言葉は、か細くかすれていた。

「先生、すき、せんせ、いく、いく……」

びくびくびく、と三度大きく跳ねて射精する。震える性器を栢野の手でやさしく絞られながら、奥まで埋めこまれたそれもまた膨らんだ気がした。

「……っ、ん、く」

肩に顔を埋めた栢野が、しまった、という顔をして身体を震わせる。どうしていいのかわからないまましがみついていると、張りつめていた筋肉がいきなりふわりとやわらかくなり、栢野の身体が重くなった。あれ、いったのかな、と驚いていると、栢野が悔しそうにうめく。

「うわー……くそ、つられた」

「……ぷ、ふひ」

その声があまりに不本意そうで、思わず相馬は噴きだした。「なんだよ、笑うなよ」と睨まれたけれども、はじめてのセックスのあとの第一声がそれというのが、変なツボに入ってしまって、だめだった。

「ひ、ひははは、つ、つられたって、つられんなよ！」

「おまえ、笑うなって！　けっこう傷つくぞ！　つうか、そういう態度に出るなら、こっちも考えがあるからな！」

怒鳴られても相馬の笑いは止まらず、のしかかってきた栢野はキスでそれをふさいだ。

そしてそのまま、絡まって、もつれあって、声が嗄《か》れるまであえがされた。

＊　＊　＊

そわそわと、カウンターのなかの相馬は落ち着きがなかった。ひっきりなしに携帯を取りだし、着信がないか、メールが来ないかと数分にいちどチェックする姿を見かねて、岡はため息をついた。

「あーきーらー。おまえ、そこまで気になるなら、今日は休んでよかったんだぞ」

「や、だって、待ち合わせてるし、先生、来るし」

「その先生が、コンペの結果わかったらすぐ教えてくれるっつってたんだろうが」

どたばたしながら応募したコンペの最終結果が、この日の会議で決まるのだそうだ。なぜ日曜に会議かと言えば、公表するのが月曜の朝、公式サイトを更新するときだかららしい。

そして伝手のある栢野は、結果をいち早く聞きだして、教えてくれることになっている。

「あーだめかな、やっぱだめかな。やっぱりコンペなんかやめりゃよかった」

「すこし落ち着け！　っていうかまた皿割られちゃたまらん、カウンターから出とけ！」

岡の叱責も半分聞こえないまま、相馬は日当たりのいい窓際の席に追いやられた。ガラス窓越しの外は、夏の陽射しで眩しいくらいに輝いている。

「連絡こないよ、やっぱりだめなんだよ……」

ぶつぶつと言いながら頭を抱えていると、岡が「うるさい！」と怒鳴ってチョコレートソースをかけたワッフルと、あまいカフェオレを乱暴にテーブルに置く。そしてついでに、いつものドギーバッグを、これはそうっと添えた。

「それでも食って口ふさいでろ！　だめだったときも、ひかりさんに会うんだろうが。あんまりしょげた顔、さらすなっ。ついでにもう、帰り支度しておけ！　バイトはあがり！」

ふぁい、としょげながら、怒鳴っているくせにあまやかす岡の心遣いを口に運ぶ。

相馬が緊張している理由はもうひとつ、この日のコンペの結果を持って、栢野とふたりでひかりの見舞いに訪れるからだ。

——ひかりちゃん、会ってほしいひとがいるんだけど。

そう告げたときのひかりの喜びようときたらなかった。相手が先生で、男のひとなんだけどとつけ加えても、そんなことはどうでもいいと、色白の頬をピンクに染めていた。

——はじめて無断外泊したって言ったら、目え輝かせてたぞ。

栢野の適当なアリバイ工作は、どうやら昭生には通じなかったらしい。あげくメモだけ残してさらに外泊を伸ばした甥が、なにやら大人になったようだと、彼は勝手に姉へと報告してしまっていた。

（違ったらどうする気だったんだ、あーちゃんも……）

そしてまた、ここしばらく調子の悪かったひかりを完全に持ち直させたのが、昭生の要らぬ報告だったというのも微妙な話だったが、結果オーライだと考えることにしている。

喜屋武の件は、ひかりが回復したあと、昭生が落ち着きを取り戻してから一応の報告をした。自分のことで手一杯だった叔父は、喜屋武に死ぬほど憤りつつも、相馬を放っておいたことや、自分への報復が甥に向かったことへとめちゃくちゃに落ちこみ、ひかりの復調に喜ぶという器用な真似をせねばならず、表情がごっそり抜け落ちてしまっていた。

おかげで相馬は叔父を慰めるのに相当あまえてみせなければならなくなり、しばらくは栢野と個人的に会う時間まで費やして、昭生につきあった。

過剰なまでの家族想いも、とりあえず笑って許してくれる恋人の寛容さはありがたいが、どっちにもこっちにも気を遣って、相馬はかなりへとへとだった。

（そういえば、あれ、どういう意味だったんだろな。伊勢さんに聞けって）

喜屋武の残した言葉は謎も多いが、うかつに触れてはいけない気がして、いまだに相馬は伊勢にそれを問えていない。まったくもって大人はブラックボックスのようだと思う。

たぶん、わからないふりでいるのが、いまの相馬にできることなのだろうと判断して、そのことについては黙っていることにした。

そうじゃなくても、もの思わしいことはいくらでもある。たとえば、いまだ結果のわからないコンペとか——これから病室に栢野を連れていったとき、ひかりがどう反応するのかとか、さらにそれを見た栢野はどう思うのか、とか。

「ああ、もう、早くしてくれ……っ」

すっかりワッフルも食べ終わり、また手持ち無沙汰にそわそわしはじめた相馬の耳に、からんとドアベルが鳴る音がする。

片手をあげ、にっこりと笑った栢野が運んできたのは、いったいどんな結果だろうか。

気になりつつ、それ以上に相馬が目を輝かせたのは、彼のめずらしいスーツ姿だ。

「……やりすぎた？　先生っぽくしたほうがいいかと思ったんだけど」

立ちあがり、ぶんぶんとかぶりを振って、相馬は「かっこいい……」とつぶやいていた。

そのあと自分の無意識の言葉に赤くなり、栢野はさらに笑みを深くする。

つられて笑ってしまいながら、相馬は岡を振り返る。

「店長、俺このままあがっていいんだよね？」

「あ、ああ。いいけど……」

「じゃあね、すぐひかりちゃんとこ行くから！」

ケーキの箱を摑み、栢野の手を摑んで、相馬は小走りに店を出て行く。さすがの栢野も面くらい、「ちょっと、俺、挨拶もしてないよ」と岡を振り返る。

「あとで！　朗報はいちばんに、ひかりちゃんにするから！」

だんだん本気で走り出しながら叫んだ相馬に、栢野もつきあいながら笑い出す。「結果聞くまえに朗報か？」と意地悪く言われてたけれど、怯むことはなかった。

結果がだめなら、栢野がこんなにおめかしして来るわけがない。もっとさりげなくいつもどおり、穏やかな顔で慰めようとするはずだ。

「――そんなの、志宏の顔見たらわかるよ！」

まったく、この日はぜんぶがきらきらしている。高揚にまかせ、いままでどんなにねだられても、いちども呼んでやらなかった名前を口にして、相馬は陽射しに負けないくらいの顔で笑った。

恋人は一瞬虚を衝かれたように目をまるくし、そのあと「ははっ」と噴きだして、太陽を受けてオレンジ色に透ける相馬の髪を、くしゃくしゃにした。

あとがき

信号機シリーズ、前作と絡んだ部分もありつつの第二弾、いかがでしたでしょうか。トマレの副題どおり、突っかかって転んでばかりの相馬の話になりました。

今回もまた、自分的チャレンジテーマがありました。いままで、先生と生徒もの、というと、わりと「先生だってふつーの男だもの」「大人だって弱いもの」ってテーマが多く、好んで書いていたのですが、今回は逆に「男だったり弱い人間だったりする前に、俺は大人で、先生でありたい」と踏ん張ろうとする男性を書こうかなあ、と考えてみました。

しかし、沖村、栢野ときて気づいたんですが、なんとなくこのシリーズについては、『あんまり書いたことないタイプの攻めを書いてみようシリーズ』になっている気がします。いままで以上に『きちんと主人公の助けになるキャラ』という部分を強く意識しているせいかもしれません。そしてビジュアル面においても、けっこうめずらしい（特に沖村）感じです。とことんドハデと、とことんさわやか。そしてどっちも欲求にはストレート（これは毎度）。

去年くらいまでちょっと感情面でシビアな話が頻発していたので、徹底的にエンターテインメント、楽しくさわやか、というのが今シリーズの自分的テーマでもあります。

おかげで前作今作と、なんとなく「青春小説ホモ入り＋ちょっと事件」という感じになった気がします……が、次回作は一応大人同士の話になる予定です。

じつは当初は三作品とも、専門学校が舞台の学生絡みの話にするつもりでしたが、一作目が出た直後から、まったく出演場面はナシの昭生と弁護士に関して「いかような関係が!?」というメールをたくさんいただきまして……こりゃ期待にお応えせねばと。また、タイトルだけはもともと「ヒマワリのコトバ」というものを予定していまして弁護士バッジもちょうどヒマワリだし、なにかの符号のようなそれに、予定を変更することを決めました。

それを踏まえ、今回の話では解決しきれていなかったり、まだ謎だったりするところをたくさんちりばめてあります。次回であきらかになる点もありますので、どうぞよろしく。

三部作という形になりますが、けっこうがっつり設定を作ったこの専門学校で、べつのキャラを動かしていくのも楽しそうだな、と思っています。ていうかネタ使い損ねたし……。

しかしながら今回、本当にとんでもない大迷惑をおかけしたのが担当さんと、カットのねこ田先生でした……。こうして無事刊行したのもお二方のおかげです。昨年の不調からどうにか立ち直ったと思えば、また体調を崩し、スケジュールが大幅に崩壊したまま年が明けてしまいました。本当に申し訳なさすぎて、途中泣けてきそうだったんですが、カットの栢野にツボ突かれて萌え死にそうでした……。反省を踏まえて次回こそはがんばります。

そして毎度のRさんSZKさんもほとんど分刻みだった地獄のスケジュールのなか、協力ありがとう。本当に感謝！

そして読んでくださった皆様にも心より感謝しつつ、次回作もよろしくお願い致します。

✦初出　オレンジのココロ─トマレ─……………書き下ろし

崎谷はるひ先生、ねこ田米蔵先生へのお便り、本作品に関するご意見、ご感想などは
〒151-0051 東京都渋谷区千駄ヶ谷4-9-7
幻冬舎コミックス　ルチル文庫「オレンジのココロ─トマレ─」係まで。

幻冬舎ルチル文庫
オレンジのココロ─トマレ─

2009年2月20日　　第1刷発行

✦著者	崎谷はるひ　さきや はるひ
✦発行人	伊藤嘉彦
✦発行元	株式会社 幻冬舎コミックス 〒151-0051 東京都渋谷区千駄ヶ谷4-9-7 電話 03(5411)6432［編集］
✦発売元	株式会社 幻冬舎 〒151-0051 東京都渋谷区千駄ヶ谷4-9-7 電話 03(5411)6222［営業］ 振替 00120-8-767643
✦印刷・製本所	中央精版印刷株式会社

✦検印廃止

ISBN978-4-344-81582-7　C0193　Printed in Japan